DANIELLE STEEL

THE GIFT

この書物の所有者は下記の通りです。

住所	
氏名	〒

アカデミー出版社からすでに刊行されている
天馬龍行氏による超訳シリーズ

「女　医」
「陰謀の日」
「神の吹かす風」
「星の輝き」
「天使の自立」
「私は別人」
「明け方の夢」
「血　族」
「真夜中は別の顔」
「時間の砂」
「明日があるなら」
「ゲームの達人」
（以上シドニィ・シェルダン作）

「何ものも恐れるな」
「生存者」
「インテンシティ」
（以上ディーン・クーンツ作）

「五日間のパリ」
「無言の名誉」
「敵　意」
「二つの約束」
「幸せの記憶」
「アクシデント」
（以上ダニエル・スティール作）

「顔」

贈りもの

作・ダニエル・スティール
超訳・天馬龍行

夫のジョンと子供たちは、わたしに授かった生涯の贈りものです。本書を、夫と、子供たちと、ゆっくりにしろ束の間にしろ、わたしの人生をよぎった天使たちに、そして皆がもたらしてくれた祝福に捧げます。愛を込めて。

作者

第一章

アニー・ホイットカーはクリスマスが大好きだった。クリスマスがやって来る頃の気候も、イルミネーションで飾られた家々の木々も、煙突から入ろうとするサンタの絵も、クリスマスにまつわるすべてのことが彼女の胸を躍らせる。クリスマスソングも、サンタクロースがやって来るのを待つのも、スケートに出かけるのも、そのあとでホットチョコレートを飲むのも、みんな大好きだった。母親と一緒にポップコーンに糸を通しながら、自分の家のクリスマスツリーに見とれているときなどは、幸せの極致だった。うっとりした目をクリスマスツリーのイルミネーションに向ける母親を見上げる五歳の目も、同じようにうっとりしていた。

アニーが生まれたとき、エリザベス・ホイットカーは四十一歳になっていた。予期しない妊娠だったが、夢にまで見た二人目の子だった。二人目が欲しいと、何年も努力してきた結果、四十一歳にしてようやくかなったというわけである。長男のトミーが十歳になっていて、子供はこの子一人でやむを得ないのかとあきらめていたときだった。

トミーは出来のいい子で、エリザベスも夫のジョンも、自分たちは恵まれているといつも思っていた。スポーツが大好きな彼はリトルリーグに参加して、野球とフットボールの両方をやり、冬の季節が来ると、アイスホッケーのスター選手として活躍する。よく勉強するから学校の成績も良く、少々の悪さぐらいでは憎めない少年である。トミーのいたずら好きなところは、両親にとっては、正常な人間の証しとしての安心材料ではあっても心配の種ではなかった。

要するにトミーは、完璧とは言い難いものの、素晴らしい少年であると言って間違いなかった。エリザベスに似て金髪で、そのシャープな青い目は父親似である。心身ともに健康で、ユーモアのセンスも人並み以上に持ち合わせている。

アニーが突然生まれて、初めは相当にショックを受けていた彼だが、妹ができた現実に、戸惑いながらも少しずつ適応して、やがて、一緒に遊ばなければ日も暮れないほどアニーを可愛がるようになっていた。

そして、この五年間、アニーは少年にとっても家の中の太陽だった。彼は妹の無邪気さの完全な虜になっていた。

アニーはあどけなく笑い、キャッキャッと騒いで、本当に可愛らしかった。トミーが学校から帰るのをいつも楽しみにしていて、それから一緒にクッキーを食べたり、ミルクを飲んだりする。

エリザベスはアニーが生まれるとすぐ、フルタイムの教員をやめ、パートの教員に自分の立場を変えていた。彼女は、末っ子を徹底的に可愛がるのだと言って、そのとおり実行した。母子はいつも一緒だった。

エリザベスは二年間、アニーを預ける保育園でボランティアまでした。そして現在は、アニーが通う幼稚園で、お絵描き教室の手伝いをしている。

二人は一緒にクッキーを焼いたり、パンやビスケットを作る。広いキッチンに座って、エリザベスが本を読んで聞かせることもある。

ジョンも家族の面倒を一生懸命見ていた。世間がどんなに物騒でも、四人の住む世界は温かくて安全だった。

ジョンは州内でも有数の農産物卸商を営んでいて、収入はかなりあった。祖父の代からの事業で、経営も順調だった。人もうらやむような一家の屋敷は、町の高級住宅街に建っていた。決して大資産家というわけではないが、世の中の冷たい風に吹きまくられる農民や、流行だの新しいトレンドなどに左右される先端の仕事に携わっている人たちよりは、生活がはるかに安定していた。

人間には食糧が必要だ。誰でもおいしいものが食べたい。それを絶やさぬよう供給してやるのがジョン・ホイットカーの仕事だった。ジョンは仕事熱心で、温厚で、人の面倒見もよかった。いずれは自分の事業を引き継いでくれる息子の成長を楽しみにしている彼のもう一つの希望は、娘のアニーを大学へ進学させることだった。

「わたしはお母さんみたいに学校の先生になるの」

何になりたいかと問われると、いつもそう答えるアニーだったが、ジョンとしては娘を弁護士か、できたら医者にしたかった。一九五二年当時の米国では、それは夢に近いことだった。ジョンはその夢を実現するために、娘の未来のための教育資金をたっぷりと預金しておいた。トミーの学費も同様に預金してあったから、二人の子の未来に経済的な心配はなくなっていた。

ジョン・ホイットカーは夢を信じる男だった。死に物狂いになって努力すれば、かなわない夢なんてない、と言うのが彼の口癖であり、その彼自身、大変な努力家でもあった。エリザベスはそんな夫をいつも力いっぱい支えてきた。

しかし、最近のジョンは、妻が仕事を辞め、家事に専念することを望んでいた。家に帰って、アニーが母親と遊んでいるのを見ると、とても安心するのだ。愛の絆で結ばれた母子の姿に胸まで熱くする。妻と二人の素晴らしい子供に恵まれたジョンは今、幸せいっぱいの四十九歳である。

「みんなはどこへ行ったんだ？」

ある日の夕方帰宅したとき、ジョンは帽子やコートについた雪を払いながら、迎えてくれた愛犬に向かって語りかけた。メスの愛犬は嬉しそうにしっぽを振り振り、彼の周りをぐるぐると回っていた。大統領の妻の名をとって〝ベス〟と名付けられた大型のアイリッシュセッターだった。それではトルーマン大統領に悪いわ、と言ってエリザベスは最初反対していたが、いかにもふさわしい名前ということで、そう決まってしまった。でも今ではその名前の由来を覚えている者は少ない。

「戻ってますよ！」

奥からエリザベスの声が聞こえてきた。ジョンが居間に入って行くと、母子はツリーにクッキーの人形を飾っているところだった。二人はその日の午後早くから飾りつけに精を出していた。クッキーがオーブンに入っているあいだに、アニーは飾りつけのテープを用意した。

「ハーイ、ダディ。とてもきれいでしょ？」

「うん、きれいだ」

ジョンはにっこりして、娘を軽々と持ち上げた。あと一年で五十歳になるというのに、ジョンの髪は黒々として、体つきもたくましかった。彼の明るい青い目は、二人の子供たちに受け継がれている。エリザベスの方は、髪はブロンドなのに、目は薄茶色で、時としてそれがこげ茶色になることもある。アニーの髪の毛は色素が薄く、ほとんど白に近かった。父親に笑い返し、ふざけて父親の鼻に自分の鼻をすりつけてくる彼女は天使そのものだった。ジョンは娘をそっと横におろしてから、身を乗り出して妻にキスした。愛の証しが二人の目の表情に表われていた。

「お仕事はどうでした?」

妻の訊き方には温かみがこもっていた。結婚して以来二十二年経ち、そのあいだいろいろあったが、二人の絆は強まりこそすれ、愛がほころびるような危険は一度もなかった。

結婚したのは、エリザベスが大学を卒業してから二年したときだった。そのときすでに教職に就いていた彼女は、それから七年も経ってようやく最初の子を身ごもることができた。彼女がどうして妊娠しないのか、当時相談を受けたトンプソン医師は首を傾《かし》げるばかりだった。二度も流産して、子供はほとんどあきらめかけていたときだった。まるで奇跡のようにトミーが誕生した。そして、いま二人の子供に恵まれて、自分たちは祝福されている、と夫妻は心から神に感謝していた。

「今日はフロリダからオレンジが入荷してね」

ジョンはそう言って椅子に腰をおろし、パイプを取り上げた。暖炉の火は赤々と燃え、居間にはジンジャーブレッドとポップコーンの匂いが漂っていた。

「明日、少し家に持ってくるよ」

「わたし、オレンジが大好き！」

アニーは手を叩いて父親のひざの上に乗ってきた。愛犬のベスも、仲間に入ろうと前足をジョンのひざにかけた。ジョンは犬をそっと押しやった。二階に行ったエリザベスが戻って来て、もう一度ジョンにキスした。

「ホットサイダーでもお飲みになる？」

「断わるのはもったいないな」

ジョンはにっこりして、妻のあとに続いてキッチンに入った。妻の後ろ姿は相変わらずスリムで美しかった。アニーも父親に手をつながれてキッチンに入った。しばらくすると、玄関のドアがバタンと開き、寒さで顔を赤くしたトミーがアイススケートをぶら下げて入って来た。

「うわあ……いい匂いがするね……ハイ、マム……ハイ、ダード……ヘイ、お人形ちゃん、今日は何してたんだ？　まさかママが焼いたクッキーをみんな食べちゃったんじゃないだろうね」

トミーは妹の頭をクシャクシャになで、しずくの垂れるままの顔で頬ずりして妹の顔を濡らした。外は凍るように冷たく、雪はますます激しくなっていた。

「クッキーはお母さんと一緒にわたしが作ったのよ……それに四つしか食べなかったもん」

負けていない妹の受け答えに、みんなが声を上げて笑った。彼女の可愛らしさには誰も抗し切れない。みんなに可愛がられても、アニーは決して甘えん坊にはならなかった。それでいいのだと両親は考えていた。甘えん坊に育てたら、世の中に挑戦できない子になってしまうからだ。


アニーは人なつこくて、よく笑い、よく遊ぶ子だった。髪をなびかせて風の中を走るのが大好きだった。ベスと遊ぶのも好きだったが、一番の遊び相手は兄だった。

アニーは、使い込まれたアイススケートに目をやってから、尊敬の眼差しで兄を見上げた。

「明日、スケートに連れてってくれる、トミー？」

家の近くには氷の張った池があり、土曜日になると兄はよく妹をそこに連れて行く。

「雪がやんだらね。このまま降り続いていたら、池の場所も分からなくなっちゃうよ」

そう言って、トミーはクッキーを一つつまんでムシャムシャと食べた。よそでは味わえない、とてもおいしいクッキーだった。エリザベスはエプロンを脱ぐと、ブラウスとスカート姿に変身した。高校時代にひと目惚れしたときからぜんぜん変わらない妻の体形を目にするたびに、ジョンは嬉しくなる。彼が高校三年生のとき、彼女は一年生だった。初めは、恋していることをひた隠しにしていたジョンだったが、すぐみんなに気づかれ、からかわれたりもした。しかし、そのうちに誰もが認める二人の仲になっていた。ジョンの方は高校を卒業するとすぐ、父親の会社に入り、社会人としての第一歩を踏みだした。結婚は早い方がいいと思っていたが、エリザベスが高校を卒業し大学を終えるまで七年待たなければならなかった。それに二年間の教員生活が加わった。彼はそのあいだ辛抱強く待ったが、あきらめたり疑問を持ったりしたことは一度もなかった。二人が恋い焦がれていたものはすべて、ゆっくりとだったが、ちゃんと手に入った。トミーとアニーの誕生のように。あせらなくても願いは結局かなうのだというのが、二人の半生の実感だった。

「明日の午後は試合があるんだ」

トミーがクッキーを頬張りながら気軽な調子で言った。

「クリスマスイブの前の日なのに？」

母親は驚いて訊いた。

「みんなも忙しい日よ」

よほどのことがない限り、トミーの試合を見に行くのが一家や近所の人たちの習わしになっていた。ジョン自身も若い時はアイスホッケーとフットボールの選手だったから、試合を見るのが今でも大好きだ。エリザベスはトミーが怪我をするのではないかとハラハラのし通しだった。トミーのチームメートで歯を失くしてしまった子が二人もいたからだ。しかし、トミー自身は注意深かったし運も良くて、骨を折ったこともないし、大きな怪我をしたことは一度もなかった。せいぜい、アザやすり傷をつくった程度だった。

「男の子なんだぞ。綿にくるんで育てるわけにはいかないんだ」

ジョンはそう言って、心配する妻をたしなめた。しかしエリザベスも、心の奥では息子がスポーツ好きなのを喜んでいた。

「今日で学校は終わりなんでしょ？」

妹にそう訊かれて、トミーはにんまりしながらうなずいた。冬休みの計画はすでにいろいろできている。そのどれにも、感謝祭から目をつけてきたエミリーという名の少女が絡んでいる。エミリーはここグリンネルの町に昨年越してきたばかりだ。彼女の母親は看護婦で、父親は医師である。シカゴからやって来た子で、とても可愛らしい。だからトミーは、自分の試合を見せたくて今まで何度か試合見物に誘ってきたが、現在のところ、それ以上の進展はない。来週は映画に誘うつもりだ。ニューイヤーズイブには、二人でもっと何かしたいと思っているが、彼にはまだそれを言いだす勇気がない。

兄がエミリーに惚れていることは、アニーも気づいていた。以前、池のスケート場でエミリーに出会ったとき、トミーはエミリーの方ばかり見ていた。まあまあの人だとアニーは思ったが、兄がどうしてそんなに夢中になるのか分からなかった。黒髪のエミリーは確かにスケートは上手だったが、兄に話しかけるわけでもなく、ただ時々目をこちらに向けるだけで、アニーには白けたお姉さんにしか見えなかった。ただ二人が立ち去るとき、エミリーは連れ立って来ていた友達と一緒に、アニーが可愛いと言ってオーバーなジェスチャーで話しかけてきた。

「お兄ちゃんのことが好きだから、あんなこと言ったんだわ」

帰り道アニーは、自分のアイスケートを持ってくれている兄に向かって、エミリーが話しかけてきた理由を解説した。

「どうしてそう思うんだい？」

なんでもなさそうな口調を装っていたが、トミーの表情はこわ張っていた。

「だって、お兄ちゃんが滑ってるとき、あの人〝グーグーアイ〟で見ていたからよ」

アニーはさも生意気そうに、顔を上げて髪を振った。

「〝グーグーアイ〟って何のことだよ？」

「知ってるくせに。あの人、お兄ちゃんに夢中なのよ。だからわたしにおべっかなんか使ったんだわ。お姉さんも一緒に来ていたのに、お姉さんとはそんなに話さなかったもん。きっとお兄ちゃんのことが好きなのよ」

「生意気言うんじゃない。おまえはまだ子供なんだぞ」

トミーは言われたことを気にしていない素ぶりを見せたが、五歳半の妹を相手に、なんて大人げないんだと気づいて我ながら恥ずかしかった。

「本当はお兄ちゃんも好きなんでしょ？」

妹はちくりちくりとやっては、ケラケラと笑った。

「大きなお世話だよ」

トミーは珍しくつっけんどんに言った。それでもアニーはへこたれなかった。

「あの人のお姉さんの方が、うんと美人よね」

「よし、覚えておこう。年上の子とデートしたい時はそっちにすればいいんだな。だけど、年上じゃ、ちょっとな」

「年上の子とデートしてどこがいけないの？」

アニーは年齢差別に不服そうだった。

「ぼくより二つも年上なんだぞ」

トミーの言葉に、アニーは納得したようにうなずいた。

「そうね。それは離れすぎてるわね。やっぱりエミリーがいいのかしら」

「ありがとう」

「いいえ、どういたしまして」

アニーは真面目にそう答えた。

家に着くと、二人はホットチョコレートを飲んで体を温めた。よけいなことに口を出す妹だが、トミーはそんな彼女のおしゃまなところが可愛くてしようがなかった。妹と一緒にいると、いつも偉くなったような気にさせられる。純粋な気持ちで尊敬してくれるからだ。トミーも同じ深さの愛で妹に応えていた。

クリスマスを三日後に控えたその夜、妹はベッドに入る前に、兄のひざに乗って、本を読んでとせがんだ。トミーは短い話を二度読んでやった。母親が来て妹を連れて行ったあとは、父親と語らった。話題は一か月前の大統領選挙についてと、アイゼンハワー大統領になって、これから世の中がどう変わるかについてだった。そのあとは、いつもどおり父親の仕事の話になった。父親は、息子が大学へ進学して農業を専攻することを望んだ。同時に、経済も勉強して欲しかった。

地道で、堅実で、健全さを地で行く一家だった。夫妻は子供を愛し、家族を大切にし、結婚生活の神聖さを重んじ、正直で、友達には頼りがいのある存在であろうと常に心がけていた。コミュニティーの中でも尊敬され、愛されている家族だった。そして、一家の主、ジョン・ホイットカーは良き夫、公正な事業主としても知られる地域の名士だった。

その夜、トミーは友達と外出した。雪の降りが激しすぎたので、車を借りようともせず、徒歩で一番近くの友達の家へ向かった。帰って来たときは十一時半になっていた。しかし、両親は息子の行動に関して心配したことはない。息子は今までにも、〝もう決してしません〟を何度も口にしている。ある時など、ビールを飲みすぎて車の中で伸びているのを、父親が見つけて連れ帰ったことがある。もちろん両親としては心中穏やかではなかったが、そんなことでは怒らなかった。トミーは基本的には健全な少年であり、その程度のことは誰でもやっている。ジョンだって若い時はやっていたし、もっとひどいこともした。特に、エリザベスが大学に行っていた時は、ヤケを起こして羽目をはずしたものである。その頃のことを、今でも妻によくからかわれる。そして「おれは模範少年だった」と決まり文句で答えると、エリザベスは片眉を上げてキスしてくる。

その夜は皆、早く眠りに就いた。翌朝、窓の外を見ると、クリスマスカードのような景色がそこにあった。すべてが白い雪に覆われ、うっとりするほど綺麗だった。八時半になる前に、アニーは「お願い!」と言ってトミーを外に連れだし、一緒に雪だるまを作り始めた。彼女はトミーのホッケーキャップをかぶったまま、返そうとしなかった。

「ダメだよ。今日の午後使うんだからさ。返してくれよ」

「まだ必要なの。いらなくなったら、ちゃんと教えるわよ」

「こいつめ!」

トミーが妹を抱き上げ、雪の中に転げると、アニーはキャッキャッと大きな声を上げて笑った。

午後は家族揃ってトミーの試合を見に行った。試合には負けたが、トミーはそのあとも元気だった。エミリーも試合を見に来ていた。大勢と一緒に来ていて、連れて来られたのだと言いわけをしていたが、プリーツのスカートにサドルシューズを履き、黒髪をポニーテールに結んで、とてもおしゃれっぽかった。

「あの人、メークもしていたわよ」

家に戻ってからアニーがそう言った。

「そんなことどうして分かるんだい？」

トミーは驚いた顔をしながら、からかい半分に訊いた。

「だってわたし、ママのメーキャップを時々使うからよく分かるの」

父親と息子は顔を見合わせてニヤリとしてから、可愛らしい小悪魔を見下ろした。

「お母さんはメーキャップなんかしないよ」

トミーが頑として言った。

「そんなことないわ。ちゃんとするわよ。パウダーも、チークも、たまには口紅も使うのよ」

「へえ、本当？」

トミーは本当にびっくりしていた。母親の美しさを知っている彼は、それが素顔であるとずっと信じていた。

「それに、まつ毛にも時々黒いのを塗るわよ。使うと涙が出てきちゃうやつ」

アニーの説明を聞いて、母親は声を出して笑った。

「泣くのが嫌だから、お母さんは絶対に使わないのよ」

「だからわたしも使わないのよ、ママ」

アニーが母親に顔をすり寄せてそう言うと、エリザベスは身をかがめて娘にキスした。

「そうね、お母さんもあなたもマスカラは使いませんよね。愛しているわ、アニー」

「わたしも愛してる」

その後、一家の話題は試合のことに移った。トミーは再び友達と外出し、夜になると、彼のクラスメートの一人がアニーのベビーシッターをしにやって来た。両親は近所のクリスマスパーティーに出かけた。

両親が十時に帰宅したとき、アニーはすでに寝入っていた。だが、夜明けと同時に目を覚まし、クリスマスだからと言って大はしゃぎし始めた。実際はクリスマスイブの日だったが、アニーの頭には、サンタクロースにお願いしたプレゼントのことしかなかった。もらえるかどうか自信がなかったが、彼女は〝マダム・アレクサンダー人形〟がどうしても欲しかった。新しいソリと自転車も欲しかったが、自転車は春の誕生日にもらった方がいいと計算していた。

その日は、することがいっぱいあった。明日の午後やって来る客のために、エリザベスはあわててクッキーを作った。夜になったら深夜ミサに出かける予定にもなっていた。幼いから意味はまだよく分からなくても、アニーにとって、これは大好きな行事の一つだった。夜遅く、両親にはさまれ、讃美歌を聞きながら教会のベンチでうたた寝をするのは、不思議な心地がして楽しいのだ。

その夜、アニーは例年どおり両親に連れられて教会へ行き、両親にはさまれて居眠りを始めた。教会の中の温度も歌声も、アニーの眠気を誘うのに不足はなかった。でも、彼女は、帰るときはちゃんと、赤ん坊のイエス像がある、かいば桶に立ち寄るのを忘れなかった。像を見つめてから母親を見上げてにっこりするアニーを見て、エリザベスはこみ上げてくる涙をこらえ切れなかった。

〈子供とはなんという幸せな贈りものなのでしょう。喜びと、温かみと、笑いをもたらしてくれる〉

三人が帰宅したときは午前一時を過ぎていた。エリザベスはほとんど眠っているアニーをベッドに寝かせた。そのあとすぐトミーがやって来て、寝息を立てているアニーにそっとキスした。ちょっと熱があるような気がしたが、トミーはさして気にせず、母親に話すこともしなかった。妹は顔色も良かったし、いつもどおり元気そうだった。

しかし、クリスマスの朝、アニーは珍しく遅くまで寝ていた。目を覚ましたときはどこかボーッとしていた。前の晩に用意しておくべきトナカイのためのニンジンと、サンタのためのクッキーは、アニーが寝てしまっていたので、代わりにエリザベスが揃えておいてやった。

アニーは、目を覚ますとすぐ、クッキーとニンジンの減り具合をチェックした。しかし、とても眠くて頭も痛かった。頭痛を訴える娘を見て、エリザベスは、軽いインフルエンザにでもかかったのかしら、と思った。この何日間か、冷え込みも厳しかったし、二日前にトミーと外で遊んだのがいけなかったのかもしれない。

それでも、昼食の時のアニーはわりあい元気だった。〝マダム・アレクサンダー人形〟も新しいソリもかなえられて機嫌も良かった。それから一時間ほど、トミーと外で遊び、ホットチョコレートを飲みに戻って来たときは、頬を赤く染めてとても健康そうだった。

「どうだ、王女さま。ご機嫌は？」

パイプの煙をくゆらせながら、父親は顔をほころばせて娘に呼びかけた。パイプはエリザベスから贈られたばかりのオランダ製だった。彫刻の入った手作りのパイプ棚も贈りものの中に入っていた。

「サンタクロースは願いどおりかなえてくれたかな？」

「ええ、全部よ」

アニーは父親に笑みを返した。

「お人形がとても可愛らしいの、ダディ」

父親を見上げるアニーの顔は、本当の贈り主が誰かはもう知っていますよ、と言っているようだったが、彼女はまだサンタクロースの存在を信じていた。彼女の友達の何人かはすでに真相を知っていたが、ホイットカー一家は子供の夢を壊さないように、皆でサンタクロースの作り話に口裏を合わせていた。

「いい子にはちゃんと贈りものを届けてくれるのよ」

母親がそう言うときも、戒めの意味を込める必要はなかった。アニーはいつも最高の子供だった。

その午後、家は訪問客でにぎわった。近所に住む三家族と、ジョンの会社の重役たちが妻や子供たちを連れて、入れ替わり立ち替わりにやって来た。ゲームがあちこちで繰り広げられ、家の中は笑いで包まれた。トミーと同年代の子もいて、トミーは新しい釣りざおを自慢して見せた。それが使える春がやって来るのが今から楽しみで、うずうずしている彼だった。

寒さも和らぎ、とてもいい午後だった。客たちが帰ったあと、家族だけで静かな夕食をとった。エリザベスがターキーのスープを作り、食べ物は昼の残りと、客たちが持ってきてくれた贈りもので済ませた。

「一か月ぐらいは食欲が出そうにないな」

ジョンはそう言って椅子に反り返り、手足を伸ばした。エリザベスはにっこりしたが、それからすぐ、アニーの顔色が悪いのと、目がトロンとしているのに気づいた。頬に二か所、極端な赤みが差していた。

「お母さんのメーキャップ使わなかった？」

エリザベスは心配半分、からかい半分でそう訊いた。

「ううん……雪の中に紛れちゃって……それからわたし……」

アニーは熱に浮かされた顔で母親を見上げた。実際に彼女は、自分でも何を言っているのか分からなかった。

エリザベスはハッとした。

「あなた、大丈夫なの？」

身を乗り出して娘の額に手を当ててみると、燃えるように熱かった。今日の午後のアニーは、人形と遊んでいてとても元気そうだった。エリザベスが見かけるたびに、キッチンや居間を走り回っていたのに。

「気分が悪いの？」

「うん、ちょっと」

そう言って肩をすぼめたアニーは、とても気分が悪そうに見えた。エリザベスは娘をひざの上に抱き寄せた。抱いただけで、熱があるのが分かった。もう一度額に手を当てて、医者を呼ぼうかと思った。

「でも、クリスマスの夜に呼んじゃ悪いわ」

エリザベスは躊躇した。外の寒さは再び厳しくなっていたし、吹雪になると予報が出ていた。

「ひと晩ぐっすり寝れば良くなるさ」

ジョンにあわてている様子はなかった。彼は生まれながらの楽天家なのだ。

「いろいろあったから、興奮しすぎたんだよ」

確かに、行事で詰まっていたこの何日間だった。訪問客が大勢いたし、トミーの試合に、クリスマスの用意と、いろいろ忙しかった。だから、夫の言うとおりかもしれないとエリザベスは思った。

「ベッドまで、お父さんに肩車してもらったら？」

喜んで父親の肩に登ろうとしたとき、アニーは首が痛いと言って悲鳴を上げた。

「どうしたんでしょうね？」

アニーの寝室を出ながら、エリザベスは心配そうな顔で夫に問いかけた。

「風邪だよ。うちの仕事場でも流行ってる。きっと学校でうつされたんだろう。心配することはないさ」

ジョンは妻の肩を叩いて安心させた。エリザベスもそうだろうとは思うものの、子供がポリオや結核にかからないかとの心配がいつも頭から離れなかった。

「大丈夫だって」

ジョンは妻が心配性なのを知っているから、なおも言った。

「おれが保証する」

エリザベスはもう一度ベッドの所に戻って行き、アニーにキスすると、急に安心する気持ちになれた。熱っぽい目をして、顔色も悪かったが、意識はちゃんとしていた。きっと、疲れたところにインフルエンザにでもかかったのだろう。

「いっぱい寝なさいね。もし気分が悪かったら、お母さんに知らせなさい」

エリザベスは娘をしっかり抱いてキスした。

「愛してるわよ。とってもとっても……それから、クリスマスプレゼントのお父さんとお母さんの絵、ありがとう」

ほかに、アニーは灰皿を作り、それを、ダディの好きな色だと言って緑色に塗り、父親にプレゼントしていた。

アニーは母親がいなくなると、すぐに眠りに落ちた。エリザベスは食器を片付けてから、もう一度アニーの部屋をのぞいた。アニーの額は前よりも熱く、寝返りを打ってはうなされていた。触られても、目を覚ましそうにもなかった。そのときはもう十時を過ぎていたが、せめて医者に電話して訊いてみようと思った。

医者は運良く家にいたので、エリザベスは娘の熱の具合を説明した。寝る前に三十八度五分もあったことや、首の回りを痛がっていることを話した。医者はインフルエンザには珍しくはないことだと言って、ジョンの考えに賛成した。

「もし熱が下がったら、明日の朝にでも連れて来てください。それとも、電話をくれればわたしの方からうかがいます。きっと大丈夫だと思いますよ。ここのところ、同じような症状の患者を十人以上も診ていますからね。治るまでは相当つらい思いをするようです。暖かくしてやってください。朝までには熱が下がるんじゃないですか」

「ありがとう、ウォルト」

ウォルター・ストーンは、長男が生まれて以来の一家の家庭医である。今は家族同士のつき合いもしている。いつもそうなのだが、医者と相談したことで、エリザベスはすっかり安心することができた。専門家が大丈夫だと言うのだから、やたらに心配するのはよそう、と。

その夜、夫妻はリビングルームに落ち着いて、今の自分たちがいかに恵まれているかや、二人が出会ってから続いている幸せについてしみじみと語り合った。子供たちに恵まれたこと、仕事が順調なこと――夫妻は、人生での収穫を数えて、それを神に感謝する時期に来ていた。

エリザベスは寝る前にもう一度、アニーの様子を見てみた。熱はそれ以上は上がっていないようだったし、さっきのようには苦しそうにしていなかった。息づかいも静かで、寝返りを打つこともなく寝入っていた。ベッドの足元にはいつものように愛犬のベスが寝ていた。エリザベスが子供部屋を出るときは、犬も娘もまったく動かなかった。

「どうだった?」

ベッドに入りながら、ジョンが訊いた。

「大丈夫よ」

エリザベスは笑顔で答えた。

「わたしの心配しすぎ。これは性分だから、直らないわ」

「リズのそういうところが、おれは好きなんだよ。家族の面倒見がよくて申し分ないじゃないか。このおれにはできすぎのワイフさ。どうして一緒になれたのか不思議なくらいだ」

「十四歳のわたしを要領よくかっさらったからでしょ」

エリザベスは夫以外の男性を知らない。知り合って以来、三十二年経った今、夫に対する彼女の愛はますます深まっている。

「十四歳の頃とぜんぜん変わっていないじゃないか。顔も体つきも」

ジョンは照れくさそうにそう言うと、妻の手を優しく取ってベッドの方に引き寄せた。エリザベスはにっこりして身をすり寄せた。彼女がクリスマスのためにはいたベルベットのスカートを脱ぐと、ブラウスのボタンはジョンがはずした。

「アイ　ラブ　ユー、リズ」

ジョンは彼女の耳元でささやいた。エリザベスの感情が高まるのを待つようにしてジョンは彼女の肩をさすり、やがてその手を胸にもっていった。二人の唇が重なり合った。

情熱をぶつけ合ったあと、二人は満足し切って眠りに落ちた。二人の生活は、誠実さで築き上げた善なるもので満ち、二人の愛は、尊敬と思いやりの気持ちで補強されていた。今も、ジョンの腕の中でまどろみ始めたエリザベスが考えていたのは夫のことだった。ジョンも、彼女にぴったり寄り添い、手をエリザベスの腰に回したまま寝入っていた。二人は朝が来るまで幸せな睡眠を貪った。

次の朝、エリザベスは、目を覚ますとすぐ、ガウンを羽織ってアニーの様子を見に行った。

アニーはまだ眠っていた。一見して病気には見えなかったが、近寄って見ると、顔色がとても悪かった。呼吸もしていないように見えた。エリザベスはドキッとした。心配になってちょっと揺すってみたが、アニーは目を開かず、弱々しい声でうめいただけだった。今度はもっと強く揺すってみた。だが、アニーは目を閉じたままだった。エリザベスはパニックになって、娘の名を大声で呼んだ。その声を聞いていち早く駆けつけて来たのがトミーだった。

「どうしたの、お母さん？」

母親の大きな声を聞いて、異常事態を察知したトミーは、クシャクシャ頭とパジャマ姿のまま、ねぼけまなこを無理に見開いてアニーの部屋をのぞいていた。

「分からないのよ。お父さんに言って、ストーン先生にすぐ電話してもらってちょうだい。アニーが目を覚まさないの！」

母親はそう言いながら泣きだしていた。

彼女が自分の顔を娘の顔にすり寄せてみると、吐く息は感じられたものの、娘が昏睡状態に陥っていることと、熱が昨晩よりずっと高いことがすぐに分かった。エリザベスはその場を離れたくなくて、体温計を取りにも行けなかった。

「早く！」

エリザベスは、すでに駆けだしている息子の背中に向かって大声を張り上げた。それから、娘をもう一度揺すってみた。やはり元気のないうめき声を上げるだけで、アニーは口も目も開こうとしなかった。エリザベスは娘の首に腕を回して、ただ泣いて待つしかなかった。

「さあ、ベイビー……目を覚ますのよ……ほら、お願いだから……お母さんはあなたのことを愛していますよ……アニー、お願い……」

ジョンが息子と一緒に部屋に飛び込んできたときも、彼女はまだ泣いていた。

「ウォルトがすぐ来るそうだ。いったいどうしたんだい？」

ジョンもうろたえていた。本当は妻にそんな自分をみせたくないのだが、今はそれどころではなかった。トミーも父親の陰で涙ぐんでいた。

「どうなっちゃったのか、わたしにも分からないのよ……きっと熱が高すぎて……いくら揺すっても目を覚まさないの……どうしちゃったのかしら……ああ、ジョン……ああ神さま……お願いです……」

エリザベスはしゃくり上げながら、娘を抱き締めては揺するのだが、アニーはもううめくことすらしなかった。家族に見守られる中で、アニーはどんどん生気を失くしていった。

「大丈夫だよ、子供にはよくあることさ。死んだように見えて、二時間後には元気になって跳ね回るんだ。大丈夫さ」

ジョンは自分がパニックになっているのを隠そうとしてそう言った。

「気休めは言わないでちょうだい。この子は今、重病なのよ。見れば分かるでしょ！」

エリザベスは夫ののんびりした言い方にいら立った。

「必要なら入院させるってウォルトは言っていた」

入院が必要なのは誰の目にも明らかだった。

「わたしが見ているから、着替えてきなさい」

ジョンが優しく言った。

「いいえ、わたしはここにいます」

エリザベスは頑として言った。そして、娘の髪の毛を優しくなでた。その様子をトミーは恐怖の面持ちで見ていた。彼女の顔の血の気のなさから、アニーはまるで死人に見えた。近くでよく見なければ、呼吸しているのも分からないくらいだった。この子が再び目を開け、笑ったりはしゃいだりできるとはとても思えなかったが、トミーは奇跡が起こることを祈った。

「どうしてそんなに急に悪くなるんだろう？　昨日はあんなに元気だったのに！」

トミーは心配そうな顔で言った。

「昨日からおかしかったのよ。でも、なんでもないと思ってしまったの」

エリザベスはそう言って夫の顔をにらんだ。医者を呼ばなかったのはあなたの責任よ、とその表情で夫を責めていた。アニーが意識不明に陥っているあいだに夫と愛し合っていたことがエリザベスの胸につかえていた。

「昨日のうちにウォルトに来てもらうべきだったわ」

「こうなるとは分からなかったんだから、仕方ないじゃないか」

夫の慰めにエリザベスは何も答えなかった。

ようやく玄関をノックする音が聞こえた。ジョンが飛んで行ってドアを開け、医者を中に招き入れた。とても天気の悪い日で、予報どおり外は吹雪になっていた。まるで、アニーの寝室の様子が外の世界にまで拡大されたような荒れ方だった。

「どうしましたか？」

寝室に向かいながら、医者はジョンに訊いた。

「わたしもよく分からないんです。リズは、熱が高くて目を覚まさないんだと言っていますけど」

二人は寝室の入口に来ていた。医者は母親やトミーがそばにいるのにもほとんど気づかず、アニーのベッドに近づくとただちに診察を始めた。アニーの首を動かし、瞳孔を調べ、胸に耳を当て、各種の反応をみた。それから、三人の方に向き直り、苦しそうな表情をした。

「すぐ入院させて、髄液を抜き取って検査します。髄膜炎の疑いがありますから」

「まあ、そんな……！」

髄膜炎がどの程度危険なのか、エリザベスは知らなかったが、アニーの様子からして、それが恐ろしい病気であることは容易に想像できた。

「でも、ちゃんと治るんでしょ？」

ジョンの腕にしがみついてつぶやいたエリザベスの言葉は、ほとんど聞き取れないほど小さかった。トミーは愛する妹を見つめながら泣いていたが、彼の存在はしばらく忘れられていた。医者の答えを待つあいだ、エリザベスは自分の心臓がドキンドキンと鳴るのが聞こえた。長年の友であり、小学校も一緒に通った仲だったが、アニーの運命を冷静に査定してこう言ったときの医者は、一家の敵に見えた。

「さあ、それはなんとも言えません。重病ですから、体力がもつかどうか。とにかく、このまますぐに入院させます。誰か一人、一緒に来てくれますか？」

「リズと二人で行きますよ」

ジョンが即答した。

「すぐ仕度するから。トミー、おまえはウォルトと一緒にアニーを見ていなさい」

「ぼくも……お父さん……」

トミーは声を詰まらせて涙を流した。

「ぼくも一緒に行くよ……アニーと一緒にいたいから……」

ジョンは何か言いかけたが、やめて首を縦に振った。トミーが妹のことをどれほど心配しているか、父親は即座に理解した。家族みんなのアニーなのだ。絶対に死なせるわけにはいかない。

「じゃ、仕度しなさい」

ジョンは息子にそう言うと、医者に顔を向けた。

「すぐ用意できるから――」

夫妻の寝室では、エリザベスが着替えの真っ最中だった。下着を身につけ、ガードルとストッキングと古いスカートをはき、セーターを着てから髪をさっととかし、バッグとコートをわしづかみにして、アニーの寝室へ急いだ。

部屋に入ってくるなり、エリザベスは息を切らしながら訊いた。

「どう、それから?」

「変化はありません」

脈拍や呼吸間隔を調べていた医者は静かに答えた。血圧はかなり落ちて、心音も弱く、アニーはさらに深い意識不明状態に陥っていた。

医者は一刻も早くアニーを病院に運びたかったが、髄膜炎となれば、病院でも治療が難しいことをよく知っていた。

ジョンが現われた。あわてて仕度したのが分かる格好だった。トミーはホッケーのユニホームを着てやって来た。それがクローゼットで彼が、最初に手にした服だった。

「さあ、行こう」

そう言って、ジョンは娘をベッドから抱き上げた。エリザベスがその上に毛布を二枚かけた。小さな首は、電球のように熱かった。皮膚はカラカラに乾いて、唇が青ざめていた。三人は医者の車に乗り込んだ。アニーを抱いたジョンはうしろの席に座った。その横にエリザベスが滑り込んだ。トミーは助手席に座った。アニーはちょっと身を動かしたものの、声らしきものはいっさい発しなかった。病院に着くまで、全員が無言だった。エリザベスは娘を見下ろしたまま、その髪の毛をなで続けた。そのあいだ二、三度額にキスしたが、そのたびに唇に伝わってくる熱の高さに驚いていた。

救急室までジョンが抱いて行った。家を出る前にウォルトが電話していたので、救急室では看護婦たちが待機していた。髄液を抜き取っているあいだ、エリザベスは震えながら娘の手を握り続けていた。

「それでは、ご家族の方はこれでお引き取りください。待合室の方にでも……」

看護婦の一人がそう言うと、エリザベスは頑とした口調で言い返した。

「いいえ、わたしはこの子と一緒にここにいます」

看護婦たちは顔を見合わせていたが、医者がうなずくのを見て、それ以上は何も言わなかった。

夕方までに、医者が懸念したとおりであることが判明した。アニーの病気は髄膜炎だった。熱はさらに上がり、四十一度六分にも達していた。熱を下げるための努力はまったく功を奏さなかった。

アニーは小児病棟に移され、カーテンで囲われた。家族が見守る中で、アニーは時々うなされるが、目を開けたり、動いたりはしなかった。しばらくして、医者が二度目の検査をした時は、首の回りがコチコチに硬くなっていた。このまま高熱が続き、患者が意識を取り戻さなければ、長いことはないだろうと医者は判断していた。しかし、特効薬も治療法もない以上、運命の手に委ねて待つしか方法はなかった。

五年半前、天からの贈りもののように突然授かったアニー。愛と喜びを家中に振りまいていた彼女が、いま夫妻の手からむしり取られようとしている。それを、行かないでくれと請い願うしか、両親にはしてやれることがなかった。でも、母親がいくら耳元でささやいても、アニーには聞こえていない様子だった。顔にキスして、熱であつくなった手をなでてやっても、反応はなかった。ジョンとトミーは、交替でアニーのもう片方の手を握り続け、交替で廊下に出ては涙をぬぐっていた。こんな無力感は一家が初めて経験することだった。しかし、エリザベスはあきらめなかった。どんなことをしてでも娘を救うつもりだった。だから、夫や息子のように廊下へも出なかった。

彼女としては、黙って娘を暗闇の世界に送るつもりはなかった。泣き叫んで、しがみついてでも、アニーをこの世にとどめるつもりだった。

「愛しているわよ、ベイビー……みんながあなたのことを愛しているのよ……お父さんも、トミーも、お母さんも、みんながね……さあ、目を覚ましなさい……目を開けなきゃいけないの……さあ、力を出して、ベイビー……あなたならできるでしょ。これからすぐ良くなるのよ……悪いバイ菌があなたを病気にしているけど、許しちゃダメ……! さあ、アニー、いらっしゃい……お願い……」

エリザベスは疲れた様子も見せずに、何時間も言葉をかけ続けた。夜が来ても、娘のもとから離れようとしなかった。ようやく勧められて椅子には座ったが、アニーの手だけは離さなかった。しばらく黙っていると、また思いだしたように語りかけ始める。そんな母子の様子を見るのがつらくて、ジョンは時々廊下に出るしかなかった。

夕食時になると、看護婦たちは半ば強制的にトミーを病室から連れだした。実際その時のトミーは、母親が語りかけるのを聞き、愛する妹が死んだようになっているのを見続けて、少しおかしくなりかけていた。父や母がどんなにつらいか、トミーには痛いほど分かった。自分だって耐えられないほどつらかった。だから、部屋のすみに立って泣き続けていた。エリザベスには息子を慰める心のゆとりはなかった。彼女はトミーをちょっと抱いただけで、あとは看護婦が連れて出るのに任せた。

トミーが一時間ほど部屋から離れているあいだに、アニーはうめいて、わずかにまぶたを動かした。もう少しで目を開けそうだったが、そこまではいかなかった。代わりに、しばらくしてからもう一度うなされ、今度は母親の手を軽く握り返してきた。それから突然、長い眠りから覚めたように目をパッチリ開けて、母親を見上げた。

「アニー!?」

エリザベスはびっくりしてささやき声を漏らした。それから、手招きでジョンを呼んだ。ジヨンはアニーの枕元にやって来て、妻の横に立った。エリザベスは娘に語りかけた。

「ハーイ、ベイビー……お父さんもお母さんも、ここにいますよ。愛しているわ」

アニーは首を動かせないようだったが、二人の姿が見えているのは明らかだった。とても眠そうで再び目を閉じてしまったが、しばらくしてからまぶたを重そうに開け、にっこりした。

「……わたしも愛しているわ……」

アニーの声は聞き取れないほど小さかった。

「トミーは……？」

「トミーもここに来ていますよ」

涙が川のように流れてエリザベスの顔を濡らした。彼女はアニーの額に優しくキスした。ジョンも泣いていた。つらくて見ていられないなどと、もう言っていられなかった。愛する娘を病魔から取り戻すためなら、どんなことでもするつもりだった。

「トミーのことも愛しているわ……」

アニーは弱々しい声で言った。

「……みんなを愛しているの……」

そう言ってから、アニーはにっこり笑った。その表情は完璧で、彼女が生まれて以来、一番可愛らしかった。ブロンドの髪に、大きな青い目、小さくて丸々とした頬。二人は思わず娘にキスした。アニーはまるで、秘密でもあるかのようないたずらっぽい表情で両親に微笑み続けた。やがてトミーも部屋にやって来た。妹のベッドの方を見ると、アニーの目が彼の方を見て微笑んでいた。彼は、妹が死なずに済んだと思って嬉し泣きした。それからアニーはみんなに応えたい気持ちを込めたのだろう、ひと言だけ言った。

「……ありがとう……」

やはり、ようやっと聞こえるようなささやき声だった。それから彼女は、微笑んだまま目を閉じた。それだけでも大変な努力だったに違いない。彼女は疲れ切ったように、再び眠りに落ちた。トミーはほっとしながら病室を出た。しかし、エリザベスの感触は違っていた。娘は意識を取り戻したようにも見えたが、どこかがおかしかった。アニーが意識不明状態に戻っていくのが、エリザベスは直感で分かった。天からの授かりものが、またもや自分たちの手から取り上げられようとしている。戻されたのは、ほんの一瞬だった。エリザベスは小さな手を握り、娘を見守り続けた。そのあいだ、ジョンは部屋を出たり入ったりしていた。トミーは廊下の椅子で仮眠していた。

アニーが最終的に息を引き取ったのは、真夜中近くになってからだった。あれ以来、目を開けることも、意識を取り戻すこともなかった。でも、あの時の言葉で、彼女はすべてを言い尽くしていた。みんなを愛していると言った……〝ありがとう〟とまで言った。美しい五年間を……短い五年間を……ありがとうと言いたかったのだろうか。それを言わなければならないのは、残された家族たちの方ではないか。喜びに溢れた五年間をありがとう、と。両親に看取られながら、アニーは逝ってしまった。エリザベスとジョンは娘の手を握り続けていたが、しがみつくようなことはしなかった。その時はもう駄目だと覚悟を決めていたから、ただ安らかに昇天させてやろうとしていた。

「愛しているわ……」

最後に小さな息を引き取るとき、エリザベスは娘に呼びかけた。

「愛しているわ……」

同じ言葉がむなしい木霊《こだま》のように病室に響いた。アニーは天使の羽を広げて逝ってしまった。授かりものは夫妻の手から取り上げられ、アニー・ホイットカーの魂は肉体を離れた。そのときトミーは、廊下の椅子で眠りながら、妹といろいろな遊びをする夢を見ていた。雪の中で戯れていた妹が天使になる夢もあった。トミーは夢を見続けた。それが正夢とも知らずに。

第二章

娘の葬儀ほど、母親にとっての悪夢はない。優しい言葉をかけられるたびに、エリザベスの胸はうずいた。ニューイヤーズイブの二日前だった。知人、友人たちがお悔やみにやって来た。アニーの友達に、その両親たち、幼稚園や保育園の先生たち、ジョンの会社の重役や従業員たち、エリザベスが教えていた学校の先生たち。ウォルター・ストーン医師も葬儀に来ていた。ストーン医師は、電話をもらったあの夜なぜすぐ駆けつけなかったのか、今でも悔やんでいる、と静かな口調でホイットカー夫妻に語った。ただし、すぐ駆けつけたからといって、状況はおそらく変わらなかったろうとも言った。髄膜炎にかかった子供の死亡率は非常に高いのだ。エリザベスとジョンは、そんなに自分を責めないようにと、かえって医者を慰めなければならなかった。しかし、エリザベスは、どうしてあの時、何がなんでも来てもらわなかったのかと自分を責めた。同じように、ジョンも自分を責めていた。夫妻は、娘が意識不明状態に陥っているときに愛し合った自分たちを嫌悪した。トミーも、なぜと、理由は特になかったが、妹の死に自分にも責任があるような気がしてよけい悲しかった。あの時こうしていれば、ああしていたらと考えるのだが、実際は、誰が何をしても状況は変わらなかっただろう。

その日、牧師は集まったみんなに語りかけた。アニーは神から一時預かった可愛らしい天使であり、みんなに愛と、仲良くすることの大切さを教えてくれた清らかな心の友だったと。そこに座っていた全員が、彼女の茶目っ気たっぷりの笑いと、大きな青い目と、みんなを微笑ます明るい顔を思いだしていた。〝愛の贈りもの〟と言った牧師の言葉に同意しない者はいなかった。ただ、アニーなしに、これからどう生きていけばいいのか、遺族にとってはそこが問題だった。

子供の死に出会うと、大人は誰でもなにがしかの罪の意識を持つものである。身近な家族にとっては、希望も、人生も、未来もなくなることを意味する。温かみと喜びの喪失である。

十二月のその朝、エリザベスと、ジョンと、トミーの三人のホイットカーほど孤独な人間はこの世にいなかった。三人は友人たちに囲まれながら、凍るような寒さの中で墓穴のふちに立ち、身を裂かれる思いで、花で飾られた小さな柩が埋められていくのを見つめた。

「わたし、もうダメだわ」

埋葬式のあと、のどが詰まったような声でエリザベスがそう言うのを聞いて、ジョンは妻の腕をしっかり支えた。エリザベスがヒステリーを起こすのではないかと、ジョンは心配でならなかった。二人はいつも一緒だったから、お互いのことはよく分かっていた。エリザベスの顔色がさらに悪くなった。

「あの子をここに置いていくなんて……わたしできない……」

エリザベスは涙でのどを詰まらせた。逆らう彼女をジョンは抱き寄せた。

「ここにいるのはあの子の亡骸《なきがら》だけだ。あの子は……天国で幸せにしているよ」

「幸せなんかじゃないわ。あの子はわたしのものよ……帰って来て欲しいの……帰って来て欲しいの……」

友人たちはどうしていいか分からず、一人、また一人とその場を離れて行った。夫妻の苦しみを和らげる方法や言葉など、あり得ようはずがなかった。

トミーは体を震わせて泣きながら、アニーの柩を見続けていた。

「大丈夫か？」

ボーッとしながらその場を離れかけたとき、ホッケーのコーチに声をかけられた。トミーは泣いているのを隠そうともせずに、濡れている頬をぬぐった。それから、うなずいて大丈夫だと言おうとしたが、逆に首を横に振って、体の大きなコーチの腕の中に崩れ込んだ。

「分かる……分かる……おれも二十一歳のとき妹を亡くしたんだ。彼女は十五歳だった……つらかったよ。思い出だけを抱いて生きるのは」

コーチもトミーと一緒に泣いていた。

「思い出を大切にしろ。彼女はおまえの人生に恵みとなって必ず戻って来る。天使はそういう贈りものをしてくれるんだ……気がつかなくても、彼女はおまえの周りにいる。一人になったとき、語りかけてみろ……彼女にはおまえの声が聞こえるんだ。おまえにも彼女の声が聞こえるだろう……決して永遠の別れではない」

この人は果たして本気でそう言っているのかと、トミーは不思議そうにコーチの顔を見た。それから黙ってうなずいた。ちょうど父親が、泣きじゃくる母親を抱えるようにして墓地から離れるところだった。

エリザベスは車まで歩くのがやっとだった。ハンドルを握る父親も青ざめていた。三人は車の中でひと言も話さなかった。

午後のあいだ中、近所の人たちが食べ物の類いを持ってホイットカー家を訪れた。顔を見せるのはかえってつらかろうと、黙って玄関口に置いていく人もいれば、ホイットカー家の人間に触れると不幸がうつると言わんばかりにこそこそと帰る者たちもいた。

エリザベスとジョンはやつれた顔で居間に座り込み、訪問客たち一人一人に挨拶を返していた。夜遅くなり、ようやく訪問客や電話でのお悔やみが来なくなると、二人はほっとした。アニーの部屋の前を通るのがつらくて、ジョンはたまらずにそのドアを閉めた。

ジョンがいま思いだせるのは、病院に連れて行かれた朝のアニーの青ざめた顔と、病気でぐったりしていた姿だけで、彼女が元気で父親をからかったり、笑わせたりしている時の様子がどうしても思いだせなかった。そしてついには、彼女が〝ありがとう〟と言った最後の一瞬が思いだされた。娘の言葉が頭にこびりついて離れなかった。あの時のアニーの表情と、どうしてあの子が死ななければならなかったのかとの自問が頭の中で繰り返された。あの子はなぜ死んだんだ？　どうしてあの子がそんな病気にかかるんだ？　アニーの代わりに、どうして自分が病気にならなかったんだ？　だがジョンは、自分の胸の内の苦しみを誰にも明かさなかった。ジョンだけではなく、ホイットカー家の全員が、それから一週間、ひと言も口をきかなかった。友人に必要なことをしゃべるだけだったが、ジョンはその友人とすら、話そうとしなかった。

カレンダーどおりにニューイヤーズイブがやって来て、過ぎて行った。トミーは、新年になったのも気がつかなかった。二日後、彼は学校へ行った。彼の不幸を皆は知っていたが、誰も何も言わなかった。ホッケーコーチは優しかったが、自分の妹の話やアニーの名は二度と口にしなかった。何も話さない両親たちに、トミーは悲しみの持って行き場がなかった。何か月も前からひそかに想いを寄せていたエミリーさえも何も言ってこなかった。彼女のことをアニーと一緒に語り合ったことを思えば、これは侮辱だった。

トミーの頭が反応するのは、失ったものの重みに対してだけだった。それがまた、彼をいっそうつらくした。切断された足のように、痛みの止まらないのが苦しかった。皆から同情の目で見られるのが嫌だった。語りかけてくる友もいなければ、一緒に遊ぼうとする友もいなかった。頭がおかしいとでも思っているのか、皆は彼から遠ざかっていた。両親もだいたい同じような目に遭っていた。

葬儀後、一家は友人たちと交わらなくなった。夫婦のあいだでさえ、お互いに目を避け合った。トミーは、両親とは一緒に食事をしなくなっていた。彼としては、アニーのいないテーブルなんかにはとても着けなかった。もうアニーと一緒にミルクが飲めないなんて、学校から帰るのも嫌になっていた。アニーのいない家に住んでいたくもなかった。だからトミーは、できるだけ遅くまでクラブ活動をやり、夕食は母親がキッチンに用意したものを一人で食べた。それも、たいがいは立ったままストーブの横で食べた。残りは自分でゴミ箱に捨てた。クッキーと、グラスに一杯のミルクを部屋に持って行って、それで夕食を済ませる時もあった。食事をしている母親の姿も見かけなくなった。父親の帰宅はますます遅くなり、家で食事をとることもめったになくなった。家族揃っての夕食は過去の思い出になり、三人は一緒に集まることを恐れるかのように避けていた。三人が顔を揃えれば四人目の不在が耐えられなくなると、みんなが同じことを考えていた。だから三人は、それぞれに別行動をとっていた。

家の中のすべてがアニーを思いださせた。そして、アニーを思いだすたびに、三人の胸はうずいた。この胸のうずきは、夢中になって何かしている時は忘れられても、すぐ元に戻ってきて、耐えられる限度を超えて痛みだす。

アイスホッケーのコーチは、トミーの落ち込みがひどいのに気づいていた。別の教師も春休み前にその件を指摘した。トミーは就学して以来初めて落第点を取った。それでも本人はいっこうに気にしない様子だった。実際彼は、アニーがいなくなって、もう成績なんてどうでもよかった。

「ホイットカーくんは最近成績が落ちちゃいましてね」

カフェテリアで開かれた職員同士の打ち合わせで、クラスの担任が数学の教師にその話をした。

「先週、その件で彼の母親に電話しようと思っていたんですよ。ところが、ひょっこり町で出会いましてね。お母さんのやつれ方も相当なものでした。娘さんを亡くして、よほどショックだったんでしょうね」

「それはそうでしょう。無理もありませんよ」

数学教師はしきりに同情していた。彼女自身、子持ちだったから、そのつらさがよく分かった。

「かなりひどいんですか？　何か単位でも落としたんですか？」

「まだそこまでは行っていないんですけど、危ないところですね」

担任は正直に言った。

「クラスではいつもトップの子だったんですよ。両親も教育熱心でね。父親は確かアイヴィーリーグの大学へ入れたがっているんですけど。でも今の調子ではちょっと無理ですね」

「また盛り返すんじゃないでしょうか。妹さんが亡くなってからまだ三か月ですよね？　ちょっと放っておいてあげて、様子を見たらいかがですか。もし期末まで待って本当に落第点を取るようだったら、そのときでも遅くないと思いますよ、ご両親に話すのは」

「あの子の成績がこんなに落ちちゃうなんて残念ですよ」

「今は生きるのが精一杯で、勉強どころではないのかもしれませんね。しばらくそっとしておいて、本人のやる気を引きだすのが一番でしょう」

「そうですよ。まだ三か月なんですから」

別の教師がその点を強調した。ちょうど三月も終わろうとしていた時で、アイゼンハワー大統領がホワイトハウスに入ってから二か月が経過していた。サークのポリオワクチンのテストが成功をおさめ、ルシル・ボールが大衆の話題をさらいながら子供を産んだ。世界はめまぐるしく動いていたが、トミー・ホイットカーの生活はアニーの死と共に停止してしまっていた。

「もしわたしだったら、子供に死なれたら一生立ち直れないと思うわ」

数学の教師が小さな声で言った。

「分かりますよ」

二人の教師は、自分たちの家族のことを思って黙り込んでしまった。昼食が終わる頃までに、トミーにもうしばらく猶予を与えることで教師たちの合意ができた。だが、彼がすべてにやる気を失くしているのは誰の目にも明らかだった。その春のシーズンには、バスケットボールにも野球にも参加しないと彼は決めていた。コーチにいくら説得されても、その決心を変えなかった。家では整理整頓などいっさいせず、自分の部屋はめちゃくちゃにしたままだった。生まれて以来初めて、親にも反抗するようになっていた。

父親と母親のあいだもうまくいっていない様子だった。二人はしょっちゅう言い争いをしていた。こんなことは今までにないことだった。ちょっとしたことをあげつらっては、どちらかが相手を責めていた。けんかの原因は、愚にもつかないことばかりだった。車にガソリンを入れておかなかったとか、ゴミを出さなかったとか、犬は誰が散歩に連れて行くとか、請求書の支払い、コーヒー豆の種類、どんなことでも言い合いの種になった。父親はめったに家にいることがなく、母親は絶対に笑わなくなった。家族のあいだで優しい言葉をかけ合うこともなくなった。夫妻の態度は、悲しみよりも憤りを表わすものだった。事実、二人とも心の底から怒っていた。お互いに対して、世間に対して、人生に対して、アニーを自分たちから取り上げてしまった苛酷な運命に対して怒っていた。それでも二人は、それを口に出して言うことはしなかった。その代わり、すべてのことに八つ当たりして声を荒らげた。電気料金が高いと言ってけんかしたこともあった。

トミーにとっては、そんな両親に近寄らないでいるのが一番楽だった。だから、家に戻っても庭でブラブラしたり、玄関の階段に居座ってボーッとしていることが多かった。タバコも吸い始めた。ビールも飲むようになった。

その月は雨の日が多かったが、トミーは雨に濡れながら裏口の階段に腰をおろし、キャメルを吸ってビールを飲んだ日もあった。そんな自分を、トミー自身は大人になったとカン違いすることもあった。両親にはいっさいかまわないことにしていた。もう十六歳の彼は半分大人だった。

「十六歳だなんて関係ないぞ、バカ者!」

三月のある夜、マリーベスの父親が声を張り上げて娘を叱った。ここは、トミーがこの日もビールを飲んで酔っぱらっている町から四百キロ離れたアイオワ州のオナワというところである。

「そんな透け透けのドレスで外に出るなんて許さん。しかも化粧品の売り子のような厚化粧をして！　顔を洗って着替えてこい」

「そんなこと言ったってお父さん、今夜は春のダンスパーティーなのよ。女の子はみんなお化粧して、大人の格好をしてくるわ」

二歳上の兄のガールフレンドは、二年前の同じ催しのときもっとませた格好をしていたのに、父親は何も言わなかった。

〈男の子なら何をやっても文句を言われないのね〉

「出かけたいなら、もっときちんとした格好をしなさい。それが嫌なら家にいて、お母さんと一緒にラジオでも聴いていなさい」

マリーベスは修道女みたいな服装で出かけるくらいなら、いっそ家にいた方がましだと思ったが、進級記念パーティーは今夜を逃したらもう二度とやって来ないのだ。だから、やはり出かけたいのが本音だった。ドレスは友達の姉から借りたもので、サイズはちょっと大きかったが、とても似合って可愛らしかった。そのドレスのピーコックブルーに合わせた靴はきつくて足が痛んだが、やはり似合っていて見映えがした。ストラップのないドレスで、上にボレロを羽織るようになっていた。ただ、丈がとても短く、彼女の長い足がひざ上から丸出しになる。父親はそれで反対しているのだと、マリーベスには分かっていた。

「ちゃんとボレロを着ているわよ。絶対そうするから、お願い、お父さん」

「ボレロを着ようが着まいが、そんなみっともない服装で出かけるのは許さない。もしパーティーに行くのなら、もっとましな格好をしなさい。それが嫌ならパーティーのことは忘れなさい。お父さんはどっちだっていいんだ。そんな服を着ると、女の子はみんなあばずれに見える。いいか、よく覚えておきなさい。男の注意を引くのに、そんなに足を見せる必要はないんだ。そんなもので引っかかる男はろくなヤツじゃないんだからな」

父親の厳しい言葉に、妹のノエルが目を大きく開いて、目玉をクルクルと回した。まだ十三歳の妹は、姉のマリーベスよりよほど進んでいて、はるかにませた格好をしていた。二人とも、真面目な子だったが、妹の方が何ごとにつけ積極的だった。なにしろ、十三歳のくせに、男の子に口笛を吹かれるたびに目を輝かすくらいなのだ。三歳年上のマリーベスの方は恥ずかしがり屋で、父親に反抗したことがあまりなかった。

結局マリーベスは自分の部屋に戻り、ベッドに横になって泣き寝入りすることにした。見かねた母親がやって来て、良さそうな外出着を見つけるのを手伝ってくれた。選ぶほどたくさんはなかったが、母親が品が良いと気に入っている白い襟のネイビーブルーのドレスにすることに決めた。それでもマリーベスは涙が止まらなかった。彼女のセンスからすれば、救えないくらい醜い服だった。

「お母さん、そんな格好して行ったらみんなに笑われるわ」

母親が選んだドレスを見て、マリーベスの心は沈んだ。それは前から大嫌いな服だった。

「でも、そんな格好をする子なんてめったにいませんよ」

母親のマーガレットは借りたブルーのドレスを指して言った。可愛らしいドレスであることは彼女も認めていたが、少しドキッとさせられたのも事実だった。マリーベスがそんな服を着ると、まるで大人に見えた。十六歳にして、幸か不幸か、彼女のスタイルはほとんど完璧だった。胸はふくよかで、引き締まったヒップに、くびれたウエスト、足は形が良くて長かった。だから普通の服を着た時でも、体の線の美しさが際立っていた。背もほかの子よりは大きく、どちらかというと早熟だった。一時間も説得されて彼女は渋々そのドレスを着ていくことにした。

やがて迎えにやって来たデートの相手をつかまえて、父親が遠慮会釈のない質問を浴びせ始めた。

「学校を卒業したら、どんな方面に進むんだね、きみは？」

「いえ、まだ決めていないんです」

デビッドは少年らしい素直な態度で答えた。

「若いうちに肉体労働をしておくのも経験になるぞ。軍隊に入るのも悪くない」

早く終わって欲しそうな顔のデビッド・オコーナーが、デート相手の父親に右も左もなく賛成の意を表わしているところに、マリーベスがやって来た。気に入らないドレスを着て、母親の真珠の首飾りをしているのがせめてもの慰めだった。履いていく予定だったピーコックブルーのハイヒールの代わりに、かかとの低いネイビーシューズを履いていた。それでもデビッドよりは背が高かったので、これでもいいか、と彼女は自分に言い聞かせていた。

不格好さは否めなかった。彼女の赤毛に陰気な濃紺は合うはずがなかった。マリーベスは気分がすっきりしないまま、デビッドに〝ハロー〟と言った。

「わあ、かっこいいね」

デビッドは必ずしもそうは思わなかったがそう言った。彼自身は兄から借りたふた回りも大きな古いダークスーツを着ていた。

少年は、持ってきた花のブローチをマリーベスの胸につけてやろうとしたが、手が震えてピンがなかなか差せなかった。やむなく母親が手伝ってやった。

「では楽しんでいらっしゃい」

母親は立ち去って行く二人に優しく言った。好きな服を着させてやれなかったことに、ちょっぴり後ろめたさを感じていた彼女だった。確かにあのドレスは可愛かったし、それを着たときのマリーベスはうんと大人に見えた。でも頑固なバートがいったん言いだしたら、家族は皆それに従うしかないのだ。それに、娘を心配すればこその夫の厳しさだと分かっていたから、やたらに反対もできなかった。夫の二人の姉は親に逆らって遊び回り、結局、程度の低い男たちとくっついてしまった。だから彼は、娘にはそうはさせまい、ましな相手を選んで欲しい、と願っているのだ。家庭内で色気は厳禁だった。しかし、長男のライアンだけは何をしても許されていた。もう十八歳だったし、会社で父親の手伝いをしていたからだろうか。

バート・ロバートソンは自動車修理屋で、彼の工場はオナワの町でも一番繁盛していた。一時間に三ドル儲かるというのが彼の自慢だった。

長男のライアンは父親の工場で働くのに満足していた。メカニックとしては〝おやじに負けない〟が彼の口癖だった。二人は良いコンビで、週末には一緒にハンティングや釣りに出かけたりする。そんなとき、母親のマーガレットは娘たちと一緒に家に残り、映画を見に出かけたり、編み物に没頭して時間を過ごす。母親は外で働いたことがなく、それがまたバートの自慢でもあった。

彼は決して金持ちではないが、後ろめたいような生活は送っていない。だから、娘が人からドレスを借りてセックス狂のクジャクみたいな格好でダンスパーティーに行くのが耐えられないのだ。娘が美人なのを知っていたから、バートはよけいしつけを厳しくしていた。姉たちの二の舞だけはさせないつもりだった。

マーガレット・オブライエンを妻に選んだことにも、彼の地道さが表われていた。出会った頃、マーガレットは修道女になりたがっていた。以来二十年間バートに従い、彼の趣味に合った家庭を作ってきた。もしマーガレットが、ついさっきマリーベスが着たがっていたようなちゃらちゃらした格好をしたり、次女のノエルのように口答えばかりする女の子だったら、バートは伴侶に選んだりなどしていなかっただろう。マリーベスが何か問題を起こしたわけではなかったが、男の子の方がずっと扱いやすい、というのが子育てを通じて得たバートの結論だった。

マリーベスは父親とは違う考えを持っていた。学校で成績を誉められ、先生にいろいろ教え込まれた影響もあるが、女性の進学や社会に出てからできることについて、父親の言うことは間違っている、と常々心の中で思っていた。オムツを替えるのに大学まで行って勉強する必要はない、というのがバートの言い草だった。実際、彼の仕事では基礎的な学力があればそれで充分だった。だから、娘が経理を勉強するくらいはいいことだし、それでいずれは自分の仕事を手伝わせてもいいと思っていた。だが、女弁護士だとか、女医だとか言われると話は別だった。バートにはまったくピンと来ない夢物語にすぎなかった。だから、娘の口からそんな話が出たときは、つい怒鳴りつけてしまうのだった。

「バカ者、世間はそんなに甘くないぞ。女は身持ちを良くして、結婚して、子供を産むのが役目なんだ。旦那の収入が良かったらたくさん産んで、育児や家事に精を出していればそれで幸せなんだ」

彼は長男のライアンにも同様なことを説いていた。

「派手な女とは結婚しない方がいいぞ。それと、結婚するつもりのない女を妊娠させるのだけはいかん」

だが、思いどおりにいかないのが人間である。バートの娘たちは、あれほど言い聞かせているのに、裸同然でパーティーに出たがったり、女性の社会進出などという言葉を口にして、親を戸惑わす。マーガレットに連れて行かれる映画の影響かな、とも思ったが、マーガレットがそんな映画を選ぶはずはなかった。彼女は地味な女性で、彼を困らせるようなことは一度もしていない。問題はマリーベスだ。彼女はまだ親の言うことを聞くいい子だが、あの自由な考えのままいったら、いずれ問題を起こす、とバートは心配でならなかった。

マリーベスとデビッドは一時間も遅れてパーティー会場に着いた。みんなはすでに楽しくやっていた。飲酒は禁じられていたが、中には明らかに酔っぱらっている男子生徒もいた。顔を赤くしている女生徒も何人かいた。会場の外の車の中でいちゃついてるカップルもいた。マリーベスはデビッドに対して気恥ずかしかったので、そういう光景は見て見ないふりをして会場に入った。デビッドと彼女の関係は友人同士とも呼べないほどの単なる同級生だった。だが、ほかに相手がいなかったので、彼の誘いに乗ったというのが真相だった。マリーベスは本当にパーティーに参加してみたかった。今までは、成績こそ良かったが、生徒が催す行事ではいつも仲間はずれだった。クラスで一番の成績だからと、妬まれることや敬遠されることの方が多かった。

家庭内での父親は、高圧的で口やかましかった。特に母親に対してはそうだった。マーガレットは夫を恐れて、なんでも彼の言いなりだった。夫が間違っていると分かっているときでさえ、反抗しなかった。それに、バートは大変な雄弁家で、社会についての意見を無限に持っていた。その多くが、女性の役割と、男性の重要さを説くものであり、帰するところ、教育の無用論であった。バートは自説の正しさを証明する手段として、自分の成功を引き合いに出す。

彼はバッファロー市生まれのみなしごだった。中学校にも行かなかったくらいだが、それでもここまでやってこられたのが彼の自信の基礎になっていた。したがって、教育なんてそれで充分、というのが彼の口癖だった。

息子のライアンは、高校をやっと卒業できたほどの、出来の悪い生徒だった。だが父親は、むしろ面白いヤツだ、と言って息子を可愛がった。女の子には許さないことでも、男なら良いということか？　ライアンは高校を卒業するとすぐ、海兵隊に入り、朝鮮へ送られているはずだった。だが、偏平足と、フットボールで痛めたひざのため、〝兵役不適格者〟と認定されて、結局、徴兵は免れることになった。兄妹が話し合ったり、遊んだりすることはほとんどなかった。マリーベスの感覚からすれば、同じ家族の中にいて、同じ地上に住んでいるのが不思議なくらいの兄だった。

兄のライアンは、とてもハンサムで、家の中ではいつも威張っていた。そのくせ成績は最低だった。マリーベスは、これが血を分けた兄妹なのかと疑いたいくらいだった。

「何が一番好きなの？」

ある日、彼女は、兄のことをもっと知ろうと思って、そう尋ねたことがある。兄を知るということは自分を知ることにもつながるからだ。

ライアンは、変なことを訊くな、と言わんばかりの表情で答えた。

「そりゃあ、車に、女に……ビールに……楽しくやることに決まってるじゃないか……おやじは仕事の話ばかりしてるけど……おれは車が好きだから、それでいいんだ。これが銀行や保険会社で働けって言われたら、お断わりだけどね」

「まあ、そうよね」

マリーベスは兄を理解しようと努めながらも、緑色の大きな目に疑問の表情を浮かべて質問を続けた。

「野心はないの？」

「野心？　何の？」

何を言われているのか、さっぱり分からないと言いたげな、ライアンの顔だった。

「お父さんの手伝いをする以外のことよ。シカゴに行くとか、ニューヨークに出るとか、給料のいい仕事に就くとか……大学で勉強するとか……」

それは彼女の夢でもあった。彼女は野心家だった。だが、夢を語り合える相手がいなかった。クラスの同級生もみんな彼女とは考えが違っていた。彼女が勉強や卒業にこだわるのを変人視すらしていた。

「修了証をもらったからって、何がどう違うの？」

「学歴なんかに興味ないわ」

大方のクラスメートはそんな意見だったが、マリーベスにとっては、進学や卒業資格は重要だった。その結果、クラスメートたちは彼女を敬遠するようになり、結局、デビッドのような冴えない男の子をパートナーにして、ダンスパーティーへ行くことになってしまったのだ。

マリーベスは夢を持ち続けていた。この夢は誰にも壊させないつもりだった。父親になんと言われても、それだけは譲れなかった。勉強して、いい仕事に就いて、楽しい街に住んで、愛し尊敬できる夫を見つけたいというのが彼女の本音だった。尊敬できない相手と結婚生活を送るなんて想像もできなかった。夫になる男性とは、お互いに、何を考え、どんな理想を持っているか、理解し合ったうえで、家庭を築いていきたかった。しかし、彼女の夢を理解してくれるのは、目下のところ、彼女の頭の良さを知っている先生たちだけだった。進学して勉強を続けた方が良いというのが先生たちの一致した意見だった。

彼女が胸の内を明かすチャンスはまったくやって来なかった。自分の夢についての作文を書かされたときが、その唯一の機会だった。

「パンチでも飲むかい？」

デビッドが彼女に訊いた。

「はぁ……？」

マリーベスの頭は、あさっての方に飛んでいた。

「ごめんなさい……ちょっとほかのことを考えていたの……お父さんが余計なことを言ったみたいで、ごめんなさいね。お父さんとわたし、着ていく服のことでけんかしていたのよ。それで、こんなのに着替えるしかなかったの」

自分の格好がますます気になって、彼女はそう言った。

「結構いいじゃない」

デビッドが嘘をついているのは明らかだった。どんな格好をしても、これよりはましだったろう。ネイビーブルーのドレスはデザインが冴えないうえに、着崩れしているのがひと目で分かった。着るには相当勇気がいる服だった。彼女は〝みんなと違う格好〟と〝仲間はずれ〟には慣れていた。というよりは、慣らされてきた。デビッド・オコーナーが気安く彼女をダンスパーティーに誘ったのも、彼女なら誘いやすそうだという安直な計算があったからだった。

デビッドは自分をよく知っていた。ほかの女の子を誘っても、相手にされないに決まっている彼だった。そこで、マリーベスの存在が浮かび上がってきた。彼女は美人ではあるが、皆から気味悪がられていた――やたらにのっぽで、極端な赤毛、スタイルは良かったが、勉強のことしか頭になくて、誰にも誘われないから男の子とデートもしたことのない女の子――あいつなら、自分が誘っても断わらないだろう、と彼は卑屈な予想を立てた。そして、予想は当たった。

デビッド自身は、救えないほど魅力に乏しい少年だった。スポーツはいっさいやらず、背が低くて、いつも劣等感にさいなまれていた。そんな彼に、マリーベス・ロバートソン以外の誰を誘えよう。

ほかにも候補がいるにはいたが、そのどれも、追いかけられるようなことになったらたまらないと思えるほどの醜い女の子たちだった。それに比べたら、マリーベスの方がずっとましだったし、デビッドは彼女のことを気味悪い子だとは思っていなかった。

彼女の父親にあれこれ言われた件は、別に気にしていなかった。ひと晩中説教されるのかと思ったあの時は確かに冷や汗をかかされたが、タイミング良くマリーベスが現われてくれたので助かった。あのとき彼女をひと目見て感じたのは〝ダサイ〟だった。それでも、その不格好な服を通して、彼女の体の素晴らしさが浮きでていた。服なんてどうだっていいや、とデビッドは思った。あの体に寄り添って踊れるんだと考えただけで、デビッドの股間は硬直しだした。

「パンチでも飲まないかい？」

デビッドに急かされて、マリーベスはうなずいた。本当は飲みたくなどなかったのだが、答える言葉が思いつかなかったのでうなずいただけだった。

彼女は来たことを後悔し始めていた。誰も誘ってくれなかったからとはいえ、相手がデビッドではいかにも情けなかった。

〈おまけに、わたしの服装がこれだわ。こんなことなら、お父さんの脅しに乗って、お母さんと一緒にラジオでも聴いていればよかった〉

「すぐ戻って来るから」

デビッドはそう言っていなくなった。マリーベスは、楽しそうに踊るカップルたちを眺めた。女の子たちはみな冴えて見えた。ドレスは色鮮やかで、スカートは短く、ジャケットは小さめだった。ちょうど借りて着てこようとしていた、いま流行のスタイルだった。

デビッドはなかなか戻って来なかった。もう来ないのかと思い始めた頃、やっと戻って来た。彼はにこにこしていた。まるで、愉快な秘密ごとでも隠し持っているような、意味ありげな笑いだった。彼から渡されたパンチをひと口飲んで、マリーベスはその理由がすぐに分かった。変な味がした。さては誰かが何か入れたな、と慣れない彼女が気づくほど妙な味だった。

「これはなあに？」

彼女は、パンチの匂いを嗅ぎ、味を確かめるためにもうひと口飲んで訊いた。アルコールを口にしたことは今までに数回あるだけだったが、パンチに何か混ぜられていることは、はっきりと分かった。

「幸せにしてくれるジュースさ」

そう言ってニヤリとする彼は、今まで以上に小男に見え、パーティーに誘いに来た時の真面目さがまるでなくなっていた。こちらを見て、ずるそうに笑う様子は卑劣さ丸出しだった。

「酔いたくないわ」

彼女は当然のこととして言った。彼の誘いに乗ったのはやはり間違いだったと、自分の甘さを悔やんだ。今日の彼女もまた、皆とは水と油だった。

「いいじゃないか、マリーベス。今日ぐらいは楽しく遊べよ。二、三口飲んだからって酔っぱらいはしないさ。おれが気持ち良くさせてやるから」

デビッドはすでに酔っぱらっているようだった。飲み物を取りに行ったときに飲んできたらしかった。

「あなたは何杯飲んだの？」

「下級生たちが体育館の裏でラムを二本開けていたんだ。カニンガムのヤツもウォッカを持ってきていてね……」

「みんな元気がいいのね」

「そうさ。そういかなくっちゃ」

デビッドは得意げに笑った。彼女が非難がましいことを言わなかったことに満足して、彼女の口調の皮肉っぽさにはぜんぜん気づいていなかった。嫌悪感もあらわに、見下ろされているのも分からない様子だった。

「ちょっとごめんなさい」

マリーベスは年上のようなすまし方で言った。事実、彼女は背丈も物腰もデビッドよりはずっと大人だった。自分より十センチ以上低い彼と並ぶと、実際は百七十センチだったにもかかわらず、巨人のように見えた。

「どこ行くんだい？」

デビッドは不安げだった。彼女とはまだ一度も踊っていないのだ。

「お手洗いよ」

相変わらず、すました言い方だった。

「トイレでも一杯やってるらしいぞ」

「じゃあ、あなたに少し持ってきてあげるわ」

彼女はそう言って、人混みの中に消えて行った。

バンドは『イン・ザ・クール』を演奏していた。カップルたちは頬と頬をつけ合って踊っていた。そのあいだをかき分けて進みながら、マリーベスはひたすら悲しかった。体育館を出たところで男の子たちが隠れ飲みをしていた。たとえ隠れては飲めても、その結果は隠し切れなかった。数歩先では、男子生徒が二人、壁に向かってもどしていた。しかし彼女は、兄のライアンを見ていたから、男の子たちのこういう醜態には慣れっこになっていた。とにかく、その場を早く抜けだし、体育館から離れたところのベンチに腰をおろした。ひと息ついて、よく頭の中を整理してからデビッドのところに戻るつもりだった。これからデビッドはもっと酔っぱらうだろうから、彼女としては面白くもなんともなかった。このまま帰ってしまうのが一番いいのかもしれない。もしかしたらデビッドは、わたしが戻らなかったことにも気づかないのでは、とマリーベスは思った。

ベンチに座り続けていると、だんだん寒くなってきた。だが、マリーベスは気にしなかった。デビッドや酔っぱらっている少年たちから離れていられるだけで気分が良かった。一時でも両親から離れてこうしていられるのも嬉しかった。このままずっと一人でいられたらいいのに、とまで思った。頭をベンチの背にもたれて目を閉じ、足を前に出して伸ばした。そして、冷たい風の中に浮かんでいるような気分になって頭の中をからっぽにした。

「飲みすぎたな?」

彼女の耳元で誰かが言った。マリーベスはびっくりして腰を浮かせた。見上げると、よく知っている顔が彼女を見下ろしていた。彼はアメフトのスター選手で、人気者の上級生だった。おそらく彼女のことなど知らないはずだった。彼がなぜこんな所にいて、どうして自分に声をかけてきたのか、マリーベスには見当もつかなかった。早く立ち去ってくれればいいと思って、彼女は首を横に振った。

「いいえ、あんまり混んでいたから、ちょっと休んでいただけです」

「おれもそうなんだよ」

彼はそう言うと、気安くマリーベスの横に座った。月明かりだけの暗い所だったが、彼のルックスの良さに気づかないでいる方が無理だった。

「おれも人混みは嫌いなんだ」

「ちょっと信じられませんねえ」

彼女はからかうような口調で言った。彼はキャンパスのヒーローのわりには意外に親しみやすくて、マリーベスはなぜか思ったことがすらすら言えた。そのときは、何かすべてが現実離れしていた。人がいない体育館の外の、暗いベンチの上というのも不思議な感じだった。

「だって、あなたはいつもみんなに囲まれているじゃないですか」

「どうしておれのことを知っているんだい？」

彼はにわかに、マリーベスに興味を持ちだした様子だった。スポーツマンらしいさわやかな表情と輝く目がとても素敵だった。

「きみは誰なんだい？」

「わたしはシンデレラよ。乗ってきた車がかぼちゃに変わってわたしの相手が酔っぱらいになっちゃったの。ガラスの靴を探しに来たんだけど、どこかで見かけなかった？」

「見かけたかもしれない。どんな靴だった？　それよりも、きみがシンデレラだって、どうやって証明してくれるんだい？」

アメフトのヒーローは、面白がって言った。目の前の彼女は服装こそセンスがなかったが、顔もいいし、スタイルも良さそうだった。それにユーモアのセンスがあった。こんな子が学校にいたっけ、と彼は首を傾げたくらいだった。

「きみは三年生かい？」

彼にデビー・フラワースというガールフレンドがいることを学校中で知らない者はいない。卒業したら二人は結婚するとうわさされている。

「わたしは二年生ですけど」

彼女はそう言うと、口元をほころばせて笑った。白馬に乗った王子さまの前で素直にものが言える自分が不思議だった。

「ああ、それでおれは知らなかったのか」

彼も正直に言った。

「でもきみは二年生には見えないね」

「ありがとうって言うべきかしら？」

マリーベスはそろそろデビッドのところに戻ろうか、それとも、このまま帰ろうかと迷いながら、再びにっこりした。いつまでも上級生とこのまま座っているわけにはいかなかったが、彼と一緒にいるとなぜか安心できた。

「おれはポール・ブラウン。それで、きみの名は、シンデレラ？」

「マリーベス・ロバートソンよ」

彼女はにっこり微笑んで立ち上がった。

「これからどこへ行くんだい？」

そう言いながら彼も立ち上がった。背が高くて、黒髪で、笑顔がまぶしいほど素敵だった。

「家に帰るだけよ」

「一人でかい？」

彼女はうなずいた。

「送ろうか？」

「いいえ、わたしは大丈夫。ありがとう」

学校一の人気者、ポール・ブラウンの誘いを断わったなんて、誰が信じてくれるだろう？そのことを思って、彼女は思わず顔をほころばせた。なんというお手柄！

「じゃあ、来いよ。体育館までは送るから。帰るって、デートの相手にはちゃんと言っていくんだろ？」

「そうすべきだと思うわ」

体育館の入口に戻って来たときの二人はまるでつき合いの長い友達同士のように見えた。そこまで来ると、デビッドの姿がすぐ目に入った。彼は十人ほどの仲間たちと、フラフラとした手つきで杯を酌み交わし、すでにどうしようもないほど酔っぱらっていた。

体育館内の様子はテレビカメラでモニターされていたが、生徒たちはそんなことにお構いなく、好き放題にやっていた。

「彼に断わる必要もないと思うわ」

マリーベスはデートの相手を遠くから眺めてそう言うと、ポール・ブラウンを見上げてにっこりした。ポールは彼女よりずっと背が高かった。

「一緒にいてくれてありがとう。じゃあ、わたしはこれで帰るわ」

彼女にとっては、まったく無駄なダンスパーティーだった。嫌な思いしかしなかった。ポール・ブラウンと話せたのがせめてもの救いだった。

「一人で帰すわけにはいかないな。おれの車に乗って行けよ。それとも、おれのポンコツがかぼちゃに変わりはしまいかと心配するかな？」

「いいえ。怖くなんかないわ。だって、あなたは王子さまなんでしょ」

からかったつもりでそう言ったが、彼女は急にきまりが悪くなった。ポールはある意味で本当に王子だった。だからその表現はユーモアには聞こえなかった。

「おれがかい？」

彼の答え方も軽妙だったし、信じられないくらいハンサムで、ドアを開けて彼女を車に乗せる仕草も洗練されていた。車は一九五一年型のシボレー〝ベルエアー〟で、新車のようにきれいに磨かれていた。内装は赤で統一されていて、シートは革製だった。

「わたし、あなたのかぼちゃが気に入ったわ、ポール」

彼女がまた冗談めかして言うと、ポールは笑った。そして、彼女が自宅までの道順を教えるのを無視して、ちょっとどこかに寄って腹ごしらえしていかないかと誘った。

「ハンバーガーとミルクシェイクでもどうだい？　あれだけじゃつまんないじゃないか。きみのデートの相手は酔いつぶれちゃっているし……おれがひと言、言ってやればよかったな……きみはきっと一度も踊ってないだろ？　帰りぐらい、寄り道して楽しくやれよ。まだ早いんだし。どうだい？」

確かに、時間はまだ早かったし、彼女は深夜までに帰ればいいことになっていた。

「ええ、いいわよ」

彼女は嬉しさを表に出さないようにそう言った。だが、内心では飛び上がるほど喜んでいた。ポール・ブラウンに誘われて喜ばないなんて無理だった。

「今日は一人なんですか？」

彼のガールフレンドのデビーはどうしたのだろうと思いながら、マリーベスは訊いた。

「ああ、おれはまたフリーエージェントに戻ったんだ」

今の訊き方からすると、彼女はデビーのことを知っているな、とポールは思ってそう答えた。

〈学校中のみんなが知ってやがる！〉

だが、デビーとは二日前に別れたばかりだった。クリスマス休暇中に彼女に内緒でほかの女の子と旅行したのがバレてしまったためだった。

「でも、今から思えばおれもツイていたわけだ。そうだろ、マリーベス？」

そう言って彼は無邪気に笑った。それから、《ウィリーズ》の店に着くまで、彼女のことについてあれこれ質問を浴びせ続けた。《ウィリーズ》は、昼も夜も若者たちで賑わっているカジュアルなレストランだった。

ジュークボックスから音楽が流れ、店内は混み合っていた。体育館のパーティー会場よりも、こちらの方が盛り上がっているくらいだった。マリーベスは急に自分の服装が気になりだした。同時に、一緒にいる相手が誰かも意識しないわけにはいかなくなった。十八歳のポールを前にして、十六歳の自分が気になって仕方がなかった。彼女の恥じらいに気づいたように、ポールは友達を呼び止めては彼女を紹介した。中には、彼女が誰なのか知りたげに眉毛を上げる者もいたが、彼女はおおむねみんなから歓迎された。ポールのゲストだったからだろうか、みんながとても優しくしてくれて、彼女は笑ったり話したり、楽しい時を過ごすことができた。

チーズバーガーとミルクシェイクを一つずつ注文して、二人で分け合って食べた。それから二人は、ジュークボックスから流れてくる音楽にのって五、六曲踊った。スローダンスでは、彼がぴったり身を寄せつけてきて、マリーベスは自分の乳房が彼の体に触るのが分かった。分かったのはそれだけではなかった。

彼のモノが硬くなったのを知って、マリーベスはドギマギしたが、彼は気にしない様子で、手を放さず、そのまま体をつけて踊り続けた。そして、彼女を見下ろしてにっこり笑った。

「今まできみみたいな女の子がどこに隠れていたんだい？」

彼の声はかすれていた。マリーベスはにっこりして答えた。

「あなたの方が忙しくて、わたしがどこにいるかなんて気づかなかったんでしょ」

彼女は正直に言った。そんな彼女の言い方が、また彼の好奇心を誘った。

「そのとおりだと思う。おれはバカだったんだ。でも、どうやらラッキーナイトが来たようだ」

彼はそう言って、彼女を抱く手に力を込め、唇を彼女の髪の毛の中に埋めた。

マリーベスには、彼を夢中にさせる何かがあった。その成熟しかけた体や、踊りながら垣間見せた胸の盛り上がりもそうだったが、ただそれだけではなかった。彼を見るときの目の中の表情や、彼女の受け答えの中にその何かがあった。聡明で、無鉄砲で、勇気のある女性がそこにいた。年齢的にはまだ子供であり、上級生の前でかしこまっているはずの下級生だと、彼はよく分かっていたが、マリーベスから受ける印象は、そういう俗な規範を超えていた。彼女は彼の前でも物怖じせず、言いたいことはちゃんと言う。彼は彼女のそういうところが気に入った。デビーにふられて、エゴを傷つけられていたところだったから、マリーベスはそれを癒すための格好の安息所だった。

車に戻ってから、ポールは彼女の顔を正面からのぞいた。このまま彼女を家に帰したくなかった。彼女とはできるだけ長く一緒にいたかった。彼女のすべてが好きだと言っても、決して嘘ではなかった。一方、マリーベスにとっても、この偶然のデートはめくるめく体験になっていた。

「少しドライブしようか。まだ十一時だから」

体育館を早い時間に出て来たから、《ウィリーズ》の店では、長い時間踊ったりおしゃべりすることができた。それでもまだ少し時間があった。

「でも、もう帰らなくちゃ」

彼が車をスタートさせるときに、マリーベスはそう言った。しかし、ポール・ブラウンは彼女の家とは逆の方向に向かって車を走らせていた。まっすぐ行った先にあるのは公園だった。

あまり遅くなりたくないと思っただけで、彼女はぜんぜん心配しなかった。彼は出会ってからずっと紳士だったし、デビッドなんかと一緒にいるよりはよっぽど安心できた。

「ちょっと寄るだけ。そのあとはまっすぐ送るから。約束する。このまま終わりたくないんだ。おれにとっては記念の夜だから」

彼は含みを持たせて言った。マリーベスは頭がクラクラするほど嬉しかった。ポール・ブラウンとここまで行くなんて！　これは本当なの？　デビー・フラワースに代わって、これからわたしが彼のステディーになるのかしら？　マリーベスは、そのどれも、本当だとは信じられなかった。

「きみに会えて本当によかった、マリーベス」

「わたしもよ。あのパーティーは最低だったわ」

気楽なおしゃべりをしているうちに、二人は湖沿いの人里離れたところに来ていた。彼はそこで車を駐め、マリーベスの方に向き直った。

「きみは特別な女の子だ」

マリーベスは彼の言葉を素直に受け取った。ポールはコンパートメントを開けて、ジンのボトルを取り出すと、それを彼女の前に差し出した。

「一杯やるだろ？」

「いいえ。わたし、遠慮するわ」

「どうして？」

ポール・ブラウンはびっくりした顔をした。

「わたし、アルコールは好きじゃないの」

彼はちょっと白けたが、とりあえずビンの栓を開けて彼女に差し出した。マリーベスは、初めは断わっていたが、彼の感情を害してはと、ほんのひと口だけすすった。液体を飲み込むと、のどと目がカッと熱くなり、そのあとも口の中や頬がポッポッとほてった。ポール・ブラウンが身を乗りだしてきて、彼女にキスした。

「ジンよりこっちの方がいいだろ？」

かすれた声でそう言うと、彼は再びキスした。マリーベスはにっこりしてうなずいた。ちょっぴり罪悪感はあったが、彼女はすっかり興奮していて、ほかのことは何も考えられなくなっていた。ポール・ブラウンは途方もなくハンサムで、信じられないくらい魅力的だった。マリーベスは、その彼と今こうしてキスし合っている現実が信じられなかった。

「おれもこっちの方がいい」

彼はそう言ってもう一度キスすると、今度は彼女のジャケットのボタンをはずし始めた。彼の手つきは繊細で、ボタンをはずすのがとても上手だった。彼の手はいつの間にか彼女の乳房をさすっていた。息もつけぬほどの興奮の中で、抱擁とキスが続いた。彼女にはそれを止める術もゆとりもなかった。

「ポール、やめて……お願い……」

彼女は心からそう言っているつもりだったが、本心が口から出る言葉を裏切っていた。本当にやめさせるつもりなら、何かできたはずだ。しかし、彼を拒むなんてとても無理だった。ポールはさらに身をかがめて胸にキスすると、彼女のブラジャーをはずした。マリーベスの上半身が完全に裸になった。ポールは口を彼女の唇と乳房の両方に運んだ。それから、指先で乳首をなでた。彼の手がスカートの中に入ってくると、マリーベスは我知らずうめき声を漏らしていた。彼の手つきは慣れていて素早くて、彼女がひざを合わせていてもやすやすと中に入ってきた。マリーベスは自分に言い聞かせた。

〈わたしは本当はこんなことをしたくないんだ〉

自分を叱りつけたかったが、それはできなかった。彼のするすべてのことが楽しくて心地よかった。でも、どこかでやめなければと思った。

マリーベスは身を引くと、息を弾ませながら、彼に顔を向けて首を横に振った。

「……ごめんなさい。わたしできないわ、ポール」

彼女の頭の中はぐるぐると回っていた。

「いいんだよ。気にしなくて……」

彼は優しく言った。

「分かってる。こんなことしちゃいけないんだよな……ごめん……」

そう言いながらも、彼はもう一度マリーベスにキスした。最初からのやり直しだった。今度はさっきよりも止めるのが難しかった。二人とも完全に自分を失っていた。ポールが抱く手を放したとき、マリーベスがふと見ると、彼のズボンのジッパーが開いていた。ポールは彼女の手を取り、それを自分のところへ持っていった。マリーベスは手を引っ込めようとしながらも、彼がしようとしていることに魅せられていた。

ああ、これがそれなんだわ、とマリーベスは思った。男の子としてはいけないと、いつも警告されているあれに違いない。だが、二人とももう止まらなかった。ポールは彼女の手をジッパーの中に押し込んだ。マリーベスは我知らず、彼のモノをなでていた。そして、ポールに押されるままシートの上にあお向けになった。ポールが上に乗ってきた。

「素晴らしいよ……マリーベス、きみが欲しい……ああ、ベイビー、愛してる……」

ポールは自分のズボンと彼女のスカートをずり下ろした。その体格の力強さを感じながら、マリーベスは彼にしがみついた。一瞬の激痛と共に、彼が中に入ってきた。よろこびも一瞬だった。彼は中で動くこともなく、ブルッと大きく震えると、急におとなしくなった。

「……ああ……ああ、マリーベス……」

彼はゆっくり身を引き、彼女の顔をのぞいた。マリーベスは、ショックの表情で彼を見つめ返した。自分たちが何をしてしまったのか、いまだに信じられないといった顔だった。ポール・ブラウンは彼女の頰を指先で優しくなでた。

「ああ、マリーベス。ごめん……きみはバージンだったんだ……おれはがまんできなくて……きみはグラマーだから……つい欲しくなって……ごめん、ベイビー……」

「……いいのよ」

まだ一緒に横になっている彼に向かって、彼女はいつの間にか慰める立場になっていた。そうしているうちに、新たな興奮がこみ上げてきたが、彼はもうトライしてこなかった。そのあと彼は、まるで手品師のように座席の下からタオルを取り出し、彼女に使うよう促した。そのあいだ、彼女は平静を装うのに一生懸命だった。ポールはジンをゴクゴクとラッパ飲みしてから、ボトルを彼女の方に差し出した。今度は彼女もそれを受け取った。さっきのひと口がこういうことにつながったのだろうか？　それとも、自分が彼に惚れていたからこうなったのか？　あるいは、彼の方が夢中だったからか？　もしかしたら、そのすべてが原因だったのかもしれない。これで、わたしは今日から彼のステディーになったのかしら？　そんなことを考えながら、マリーベスはジンをひと口飲んだ。

「きみは素晴らしい」

ポール・ブラウンはもう一度彼女を抱き寄せてキスした。

「こんな所で悪かったけど。この次はもっと楽しくしよう。約束する。二週間すると両親が旅行に出かけるんだ。その時うちに来いよ」

彼女が関係をこれっきりにしたがるとは、彼は頭のすみにも思わなかった。こうなったら、もっと求めてくるのが女だと、多くの経験から知っていた。彼の読みは、あながちはずれていなかった。というのも、マリーベスは決して感情を害していなかったからだ。ただ、数分の出来事で彼女の世界がひっくり返ってしまっただけだった。

「それで……あなたと……デビーは……」

言葉が自分の口から出る前に、愚かな質問だとマリーベスは分かっていた。すると彼は、ずっと年の離れた賢い兄のような笑い方をして彼女の方を見た。

「若いんだな、きみは。よく考えてみろよ。それで、本当はいくつなんだっけ?」

「二週間前に十六歳になったんだけど」

「じゃあ、もうお姉さんだ」

彼女が震えているのを見て、ポール・ブラウンは自分のジャケットを脱ぎ、それを彼女の肩に掛けてやった。マリーベスはしてしまったことがだんだん怖くなってきた。ショックだったが、このことは訊かないわけにはいかなかった。

「さっきので、わたし妊娠したりしないかしら？」

妊娠などという、言葉そのものが恐ろしかった。彼は、馬鹿なことを言うな、といった表情をした。マリーベスは、自分がどれほどの危険を冒したのか、まるで分かっていなかった。

「大丈夫だよ、そんなの。一回ぐらいで……可能性としてはあるだろうけど……でもまずないさ、マリーベス。この次はおれも気をつけるから」

〝気をつける〟とは具体的にどういうことなのか、彼女には分からなかったが、今度する時は自分も気をつけなければ、と思った。もし、デビーと別れたというのが本当で、これから自分が彼の〝ステディー〟になるのなら、彼にもやはり気をつけてもらわなければ。

世の中のことで彼女がいま一番望まないのが、子供を持つことだ。そのわずかな可能性を考えただけでも身震いする。そうなってしまったから結婚しなければならないというのも嫌だ。彼女の二人の伯母がそうだったように。その伯母たちのことを引き合いに出されて、父親からよく説教される。

マリーベスはもっと安心できる言葉が欲しかった。

「どうなったら妊娠したって分かるの？」

率直に訊くしかなかった。ポール・ブラウンはエンジンをスタートさせてから、驚いたような顔をしてマリーベスの方を見た。実際、彼女の無知に驚いていた。夕方初めて会った時はもっと大人に見えたのだが。

「本当に知らないのか？」

彼に半ばあきれ顔で訊かれて、マリーベスはいつものように正直に首を横に振った。

「妊娠したら、生理がなくなるんだよ」

彼の口からそんな言葉が出るのを聞いて、マリーベスはきまりが悪かった。だから、本当はまだよく分からなかったけど、とにかくうなずいた。そして、馬鹿だと思われたくなかったので、それ以上は訊かないことにした。

家に着くまで、彼はあまりしゃべらなかった。そして、彼女の家の前で車を止めたとき、辺りをキョロキョロ見回してから、身を乗りだして彼女にキスした。

「素晴らしい夜だった。ありがとう、マリーベス」

処女を捧げた彼女としては〝素晴らしい夜だった〟だけでは不満だったが、それ以上を望む資格がないことも知っていた。会った最初の夜にこんなことになるのは、やはり自分が愚かだったのだろう。これをきっかけにもっと仲良くなれたら、それはそれでラッキーなのかもしれない。

〈でも彼は〝愛している〟と言ってくれたわ〉

「わたしにとっても素敵な夜だったわ」

彼女は言葉に気をつけながら、ていねいに言った。

「それではまた、学校で会いましょうね」

彼女の言葉には期待がこもっていた。マリーベスはジャケットを彼に返し、車から出ると、玄関へ急いだ。

ドアを開けて家の中へ入ったのは十二時二分前だった。みんなはすでに寝ていて、彼女はほっとした。いろいろ訊かれたり、答えたりしなくて済むからだ。体を拭いてきれいにすると、少し落ち着きを取り戻した。

〈誰にも気づかれずに済んでよかったわ〉

それからマリーベスは泣きそうになるのをこらえながら、ドレスを水洗いして、ひもに掛けて干した。パンチをこぼされたのだと説明するつもりだった。

マリーベスはナイトガウンに着替えた。頭のてっぺんから爪先まで、全身が震えていた。同じ部屋の妹のノエルはすっかり寝入っているようだった。彼女はベッドに入り、暗い中で今日あったことを初めから考えてみた。

もしかしたら、これが大切な人間関係の始まりなのかもしれない、と自分に言い聞かせた。でも、ポール・ブラウンがどれくらい真剣なのか、その辺に自信がなかった。彼の言った言葉を全部真に受けるほど思慮のない自分だとは思わなかったが、お互いに正直でありたいとは思った。一方では、耳にするいろんなうわさについて考えないわけにはいかなかった。甘い言葉でだまして、さんざん遊んだ末に女の子を捨てる悪い男たちの話である。しかし、ポールは

〝甘い言葉でだました〟わけではなかった。

〈あのとき、わたしはそうなることを願っていたわ〉

ここが怖いところであり、我ながらショックなところだった。自分から捧げたのだ。彼にならで回されているうちに、その気になってしまった。それで、今の気持ちはと言えば、決して後悔はしていない。ただ、それに付いて回るものが怖いだけだ。

〈妊娠だけはしてませんように〉

ベッドの中で震えながら、彼女は何時間も祈り続けた。


「昨日の夜はどうだったの？　ダンスパーティーは楽しかった？」

次の朝、朝食の席で母親に訊かれた。

「ええ、とっても」

そう答えながら、マリーベスは誰にも気づかれないのが不思議だった。自分の感じからすれば、まるで別の人間になったような変な気持ちだった。

〈わたしは大人になったんだわ。恋の相手は学校一の人気者よ。なぜみんな気づかないのかしら？〉

その日の家の中はあたふたしていて、落ち着きがなかった。兄のライアンは機嫌が悪く、ノエルは、前の晩に何かしたことで母親と口論していた。土曜日だったにもかかわらず、父親は買い物に出かけてしまい、母親は、頭痛がするとこぼしてばかりいた。みんなは自分のことに忙しくて、マリーベスがさなぎから蝶に変身したことにも、シンデレラになって王子さまに出会ったことにも気づかないようだった。

体が宙に舞い上がったままの週末になった。しかし、月曜日の朝、登校するとすぐ、マリーベスは地面に墜落させられることになった。ポール・ブラウンがうわさのガールフレンドのデビー・フラワースの肩に腕を回しながら登校して来るのを見てしまったのだ。そして、お昼までには二人のうわさがマリーベスの耳にも入ってきた。それによると、先週末にポールが誰かと浮気して二人は大げんかになったが、日曜日の夜にようやく仲直りしたのだという。みんなは、ポールの浮気相手が誰だったかはまだ知らず、デビー・フラワースが激怒したことだけは知っていた。

マリーベスは床に叩きのめされたような気分だった。ポール・ブラウンと顔を合わせられるような心境ではとてもなかった。水曜日になって、その時がやって来た。マリーベスがロッカーに物を出し入れしているところに彼が通りかかった。彼女はポールがそのまま通り過ぎてくれることを願って素知らぬ顔を装った。しかし彼は立ち止まって、話しかけてきた。言葉つきはとてもていねいだった。

「ずっと捜していたんだぞ。会えてよかった。授業が終わったら、どこかへ行って話せないか？」

彼の低い声は男らしくて、とても魅力的だった。

「わたし、できないわ……ごめんなさい……体育の授業で遅くなるから。また別の日にでも……」

「そんなこと言うなよ」

ポール・ブラウンは彼女の腕を優しくつかんだ。

「このあいだのことは本当に悪いと思っているんだ……真面目な話だ。あのときはデビーと別れたはずだったんだ。でも、おれたちはつき合いが長いから、そうもいかなくて……きみを傷つけたくないんだ」

彼が真面目な話をしているのだと知って、マリーベスは泣きだしそうになった。結局彼は女を捨てる悪い男ではなかったということか。どちらにしても、マリーベスにとっては悲しいことだった。

「わたしのことなら心配しないで。気にしてないから」

「いや、きみは気にしている」

ポール・ブラウンは罪悪感にさいなまれながら、深刻そうな顔でそう言った。

「いいえ、気にしてないわ」

そう言うなり、彼女の両目から涙がどっと溢れだした。すべては、願っていたこととは反対の結果になって表われていた。
「わたしのことなんて忘れていいのよ」
「もしおれが必要になったら、いつでもいるから。そのことを覚えておいてくれ」
彼がなぜそんなことを言ったのかよく分からなかったが、マリーベスはそれから一か月間、彼のことを忘れようと努力した。しかし、廊下で、体育館の外で、学校のどこへ行っても彼の顔にぶち当たった。まるで、ふざけてそうされているのかと思いたくなるほど頻繁に出会った。

ノイローゼになりそうだった五月の初旬、マリーベスとポールが過ちを犯した六週間後、ポールとデビーは卒業後の七月に結婚すると正式に発表した。その同じ日、マリーベスは自分が妊娠していることを知った。

生理は二週間経ってもなかった。しょっちゅう吐き気がして、体の感じがいつもと違っていた。胸は急に大きくなり、膨らみ方が異常だった。ウエストもひと晩ごとに太くなり、一日中気分が悪かった。体がこんな短期間にこれほど変わるなんて、マリーベスは信じられなかった。毎朝、ゲエゲエとやっては、誰にも聞かれなかったことを祈りながらバスルームの床に座り込んだ。しかし、こうしていつまでも隠しておけないことだけは確かだった。

どうしたらいいのか、誰に話したらいいのか、どこへ行けばいいのか、マリーベスは途方に暮れた。ただ、ポールに相談することだけはしたくなかった。

五月末のある日、彼女はようやく思い切って、母親が時々かかっている医者のもとを訪れた。両親には内緒にしてくださいと泣いて頼むと、医者はしぶしぶ同意して、彼女が妊娠していることを確認した。〝妊娠二か月〟とのことだった。「一回ぐらいじゃ妊娠しないさ」と言ったポールの言葉は間違いだった。タイミング次第でいくらでも妊娠する可能性があったのだ。彼はわざとあんな嘘をついたのか、それとも、単に無知なのか？　その両方なのだろう、とマリーベスは思った。一回ぐらいで妊娠しないというのは、初体験者のたまたまの幸運でしかないのだ。

診察台の上に乗せられ、かぶせられた布を握り締めるマリーベスの両頰には涙が流れていた。医師は、生まれてくる子供をどうするつもりなのかと彼女に尋ねた。

「子供の父親は誰なのか分かっているんだね？」

そんな訊き方をされて、マリーベスはよけいにショックを受けた。

「ええ、もちろんです」

悲しみに打ちひしがれているところに、さらに侮辱までされなければならないのか。このジレンマからは簡単に抜けだせそうになかった。

「彼とは結婚するのかな？」

マリーベスが首を横に振ると、彼女の赤毛が炎のように揺れた。そして、その緑色の目は、湖のようにうるんだ。相手と結婚できないという事実の重みを、彼女はまだ受け止めていなかった。妊娠したことを理由にポールに結婚を迫るという道もあるが、見込みはどうなのだろう？

「彼はほかの人と婚約してるんです」

彼女の声はかすれていた。医者はうなずいた。

「こうなったら、彼も気を変えるかもしれないよ。男ってそういうもんさ」

医者は気の毒そうに微笑んだ。こんなにうら若くて可愛らしい子が、こんな目に遭うのは本当に可哀そうだ、と彼は思った。この子の人生がこれで変わってしまうのは避けられないことだろう。

「あの人が気を変えるはずはありません」

マリーベスは小さな声で言った。

昔からよくある過ちの典型的な例だった。相手をよく知らないまま、たった一夜の戯れで一生を変えてしまうというやつだ。

〈〝もしおれが必要になったら、いつでもいるから……〟〉

マリーベスはあのとき言われた言葉の意味が、今になってようやく分かった。彼にはやはり会わなければならない。もっとも、話したからといって、それで彼が気を変えて結婚の話になるとはとても思えなかった。

「両親にはなんて話すつもりなんだい、マリーベス？」

医者に言われて、彼女は目を閉じた。両親に話すなんて……父親に話すことを考えただけで、彼女はその恐ろしさに身がすくんだ。

「まだ考えていません」

「わたしから話してもいいんだよ」

親切な提案だったが、医者から話してもらうのもやはり嫌だった。遅かれ早かれ、自分の口から話さなければならない時が来るだろう。

「どうなんですか……中絶するというのは？」

彼女は思い切って訊いてみた。〝中絶〟とはどういうことなのか、具体的には知らなかったが、言葉としては知っていた。以前、母親や伯母が話していたのを聞いたことがある。〝堕胎〟という言葉が使われていた。そのときの話では、中絶した女性が危うく死にそうになったらしいが、それでも、父親に面と向かって罵倒されるよりはましに思えた。

彼女の質問に、医者は顔をしかめた。

「それには費用もかかるし、危険だし、第一、違法なんだ。そんな言葉をきみみたいな若い女性から聞きたくないね。一番簡単な解決法は、このまま産んで、すぐ里子に出すんだね。きみぐらいの年齢の子はだいたいそうするのが普通だよ。出産は十二月だけど、その頃になったら、その方面の慈善活動をしている修道院に行けば、そこでいっさいの面倒を見てくれるよ」

医者はさも簡単そうに言ったが、そんな単純なものとは思えなかった。都合が悪いところは省略されているような気がした。

「人にあげてしまうんですか？」

「うん、そうだよ」

医者は気の毒に思ったが、そう言うしかなかった。彼女はまだ若くて何も分かっていないが、体だけは大人になっている。だからこそ過ちを犯したのだろう。

「しばらくはこのままの生活をしていても大丈夫だよ。目立ってくるのは七月か八月頃だろう。でも、両親には話しておかないとね」

マリーベスはボーッとしたままうなずいた。両親に何を話せというのだ。ダンスパーティーの夜に、よく知らない男の子と車の座席でセックスをしたけど、結婚できる相手ではないと話すのか。話を聞いたら、母親は、修道院へ行かせるより、子供を育てる方を望むかもしれない。そのいずれに対しても、現実感が持てないまま、マリーベスは診察着から自分の服に着替え、クリニックをあとにした。そのとき医者は、自分からは何も言わないと約束してくれた。彼女は医者の言葉を信じた。

その日の午後、マリーベスは学校でポールを捜した。卒業式を二週間後に控える彼に、こんなことでプレッシャーをかけるべきではないとは分かっていたが、この件は彼女の過ちであると同時に、彼の責任でもあると思った。それと〝必要になったらおれがいるから〟と言った彼の言葉があった。

「クソッ！　本当かよ!?」

彼はいまいましそうにそう言うと、深いため息をついた。

「ごめんなさい、ポール。話すべきかどうか、迷ったんだけど、やはり、あなたが知っていた方がいいと思って」

ポールはなんと答えていいのか分からず、ただうなずいていたが、しばらくしてから言った。

「六週間後にデビーと結婚することになっているんだ。彼女に知られたら、おれは殺されちゃうよ。きみとのことが彼女の耳に入ったらしいんだが、それはいっさいデマだっておれは言い含めてきたんだ」

「何が彼女の耳に入ったの？」

デビーが何を知っているのか、マリーベスはとても気になった。

「あの夜、きみといたことをさ。《ウィリーズ》の店で会った連中が彼女に報告したんだ。あのときおれはデビーとは別れていたから、どうってことはないはずなんだ。別に何もないから心配するなと言い張ったら、あいつはようやく納得したんだ」

そんな話をポールの口から聞かされて、マリーベスは傷ついた。結局、彼にとって大切なのはデビーであり、自分はどうでもいい存在であることがはっきりした。

「それで？」

マリーベスは居直った。彼女にはいっさいを知る権利があると思った。彼の子供を産むことになるのだから。

ポール・ブラウンは何ごとか考えるふうにしながら彼女を見つめていたが、やがてうなずいた。

「それで、つまり……おれとしては、きみが可愛いと思ってそうなったんだけど、デビーのやつは泣きっぱなしだったんだ。おれは責められてどうしようもなかったよ。まあ、三年間もつき合ってきたからね。今さらむげにできないんだ。それで、おれはやむを得ず、卒業したら結婚するって約束したんだ」

「あなたは彼女と本当に結婚したいの?」

マリーベスは、この人はいったいどんな考え方をする人間なのかと思って彼の顔をあらためて見た。彼の胸が求めている相手は本当はデビーではなく、彼もそのことに気づいていないのでは、と思えたからだ。

「おれも自分が何をしたいのか、まだよく分からないんだ。でも、子供だけは欲しくない」

「わたしだって欲しくないわ」

それは確かだった。将来はともかくとして、今は欲しくなかった。ましてや、こんなことで産みたいとは思わなかった。ポール・ブラウンがどんなにハンサムでも、彼に愛されていないのは、そこに一緒にいるだけで分かった。だから、たとえ子供を理由に結婚を同意されても、それに乗るつもりはなかった。それに、女の目を盗んで浮気をしたあげくに、デマだと言って相手を言い含めるような男とは結婚したくなかった。いつか、共に愛を語れる男性と子供を持とう。〝できちゃった結婚〟でいやいやついてくるような男はこちらから願い下げたいと思った。

「どうにかできないのか?」

そう言われて、マリーベスは悲しそうな目で彼を見た。

「人にあげちゃえということ?」

医者はそう勧めていたし、もしかしたらそうするしかないのかもしれない。

「いいや、違う。堕ろすんだよ。同級生で去年、堕ろした子がいるんだ。手づるを訊いてみるよ。費用もおれの方でなんとかする。とても高いんだけどな」

「いいえ。いいのよ、ポール」

医者からは中絶のマイナス面を聞かされて、そのつもりはなくなっていた。それに、〝中絶〟は殺人のような気がして、気が進まなかった。

「産んで育てるつもりなのか?」

彼の口調はパニックぎみだった。これがデビーにバレたら、なんて言われるだろう。本当に殺されかねない。

「いいえ。産んだら里子に出すわ」

これは、彼女が考えた末の結論だった。それ以外に解決法はないように思えた。

「お医者さんの話だと、お腹が大きくなりだしたら修道女が世話してくれる所があるんですって。そこで産めば、養子の欲しい家庭を見つけてくれるそうよ」

彼女はそう言ってから顔をそむけた。そして、今までとは違った口調で訊いた。

「子供を見てみたい？」

ポールは首を横に振った。そして、彼女と同じように顔をそむけた。

彼は怒っていた。タイミングも悪いし、マリーベスの話を一種の脅しと彼は受け止めた。自分の責任だとは分かっていても、その責任を堂々と果たすようなガッツのある男ではなかった。彼はむしろ、デビーを失いはしまいかと、そのことに戦々恐々としていた。

「ごめん。おれはろくでなしなんだ」

そうよ、とはっきり言い返してやりたかったが、マリーベスは口を慎んだ。逆に、分かったわ、と言おうとしたが、それも口から出てこなかった。実際に、彼女は何がなんだか分からず、途方に暮れていた。すべてが彼女の理解力の届かないところにあった。なぜ、あのとき、あんなことをしてしまったのか？　なぜ、たったあれだけのことで妊娠してしまうのか？　よりによって、自分が修道女のところで彼の子供を産もうとしているときに、なぜ彼は自分ではなく、デビーと結婚するのか？　すべてが彼女の意思とは関係なく動いていた。二人は、それからしばらく黙ったまま座っていたが、やがて彼はその場を去って行った。ポールの後ろ姿を見送りながら、マリーベスは思った。これで、彼と話すことはもうないだろうと。

それ以来、彼の姿を見たのは一度だけだった。卒業式の前日のことで、彼女を見ても彼は何も言わずに顔をそむけた。彼女は目にいっぱい涙を溜め、あの人の子供を産むなんて嫌だと思いながらキャンパスを横切った。

〈不公平すぎるわ〉

おまけに、彼女の体調は日増しに悪くなっていた。

学期が終わり、学校が休みに入った翌週のある日、彼女はトイレの床にひざをついて便器をのぞき込んでいた。たまたまドアに錠をかけ忘れていて、その姿を兄のライアンに見られてしまった。

「おっと、ごめん……えっ、どうしたんだい……？　病気なのか？」

可哀そうにと思って見ている兄の目の前で、彼女は再びゲエゲエとやり始めた。これには、鈍感なライアンもすぐ気がついた。

「おまえ、妊娠してるんじゃないのか？」

質問ではなく、宣告だった。

彼女は便器に頭をもたせて、しばらくぐったりしていたが、やがて立ち上がった。彼女を見つめる兄の顔にあるのは同情ではなく、非難の表情だった。

「おやじに殺されるぞ」

「わたしが妊娠してるって、どうして分かるの？」

彼女は突っぱねる言い方をしたが、ライアンはこういうことに詳しかった。

「相手は誰なんだ？」

「よけいなお世話よ」

そう言うと、また吐き気がしてきた。いらいらしたり怖がったりすると、よけい戻したくなるのだ。

「すぐ正直に話すか、それがいやだったら、家出でもした方がいいぞ」

「忠告ありがとう」

彼女はそう言って、その場からゆっくりと出て行った。もう残された日は数えるほどしかなかった。悔しいけど、兄の言うとおりだった。

その日の午後、ライアンはさっそく父親に報告していた。そして父親は、怒りをたぎらせて帰宅すると、ぶち破らんばかりの勢いで彼女の寝室のドアを開けた。マリーベスはベッドに横になっていた。妹のノエルは、マニキュアを塗りながらレコードを聴いているところだった。父親はマリーベスを居間に引きずって来ると、大声を張り上げて母親を呼んだ。どこから両親に話そうかとマリーベスがちょうど思っていたところだったが、もうその必要はなくなってしまった。

母親は泣きながら部屋から出て来た。ライアンも、裏切られた思いをこめて陰気な顔をしていた。次女のノエルには部屋から出るなと言いつけ、父親は居間中を雄牛のように行ったり来たりしながら長女を罵倒し始めた。

「おまえがなぜ、伯母の真似をする必要があるんだ！　面汚しめ！　やってることは売春婦と同じじゃないか！」

父親の怒声はしばらく続いてから、一番肝心なことに及んだ。

「それで、おまえを妊娠させたのは誰なんだ!?」

この質問に対する答え方はすでに決まっていた。何をされてもかまわないから、名前だけは明かさないつもりだった。

出会ったときのポールは、まぶしいほどのヒーローだった。彼女はひと目見た瞬間に恋してしまい、求められることを願ってしまった。だが、彼の方は彼女を愛していなかった。そして、ほかの女性と結婚しようとしている。彼女はまだ若い自分の人生を、こんな形でスタートさせたくなかった。それではあまりにも惨めすぎた。子供を産み、黙ってそれを人にあげてしまえば、それでいいはずだった。それまでのつらさや、そのあとの苦しみは自分が背負うのだから、それ以上とやかく言われたくなかった。

「誰なのか言え！」

父親は彼女に何度も何度も怒声を浴びせた。

「ちゃんと話すまで、おまえをこの部屋から出さんぞ！」

「だったら、お互いにいつまでもここにいなきゃいけないわね」

彼女の声は落ち着いていた。妊娠していると分かって以来考えに考え抜いてきたから、もう父親さえも怖くなくなっていた。妊娠していることを知られて、最悪事態はすでに起きてしまっているのだ。これ以上誰に何をされようと、痛くもかゆくもなかった。

「相手の名が言えないのはなぜなんだ？　先生なのか？　それともガキか？　家庭持ちの男か？　牧師か？　ライアンの友達の誰かか？　誰なんだ？」

「相手が誰かなんてどうでもいいわ。結婚するわけじゃないんですから」

父親のハリケーンのような目の前で開き直っている自分の強さに、彼女自身驚いた。

「どうして結婚できないんだ？」

父親は怒鳴り続けた。

「彼はわたしのことを愛していないし、わたしも彼のことを愛していません。理由はただそれだけです」

「生意気なことを言うな！」

父親はさらに怒りのボルテージを上げた。母親は握り合わせた両手をブルブルと震わせて泣いていた。マリーベスはそんな母を見るのが一番つらかった。

「すると、おまえは、好きでもない男と寝たというわけか？　ふしだら女め！　あのどうしようもない伯母たちだって、寝た相手は自分の好きな男だった。だから結局結婚して、ちゃんとした家庭が持てたんだ。子供たちだって私生児にはならなかった。それでおまえは、その子供をどうするつもりなんだ？」

「さあ、まだはっきり決めたわけじゃないけど、里子に出そうと思うの。それとも……」

「それとも何なんだ？　もしかしたらここで育てて、みんなの面汚しをしようって言うんじゃないだろうな？」

母親の懇願するような目が、そんなことはしないでちょうだいと彼女に訴えていた。もっとも、彼女としても、そんなことのできるはずがなかった。

「自分で育てるつもりなんかないわよ、お父さん」

マリーベスは涙ぐんで本音を言った。

「わたしはまだ十六歳だし、子供に与えてやれるものなんて何もないわ。だからと言って、自分の人生を台無しにするのもいやです。生まれてくる子にもわたしにも、これから惨めな一生を送らなければならないことはないと思うの」

「立派なこと言うじゃないか、おまえ」

父親の口調は憎々しげだった。

「だったら、どうしてパンツを脱ぐ前に、そういう立派なことを考えなかったんだ。おまえの兄さんを見てみろ。女の子たちと遊び回っているが、相手を妊娠させたことなど一度もないぞ。それなのになんだ、おまえは！　十六歳でトイレに這いつくばってゲエゲエやって。すでに人生終わったようなもんじゃないか」

「そんなに絶望的じゃないわよ、お父さん。修道女の人たちと一緒にいるあいだ、ちゃんと勉強もさせてくれるんですって。それで赤ちゃんを産んだあと、十二月には学校に戻れるわ。学校には病気休暇だって言うつもりよ」

「ほう、そうかい？　それで誰がそんなことを信じると思うんだ。他人の口は塞げないんだぞ。うわさが広まったらどうする？　おまえは一生笑い者になるんだ。おまえだけじゃない、一家全員が笑い者だ」

「じゃあ、わたしにどうしろって言うの、お父さん？」

頬を涙で濡らし、マリーベスは悔しくて、やり切れなくて、本当に惨めだった。父親の叱咤は予想以上に激しく、簡単に済みそうになかった。これからすべてがこの調子で行くのだろう。

「わたしはどうすればいいの、死ねって言うの？　もう起きてしまったことは元に戻せないのよ……うまくやる方法なんてないわ」

マリーベスはしくしく泣き続けた。しかし、父親の態度は変わらなかった。彼は冷たい目で娘を見続けた。

「しょうがない。産んで、里子に出すんだ」

「それで、わたしはやっぱり修道院へ行った方がいいのね？」

家にいていい、と父親が言うのを期待して、マリーベスはそう訊いた。家族から遠く離れた修道院に住むのは、やはり心細かった。ただ、出て行けと言われたら、行き場所はそこしかなさそうだった。

「そうだ。家には置いておけない」

父親は頑として言った。

「子供も育ててはいけない。修道院へ行って子供を預けたら、帰って来ていい」

父親は彼女の魂に最後の一撃を加えた。

「それまでおまえの顔は見たくない。母さんや妹にも会おうとするな」

そんなことを言われるくらいなら、死んだ方がましだわ、と彼女は思った。

「おまえのしたことは、家族全員と自分自身を侮辱するものだ。自分の品位だけでなく、一家の品位を傷つけた。親子の信頼も裏切ったんだぞ。そのことを忘れるな」

「そんなにひどいことをしたつもりはないわ。お父さんに嘘をついたこともないし、傷つけたことも裏切ったこともありません。ただ、わたしが愚かだっただけです。それで今こういう目に遭っているんだから、それでもう充分でしょ？　わたしは逃げだすことなんてできないのよ。この苦労を一生背負い続けるんですからね。子供を里子に出したら、それで充分でしょ？　いったいどこまで罰せられなきゃいけないの？」

彼女は打ちひしがれて泣き続けた。が、父親は非情だった。

「それは神さまとおまえのあいだのことだ。おれが罰しているんじゃなくて、神さまが罰しているんだ」

「わたしのことを修道院に行かせて、わたしの顔を見たくない……お母さんにも妹にも会うなんて……それでもお父さんなの？」

母親にすがりたくても、母親はいつも父親の言いなりだった。そのことをマリーベスは普段から身に沁みて感じていた。母親は気が弱く、自分では何も決められなくて、いつも父親に振り回されているのだ。だから、父親の意思は家族みんなの意思だった。マリーベスはポール・ブラウンからも家族からも締めだされて、たった一人になってしまった。

「母さんが何をしようと、おれはそこまでは指図しない」

父親はちょっぴり妥協する言葉を吐いた。

「お母さんは、お父さんの顔色をうかがうに決まってるわ」

マリーベスは反発して言った。

「分かってるくせに」

素直にならない娘に、父親の怒りはなかなかおさまらなかった。

「分かっているのは、おまえがみんなの面汚しをしたということだけだ。お父さんに向かってそんな口をきくのなら、もう好きなようにしろ。これからは何もしてやらないぞ。おまえが自分の罪を償って、散らかしたものを片付けるまで、父さんは何もしてやらない。おまえがそいつと結婚したくないって言うから、そいつもおまえと結婚できないって言っているんじゃないのか。だったら、父さんにしてやれることは本当にない。あとは自分で好きなようにしなさい」

父親はそう言って部屋を出て行き、五分後に戻って来た。マリーベスは自分の部屋に戻る元気も失くしていた。父親は二か所に電話をかけた。一本は医者のところ、もう一本は修道院だった。

修道院はバート・ロバートソン氏に説明した。それによると、六か月の滞在費と雑費と出産費すべてを含めた費用は八百ドルで、娘さんは大切に扱われ、出産は修道院内の診療所で資格のある医師と助産婦の手で行なわれるとのことだった。さらに、赤ちゃんの養子先も良い家庭を選び、娘さんも、変わったことがなければ、出産の一週間後に自宅に帰れますから、と言って、問い合わせた父親に施設の信頼性を強調した。

バート・ロバートソンは修道院側に娘を送ると約束し、電話を切るとすぐ、現金を白い封筒に入れて用意した。

それを娘に渡すときの父親は石のように硬い表情をしていた。母親は泣いたまま、すぐに自分の寝室に引きこもってしまった。

「母さんはおかんむりだぞ」

妻を混乱させた自分の責任を棚上げして、父親は非難がましい口調で言った。

「ノエルにも何も言うな。ただ黙って出て行くんだ。半年後に戻って来ればそれでいい。明日、おれが修道院まで送って行くから、荷造りをしておけ。いいな、マリーベス」

父親の口調は、意識してそうしているのかと思えるほどビジネスライクだった。そんな父親の言葉を聞けば聞くほど、マリーベスは自分の気持ちが冷めていくのが分かった。問題を起こしたのは確かに自分だが、ここは自分の家であり、彼は自分の父親ではないか。それなのに、マリーベスは今、愛の絆のすべてを断ち切られようとしている。愚かさがもたらした苦しみを一緒に分かち合ってくれる人はいないのか。マリーベスはやけっぱちになって思った。こうなったら、ポール・ブラウンのところへ駆け込んで談判してみようかと……そしたら、彼も態度を変えて、何か手を差し伸べてくれるかもしれない……もしかしたらデビーではなく、自分と結婚してくれるかもしれない。でも、今となってはすべてが遅い。父親は明日連れて行くと言っている。この家で過ごせるのも今夜だけだ。

「ノエルにはなんて言えばいいの？」

マリーベスはそう言って言葉を詰まらせた。ずっと一緒に暮らしてきた妹を一人にしていくことを思うと、悲しくて、涙がこみ上げてきて、思うようにしゃべれなかった。

「勉強しに行くんだとでも言っておけ。本当の話はするな。あの子はまだそんな歳になっていないから」

マリーベスはうなずいた。胸が痛んで頭が混乱していて、それ以上は何も答えられなかった。

マリーベスは自分の寝室に戻り、妹に分からないように、こっそりと自分のただ一つのバッグを棚から引っ張りだした。持っていく物は、シャツとパンツとドレスを二、三着ずつと、その他当座に必要な日用品だけに限った。お腹が大きくなってどれも着られなくなったら、その時は修道院から何か適当なものを貸してもらうつもりだった。

「何してるの？」

ノエルはそう言いながら、顔にパニックの表情を浮かべた。父親と姉が言い合っているのは知っていたが、話の内容は聞こえなかった。妹の方を振り向いたマリーベスの顔は死人のように青ざめていた。

「しばらくいなくなるのよ」

悲しそうに言うマリーベスの声は震えていた。嘘も方便のつもりだったが、悲しすぎて、つらすぎて、そのうえ急だったから、さりげない〝グッバイ〟など言えそうになかった。妹にあれこれ訊かれたら、たちまち崩れてしまいそうだった。ようやくできたのは、単位を落としそうなので、特別な補習校に行かなければならないと、なんとかだますことだった。妹は姉を行かせたくないと言って、泣いてしがみついてきた。

「お願い、行かないで……お父さんがなんて言ったってかまわないから……お姉さんが何をしたのか知らないけど、わたしは許すから……愛しているのよ……行かないで、お願い……」

家の中でノエルが心を開いて話せるのは、姉しかいなかった。母親は頼りなさすぎたし、父は頑固すぎて、兄は自己中心的で賢くもなかった。自分の悩みを聞いてくれた、そのただ一人の姉がいなくなってしまう。ノエルは可哀そうに、狭いベッドの上で姉にしがみつき、ほとんどひと晩中泣き続けていた。

あっという間に朝が来てしまった。九時になると、父親が彼女のバッグをトラックの中に放り込んだ。マリーベスは母親の前に立ち、もっと強くなってくれればいいのにと願いながら、彼女の顔を見つめた。しかし娘たちがどんなに望んでも、母親の消極的な性格は変わらないだろう。母親を抱き締めながら、マリーベスは思った。

〈わたしが愚かだったんだ。それにしても、なんて運の悪いわたし……〉

「愛してるわ、お母さん」

彼女が鼻声で言うと、母親はマリーベスを強く抱き締めた。

「わたしが見舞いに行きますよ、マリーベス。必ずね」

マリーベスは泣いてうなずくだけで何も言葉が返せなかった。それから、行かないでくれとぐずり続ける妹を抱き寄せた。

「さあ……泣いちゃダメ……」

自分でも泣いているくせに、マリーベスは妹には気丈を装った。

「そんなに長くならないから。クリスマスまでには戻って来るわ」

「愛してるわ、お姉さん！」

立ち去って行く車に向かってノエルが叫んだ。その頃までに、兄のライアンも表に出てきていたが、彼は何も言わなかった。ただ、父親の運転する車に向かって手を振っただけだった。

いざやって来てみると、修道院はやはりうす気味悪かった。

スーツケースをぶら下げるマリーベスと父親は並んで修道院の石段を上った。

「じゃ、気をつけてな、マリーベス」

そう言われても、マリーベスの口から感謝の言葉は出なかった。

〈お父さんには、ちょっとでいいから優しい言葉をかけて欲しかったのに〉

父親だって経験しているはずだ、青春時代の混沌を。それをどうして思いだせないのだろう？　彼女の犯した過ちは重大でも、きっかけは、ほんの行きがかりだった。それを、父親は頑固一点張りで、若さを理解しようとなどぜんぜんしない。感情をむき出しにして、自分のエゴから一歩も外に出られない父が、マリーベスは情けなかった。

「手紙書くわね、お父さん」

マリーベスがそう言っても、彼は返事もしなかった。二人は長いあいだドアの前で立ち続けた。父親はしばらくしてからようやくうなずいた。

「元気にしているかどうか、母さんに知らせなさい。あいつはおまえのことを心配しているから」

お父さんは心配しないの、とマリーベスは訊いてやりたかったが、もはや父親に向かって質問を発するような元気はなくなっていた。

「愛してるわ、お父さん」

石段を急ぎ足で下りて行く父親の背に向かって、彼女は小さな声で言った。しかし父親はこちらを振り向こうともしなかった。ただ、車で立ち去って行くとき、窓から一度手を振っただけだった。マリーベスは修道院のベルを鳴らした。

あまり長く待たされたので、マリーベスは石段を駆け下りて家に戻ってしまいたくなった。しかし今の彼女に逃げ帰る場所はない。これが終わらないうちは、どこにも行けないし、誰にも会えないのだ。

ようやく若い修道女が出て来て、ドアを開けてくれた。マリーベスが名前を告げると、若い修道女はうなずいて訪問者を中に入れた。鉄のドアの閉まる音が、世間との隔絶をマリーベスに言い聞かせるように重々しく響いた。

第三章

『シスターズ・オブ・チャリティー』修道院は穴ぐらのように薄暗くて陰気なところだった。マリーベスは着いてまもなく、自分と同じ理由で来ている少女がほかに二人いることを知った。二人とも、マリーベスの住む町の隣町から来ていたが、顔見知りではなかったので、彼女はほっとした。その二人とも臨月に近く、実際、そのうちの一人、十七歳の神経質そうな女の子の方は、マリーベスが着いてから二日後に出産した。生まれたのは女児だった。赤ん坊はすぐ、待機していた養父母に引き渡された。出産した少女の方は、自分が産んだ赤ちゃんを見ずじまいになるのだという。それではあんまりだ、とマリーベスは思った。まるで出産が、臭いものにふたをするように片付けられていく。

もう一人の少女は十五歳だった。彼女の方も、いつ生まれてもおかしくないくらい大きなお腹をしていた。

少女たちは修道女たちと一緒に食事をさせられ、修道女たちと一緒に礼拝堂に行き、昼の祈りも夜の祈りも捧げなければならなかった。会話が許されるのは特定の時間だけだった。

マリーベスは着いて三日目に、その十五歳の少女を妊娠させた男は彼女の叔父だと知って、ショックを受けた。

修道院に着いてから五日目、マリーベスは十五歳の少女の叫び声を聞いた。それから二日後、少女は診療所に連れて行かれ、帝王切開を受けることになった。

しばらくしてから、マリーベスは少女が帰らぬ人となったことを聞かされた。幸い、赤ちゃんだけは無事だったという。生まれた子が男児だったこともマリーベスは偶然から知った。

女の子が二人ともいなくなって、マリーベスはますます寂しくなった。過ちを犯した女の子たちがもっとたくさん来てくれることを心ならずも祈ってしまった。周りにいるのは修道女だけで、話のできる相手は一人もいなかった。

地元の新聞は毎日欠かさずに読んでいた。修道院に来てから二週間後だった。新聞を広げて案内広告のページをふと見ると、枠で囲われたポールとデビーの結婚案内が目に飛び込んできた。マリーベスは寂しさを募らせた。あの二人がハネムーンを楽しんでいるあいだ、自分はこうして牢につながれたような日々を送らなければならないのだ。そのことを思うと、あせりと孤独感が身に沁みていたたまれなかった。車の座席でほんの一瞬絡み合っただけで、これほどの罰を受けなければならないとは！　こんなひどい不公平があっていいのだろうか？　そう思えば思うほど、マリーベスは修道院にとどまっていること自体が耐えられなくなっていった。

どこにも帰れず、誰とも相談できない中で、修道院内の押しつけがましい神聖さがマリーベスには息苦しかった。それでも、修道女たちは個人的にはみな親切だった。

彼女はすでに百ドルだけ支払いを済ませていたものの、手元にはまだ七百ドル残っていたし、これから予定日までは六か月もあった。マリーベスの心は揺れた。

どこに行くと当てはなかったが、修道女たちと一緒にいられないことだけははっきりしてきた。自分と同じ立場の女の子が入って来るのを心待ちにしながら、これから六か月もここで過ごし、出産を済ませたら、赤ん坊を取り上げられて、両親のもとに送り返されるのだ。罪を償うにしては高すぎる代償だった。マリーベスは自由を渇望した。どこへでもいいから行けるところへ行って、人間らしい生活がしたいと思った。仕事をして、話し合える友達を持てればそれでよかった。彼女に必要なのは、新鮮な空気と人のざわめきだった。この修道院の中にいる限り、重圧に押しつぶされ、自分がふしだら女であるということを思い知らされ続けなければならない。確かに自分はそうであっても、少しくらいは日が照って欲しかった。赤ちゃんが生まれるのを待つあいだ、多少の喜びがあってもいいではないか。自分がなぜこんな目に遭わなければならないのか。おそらく、これが天罰というものかもしれない。これを教訓にして、無駄のない一生を送れということなのだろう。それにしても、ここでの罰は厳しすぎる。

マリーベスは、次の日の午後、修道院長のところへ行って告げた。

「……申しわけないと思うんですが、わたしはこれから伯母のところに行こうと思うんです」

修道院長はびっくりしている様子だった。

マリーベスは、修道院長が話を信じてくれることを願った。しかし、もし信じてもらえなくても、このまま修道院にとどまるつもりはなかった。

彼女は次の日の夜明けに修道院を出た。持っているものは、残金と、来るときに持ってきたスーツケース一つだけだったが、自由を得た幸福感は圧倒的だった。家にこそ戻れなかったが、どこへ行ってどんな冒険をしようともう彼女の自由だった。この瞬間、世界は彼女のものになったのだ。自由をこんなに意義深く感じたのは生まれて初めてだった。同時に、これほどの自立心を持ったのも生まれて初めてだった。苦汁は家を出るときになめ尽くしていた。あとは、出産するまでの定住場所を見つければいいのだ。それには町から離れた方がなにかとやりやすかった。そこで、彼女はバスの停留所へ行き、シカゴまでのオープンチケットを買った。オマハを経由しなければならなかったが、彼女が想像し得る最遠の地はシカゴだった。途中、気に入ったところがあったら、そこで降りて、残りの分のチケットを払い戻してもらえばいい。とにかくここを出て、落ち着ける部屋を見つけるのが先決だと彼女は思った。そして、子供が生まれるまでの六か月間をそこで気楽に過ごそうと。

マリーベスはシカゴ行きの最初のバスが乗車を開始するのを辛抱強く待った。バスはすいていたので窓ぎわに座ることができた。

やがて、彼女の住む町の風景が窓の外を過ぎて行くとき、それを見てもマリーベスはひとつも後悔しなかった。むしろ、未来への期待が胸をときめかせた。彼女の過去同様、その住む町にも捨て難いものは何もなかった。親友もいなかったし、別れを惜しむ人は誰もいなかった。ただ、母親と妹への想いは断ち難かった。だから、落ち着き先が決まったらすぐ知らせると書いて、二人には別々にポストカードを送っておいた。

「シカゴまでかな、ミス？」

運転手が尋ねてきた。マリーベスは、バスの座席に一人で座り、自立した大人の気分に浸っていた。

「ええ、多分」
マリーベスはにっこりして答えた。これからは、どこへ行って何をしようと彼女の自由だ。誰からも指図を受けなくて済む。唯一の足かせは、お腹の中で刻々と成長している赤ちゃんだ。現在は妊娠三か月半になるものの、彼女のお腹はまだ出ていない。だが彼女自身は、腰の周りが太くなっているのに気づいている。

落ち着き先がどこに決まるにしろ、新しく知り合う人たちにどう説明しようかとマリーベスは考え始めた。妊娠していると知られたら、たちまち好奇の目にさらされる。どうしてここへ来たのか、どうして一人なのか、あれこれ説明しなくてはならなくなるだろう。

仕事にも就かなければならない。ただし、できることは限られる。家の掃除とか、図書館での雑用とか、ベビーシッターとか、ウエイトレスくらいだろう。マリーベスは危険な仕事以外ならなんでもやるつもりだった。仕事が見つかるまでは、修道院に払う予定だった出産と滞在費の残金で食いつなげばいい。

バスはオマハで休けいした。もう午後になっていた。風は少しあったが、とても暑い日だった。長時間バスに揺られて、マリーベスは乗り物酔いしたようだったが、サンドイッチを食べたら少し気分がよくなった。乗客は入れ替わり立ち替わりだった。みんなはほとんど一駅か、二駅乗っては降りていった。

その夜、バスが絵のようにきれいで清潔そうな町で休けいしたとき、そこまで長い距離を乗ってきたのは彼女一人だった。そこは大学町だった。バスの乗客たちが夕食をとったレストランには、若者の姿がたくさん見られた。ちょっとファーストフード店のような感じだったが、それよりはましだった。黒髪を肩のところできちんと内巻きにしたウエイトレスが、満面の笑みを浮かべて注文をとりに来てくれた。マリーベスはチーズバーガーとミルクシェイクを頼んだ。チーズバーガーはとてもおいしかったし、値段は、こっちが申しわけなくなるほど安かった。ほかのテーブルからは笑い声が聞こえ、店内には和気あいあいとした気分が漂っていた。とても幸せな場所に見えて、マリーベスは急にバスに戻るのが嫌になった。バスに戻ったら、そのままシカゴへ連れて行かれる。

彼女がそれを目にしたのは、レストランを出るときだった。窓に小さな求人広告が貼られていた。ウエイトレスとウエイターを求めるという内容だった。マリーベスは、しばらくのあいだ、広告の前にたたずんでいたが、やがてゆっくりと店の中へ戻って行った。

〈今バスから降りたばかりで、変だと思われないだろうか。それとも、わたしの作り話を信じてもらえるかしら〉

客が何か忘れ物をしたのかと思ったらしく、巻き髪のウエイトレスが顔を上げ、にっこりした。マリーベスはもじもじして、言いづらそうだった。

「あのう、ちょっとお尋ねしますが……あの窓の広告を見たんですけど……募集しているのはその……」

「働きたいのね？」

ウエイトレスは再びにっこりした。

「条件はあそこに書いてあるとおりよ。やってみる？　一時間二ドル、週六日勤務で、一日の労働時間は十時間。それを交替制でやるから、子供と一緒にいる時間も作れるわよ。あなたは結婚しているの？」

「いいえ……わたしは……ええ、まあそうなんです……結婚していたんですけど、今は未亡人です。夫は……朝鮮で……戦死しました」

「それはお気の毒に」

マリーベスの顔をのぞき込みながら、ウエイトレスは心から気の毒がっている様子だった。

少女が真剣に仕事を求めていることをウエイトレスは直感で分かった。それにしては、少し若すぎないかしら、とも思ったが、ここは若者の集まるレストランだし、若くて不都合なことは何もなかった。それに、少女はとても利口そうだった。

「……仕事のことはどなたと話せばいいんでしょうか？」

「わたしよ。経験はあるの？」

マリーベスは嘘をついてしまおうかとちょっと迷ってから、首を横に振った。そうしながらも、子供が生まれてくることを話すべきかどうか考えていた。

「本当に仕事がしたいんです」

ここの職にありつけますように、と願いながら、彼女はハンドバッグを握る手を震わせていた。そう願えば願うほど、彼女は落ち着き先をこの町に決めてしまいたくなっていた。

「住まいはどこなの？」

「まだ決めていません」

若いマリーベスの屈託のない笑みに、相手のウエイトレスは胸をたぐられた。

「実は、わたし、バスで通りかかった者なんです。でも、もし仕事をさせていただけるなら、いま荷物を降ろして、すぐ部屋を見つけますから、明日からでもスタートできます」

相手のウエイトレスはにっこりした。そして、わたしの名はジュリーよ、と自分を紹介した。ジュリーはひと目見たときから少女の容姿が気に入っていた。物静かで、芯の強そうなところが、筋を通す勇気のある人間であることをうかがわせた。応募してきた人間についてあれこれ想像するのは変だったが、彼女にはそうさせる何かがあった。ジュリーに迷う理由はなかった。

「じゃあ、すぐ荷物を取ってらっしゃい」

ジュリーは温かそうな笑みを浮かべて言った。

「今夜はわたしの家に泊まりなさい。ちょうど、息子がダラスのおばあちゃんのところへ行っているから、彼の部屋を使ったらいいわ。ぶっ散らかってるのをがまんしてくれるならね。いま十四歳なんだけど、本当に生意気なの。娘は十二歳よ。わたしは離婚したの。あなたはおいくつ？」

彼女は一気にしゃべりまくって、おおよその自己紹介を済ませると同時に、肝心な質問を忘れなかった。マリーベスはすでに立ち上がり、うしろを振り向きつつ、ほとんど歩きながら答えた。

「十八歳ですけど――」

そしてそのまま、荷物を取りにバスに向かって走り、二分後に息を切らしながら戻って来た。マリーベスの顔はほころんでいた。

「わたしがお邪魔しても、本当にご迷惑じゃないんでしょうか？」

マリーベスは幸せで、すっかり明るさを取り戻していた。

「いいえ、ぜんぜん」

ジュリーは笑顔で答えた。

「じゃあ、すぐ始めましょう。夜中に閉店するから、それまでわたしと一緒にテーブルの後片付けを手伝ってちょうだい」

それから一時間半後に閉店したが、トレーもピッチャーも想像以上に重く、仕事はマリーベスにとっては重労働だった。閉店したときの彼女はもうくたくたになっていた。

店には、ほかに四人の女性が働いていた。後片付け係の少年も何人かいたが、少年たちはだいたいマリーベスと同じ年頃だった。女性の方は三十代の人もいたし、四十代の人もいた。店のオーナーは、最近心臓発作を起こして、今は午前中か午後に時々顔を見せるだけだという。店は結構忙しく、厨房を切り盛りしているのはオーナーの息子であることもその場で教えられた。オーナーとは何度かデートしたことがある、とジュリーはそんなことまでマリーベスにうち明けた。

「だけど、わたしは子供たちに対する責任があるから、ロマンチックな気分になり切れないのよ。だから今はサバサバした関係」

ついでに彼女は、二人の子供を女手一つで育てるのがいかに大変かをこぼした。

「別れた夫は、養育費を五年間も送ってこないのよ。子供はあれやこれや欲しがるし、治療代だ、なんだかんだと大変なのよ」

マリーベスを同乗させて、ジュリーはハンドルを握りながら、友達に対するように、なんでも開けっ広げに話した。

「子育ては一人でできるもんじゃないわ。離婚する前に、みんながもう一度よく考えるべきよ。子供の心身の成長には、やはり両親が揃っているのが一番なの。頭痛がしたり、疲れたり、病気になったりしても、誰も代わってくれないからね。みんな自分の肩で背負わなきゃならない。わたしは実家が遠いから……でも、レストランで一緒に働いている彼女たちがとてもよくしてくれるの。わたしがデートする時などは、子供の面倒を見てくれてね。マーサの夫なんか、いつもうちの子を釣りに連れて行ってくれるのよ。こういうことって本当に助かるわ。一人じゃやり切れないもの。もちろん、わたしは一生懸命やっているつもりよ。でもね、時々、本当にギブアップしそうになる……」

マリーベスは身につまされて真剣に聞いていた。経験で語るジュリーの言葉は、一つ一つに重みがあった。赤ちゃんが生まれることを、やはり話すべきかとも思えてきたが、それはまだ言わないことにした。

「子供ができなかったのは残念ね」

彼女の気持ちを読んだかのように、ジュリーが優しく言った。

「でも、あなたは若いから、これから再婚できるわね。それで、いくつの時に結婚したの？」

「十七歳の時です。ハイスクールを卒業してすぐだったんです。ですから、一緒にいたのは一年足らずでした」

「それは本当に運が悪かったのね、ハニー」

ジュリーはそう言うと、少女の手をポンポンと叩いた。それから、車を私道に乗り入れて止めた。奥まったところにある小さなアパートが彼女の住む家だった。二人が着いたとき、彼女の十二歳の娘はすでに寝入っていた。

「この子を一人で置いておきたくないんだけど、しょうがないわね。いつもは息子が一緒なの。近所の人があれこれ面倒見てくれているんだけど、でもとても頼りになる子なのよ。わたしが本当に気分が乗らないときは、レストランにも一緒に来てくれてね。もっとも、レストランはそれを嫌がるけど」

女手一つで子育てすることの説明としては、簡潔で、実感がこもっていて、とても説得力があった。ジュリーは、子供たちが二歳と四歳のときに離婚して以来、今日まで、かれこれ十年間独身を貫いてきた。米国中のあちこちを渡り歩きもしたが、一番気に入ったのがこの町だった。きっとこの子も気に入るわ、とジュリーは思った。

「静かで、とってもいい町よ。学生たちも育ちのいい子が多くて、大学で働いてる人たちも、皆いい人たち。〝ジミー・ディーズ〟にもよく来るわ。きっと、あなたは人気者になるわよ」

ジュリーは家の中の説明をしてくれた。バスルームのある場所や息子の部屋へ彼女を案内した。息子の名はジェフリーといい、二週間留守にしているのだという。マリーベスは、部屋が見つかるまで滞在していいことになった。

「心配しなくていいのよ。ジェフが帰って来たら、ジェシカの部屋を使いなさい。ジェシカはわたしと寝るから大丈夫。それに、ここは学生の町だから、一人用のいい部屋がすぐ見つかるわ」

ジュリーの言うとおり、次の日の午後、さっそくほぼ期待どおりの部屋が見つかった。ピンクの花模様の壁紙が貼られた、可愛らしい部屋だった。とても狭かったが、日当たりがよくて住み心地はよさそうだった。それに、家賃が安いのが魅力だった。もう一つ利点があった。彼女が働くことになったレストラン〝ジミー・ディーズ〟から六ブロックしか離れていなかった。

まるで願っていたことのすべてが一時にかなったような運の良さだった。この町に着いてからまだ数時間だというのに、マリーベスは早くも幸福をつかんだような気分になっていた。

〈もしかしたら、この町に来るのがわたしの運命だったんだわ〉

マリーベスはさっそく両親宛にはがきを書き、自分の新しい住所をしたため、それを店に行く途中のポストに投函した。そのとき彼女の頭をかすめたのはポールのことだった。そしてすぐ、彼のことを考えたってしょうがないじゃないの、と自分を戒めた。こうして、これからもずっと彼のことを思いださなければいけないのだろうか。彼は今、何をしているのだろうとか、自分たちの子供はどこでどうしているのだろうとか、一生気にしながら生きて行かなければならないのだろうか。


その日、〝ジミー・ディーズ〟で別のウエイトレスから白いカフスのピンクのユニフォームと、新しい純白のエプロンを渡された。

その午後、早くも客の注文取りをやらされた。仕事をしながら、男性客の好奇の視線を感じないわけにはいかなかった。キッチンのコックも、ちらちらと彼女のことを見ていた。人の目にふたはできないのだから、これだけはいたしかたなかった。しかし、皆とても温かくて礼儀正しかった。彼女が未亡人だという話を、すでにウエイトレス全員が知っているようだった。

皆はその話を信じていて、疑いを抱くような者はいなかった。

「どう、調子は？」

夕方近くに、ジュリーが声をかけた。初めてなのによく働く子だわ、とジュリーは自分の目に狂いがなかったことを喜んでいた。マリーベスは誰に対しても愛想がよくて、客受けは最高だった。彼女の名前をわざわざ訊く客もいたし、目の保養を楽しんでいる若い男性客も大勢いた。その日やって来た店のオーナーのジミーも、ひと目見て彼女のことを気に入ったようだった。彼女はなんといっても、利口そうで、身だしなみにも清潔感があった。

「あの子は正直者だよ。顔を見れば分かるさ」

オーナーはジュリーにそう言った。

それに、マリーベスは美人だった。店にはこういう子がいてくれた方が商売になる、とジミーはオーナーらしい計算をした。しかめ面をしたおばさんが仕事を嫌がりながら客の前にコーヒーカップを叩き置くような光景は、誰も見たくないのだ。年をとっていようが若かろうが、ウエイトレスたるもの、常ににこやかで幸せそうにしていなければならない、客を幸せにしてやるのが仕事なのだから。その点ジュリーを見習いなさい、というのがジミーの口癖だった。そして今、模範になるウエイトレスがもう一人加わった。マリーベスは仕事をするのが嬉しくてたまらない様子で、一生懸命サービスをしている。

しかしその夜、自分の新しい部屋に戻ったときのマリーベスはくたくたに疲れていた。それでも、仕事も部屋も見つかった幸福感で気持ちは充実していた。このまま自分のペースで生きていけばいいのだ。図書館で本を借りて勉強を続けることもできる。これで自分の人生を終わらせるようなことだけはしまい、と彼女は心に誓った。この何か月間かは、人生の寄り道だったと考えればいいのだ。だが、道に迷ったり、方向を見失ったりするようなことだけは避けなければならない。

次の日の夜、マリーベスが笑顔を振りまきながらサービスしているところに、深刻そうな顔の若者がドアを開けて店の中に入って来た。彼を席に案内してから、ジュリーがマリーベスに耳打ちした。

「よく夕食をしに来る客よ」

ジュリーはその客に特別な関心を持っている様子だった。

「あの人、家に帰るのが嫌みたい。悪い子じゃなさそうだからいろいろ訊いてみたいんだけど。話もしないし、にこりともしないの。でも、いつもていねいよ。なぜ家で食事しないのかしらね。きっとお母さんがいないのよ。何かあったんだわ。悲しそうな目をしてるもん。あなた、行って注文を訊きついでに、あの子を勇気づけてあげて」

ジュリーは、客が座るカウンターの方にマリーベスの背中を軽く押した。若い男性客は注文するものは決まっているらしく、メニューをさっと見ただけで閉じてしまった。

「ハーイ。何を召し上がりますか？」

マリーベスはちょっと恥じらいながら注文を訊いた。こちらを見る客の目には称賛の表情があった。

「メニューの二番のミートローフとマッシュポテト」

マリーベスの容姿にすっかり面食らっていた客は、そのスタイルに見とれたりはしまいと、顔を赤らめ、意識して目をそらした。

「付け合わせはサラダにしますか、コーンにしますか、それともホウレン草？」

彼女は依然として仕事の口調を崩さなかった。

「コーンをもらいます」

そう言って、客は再びマリーベスに視線を向けた。今まで週に三度はここに来て食事をしていた彼だから、ウエイトレスが新入りだと、最初に見たときから分かっていた。ういういしくてスタイルが抜群の彼女に、客の目はつい見とれがちだった。

母親が料理をしなくなってから彼がまともに食事のできるところと言えば、ボリュームがあっておいしくて、値段も安いと評判のこの店ぐらいしかなかった。

「コーヒーはいかがしますか？」

「いや、コーヒーはいらないから、ミルクと、アップルパイアラモードをもらおうかな」

おどおどしながら、申しわけなさそうに言う客に向かって、マリーベスはにっこり微笑んだ。

「そんなにお腹に入りますか？　うちの料理は量が多いんですよ」

「知ってますよ」

彼は笑みを返した。

「ぼくはいつもここで食べていますから。あなたは新しいウエイトレスですね？」

口調もていねいで、素直そうな少年だった。

〈きっとわたしと同じぐらいの歳だわ〉

そう思うと、少年に自分の年齢を見破られているような気がして、彼女は急に恥ずかしくなった。

「ええ、わたしは新人よ。ここに移ってきたばかりなの」

「名前は何ていうんですか？」

彼は反応も普通で、悪びれたところがなかった。しかし、ジュリーの言うとおり、目はとっても悲しそうだった。痛ましくてまともにのぞけないほどだった。しかし、マリーベスは彼の中の何かに惹きつけられた。彼が誰で、どんな生活を送っているのか、思わず訊きたくなる雰囲気がそこにあった。

「わたしの名前はマリーベスよ」

「ぼくはトムです。よろしく」

「こちらこそ」

マリーベスはそれだけ言ってその場を離れ、彼が注文したミルクを持って戻って来た。その途中で、あの子があんなに話したのは初めてよ、とジュリーにからかわれた。

「郷里はどこなんですか？」

少年に訊かれてマリーベスが答えると、少年はさらに質問した。

「訊くのは失礼かもしれませんが、どうしてこの町へ移って来たのですか？」

「理由はいろいろあるわ。みんないい人たちだし、お店も働きやすいし、この近くにとってもいい部屋を見つけたの。すべてがうまくいってるわ」

マリーベスは、気軽に話せる自分に驚いていた。料理ができたので運んでくると、少年は食べることよりも、話をしたがっているような様子だった。

パイを長い時間かけてちびちびと食べてから、もう一度パイとミルクを追加で注文した。彼がこんな食べ方をするのは初めてだった。それから、彼女をつかまえて、嬉しそうに釣りの話を始めた。

「このすぐ近くに、いい釣り場があるんだ。釣りは好き？　やったことある？」

何年も前に、父や兄と一緒にしたことがある。でも、あまり得意じゃなかったから、自分で釣るよりも、近くに座って読書をしたり、ボーッと考えごとをしている方が楽しかった。

「今度ぼくと一緒に、釣りに行きませんか？」

少年は自分で誘っていながら、顔を赤らめた。なぜ初対面の彼女にこんなことまで言えるのか、今日の自分のノリが、少年にはむしろ不思議だった。そういえば、店に入って来て、彼女をひと目見てから、ずっと彼女のことばかり考えている。

彼はチップをたくさん置き、立ち上がった。いかにも不慣れで、ぶきっちょそうな動作だった。それから彼は、カウンターの所でもじもじしながら言った。

「いろいろありがとう。それじゃ、また」

店から出て行く彼の後ろ姿からマリーベスが受けた印象は〝とても背が高くてやせている人〟だった。少年はどちらかというとハンサムだったが、自分のルックスは意識していないようだった。まだ若くて、マリーベスの感想は、友達よりも〝弟〟だった。彼が何者で、これからどんな人間になるにしろ、そして、再び姿を現わすことがなかったとしても、マリーベスは話せてよかったと思っていた。

少年は次の日もやって来た。そしてまたその次の日に来たときは、マリーベスが非番で来ていないのを知って、とても残念がっていた。そして、週が明けてから再び店にやって来た。

「この前来たときは、きみがいなくて、とてもがっかりしたよ」

彼はフライドチキンを注文した際にそう言った。彼はいつも食欲旺盛で、夕食はたいていフルコースで食べる。これでは食費がかさむだろうと、マリーベスは人ごとながら心配になった。果たして彼は、両親と一緒に住んでいるのだろうか。マリーベスはとうとう訊いてしまった。

「お一人で生活してるの？」

料理をテーブルに置き、新しいミルクを注ぎながら、マリーベスはさりげなく訊いた。ミルクを注いだからといって、彼女はそれを伝票に追加するようなことはしなかった。〝ジミー・ディーズ〟は、常連客にミルク一杯もサービスできないようなギスギスしたレストランではなかった。

「そういうわけじゃなくて、両親と一緒にはいるんだけど……そのう……二人とも忙しくて、お母さんは食事を作らなくなっちゃったんだ。高校のパートの先生をしていたんだけど、この秋からフルタイムで教えることになって――」

「何の科目を教えているの？」

「英語と社会科と、それに文学。とても教育熱心な母で、ぼくもいつも勉強させられているんだ」

そう言って彼は、目の玉をクルクルと回したが、さして勉強を苦にしている様子ではなかった。

「うらやましいわ。わたしはしばらく休学しなければならなかったの。本当は勉強を続けたいんだけど」

「大学を？　それとも高校？」

トムは彼女の年齢が知りたかった。年上にも見えるが、自分と同じ年頃ではないかと、なんとなくそんな気がしていた。彼女は答えるのにちょっとためらった。

「高校よ」

だったら、三年生だろうな、とトミー少年は思った。

「クリスマスが過ぎたら学校へ戻るんだけど、それまでは独学で勉強しようと思っているの」

彼女は気落ちしたような口調で言った。彼女がなぜ高校を休学しなければならなかったのか、その辺を知りたかったが、トムはあえて訊かないことにした。

「よかったら、ぼくが本を貸してあげてもいいけど。お母さんのところから教材を持ってきてもいいし。お母さんは喜んで貸してくれるよ。世界中の人間の一人一人が自学自習すべきだというのが彼女の持論なんだ。それで、学校は好き？」

うなずいたときの彼女の目の表情を見て、この子は正直に言っている、とトムは思った。利口そうな顔と、その目の輝きが、向学心と知識欲を表わしていた。事実、彼女は非番の日は図書館へ行って、学校の勉強に遅れないよう自習に努めていた。

「あなたは何の科目が一番得意なの？」

彼が食べたブルーベリーパイの皿を片付けながら、マリーベスが訊いた。

「英語」

皿の片付けが終わり、背中が痛かったが、マリーベスは少年の前から離れたくなかった。

今日も、つい話が長くなってしまう二人だった。

「英文学に、英語の文法。文章を書くのが好きなんだ。お母さんはぼくをそっちの方面に進ませたいらしいんだけど、お父さんは、ぼくに商売をやらせたがっているんだ」

マリーベスは興味を引かれて訊いた。ルックスもいいし、利口そうな少年なのに、彼はいつも独りぼっちだ。友達を連れて来たこともないし、家に帰りたそうな素ぶりを見せたこともない。どうしていつも一人なのか、マリーベスはその理由が知りたかった。

「商売って、何の？」

「お父さんは農産物の卸商をやっているんだよ」

トムは父親の事業について説明した。

「ぼくの祖父が始めたビジネスでね。もともとは農業をやってたんだけど、あちこちから農産物を仕入れて売る事業を始めたら、自分で作るよりもそっちの方がうまくいっちゃったんだって。面白そうな仕事だけど、ぼくは文章を書いていたりする方が好きなんだ。じゃなかったら、お母さんみたいに、先生になるかもしれない」

そう言って肩をすぼめる彼は、とても若々しくて、純情そうだった。彼女の問いかけに答えるときも、含みがなく、ストレートで、気持ちがよかった。トムの方にもぜひ訊いておきたいことがいくつかあったが、それはこの次に会うときのためにとっておくことにした。彼は立ち去る前に、彼女の次の非番はいつなのかと尋ねた。

「金曜日よ」

もしここで、散歩か、町のはずれにあるプールに誘ったら、びっくりされるだろうかと思いながら、トムはうなずいた。

「もしよかったら、金曜日に何かしない？　ぼくは午前中お父さんの手伝いをするから、二時なら迎えに来られるけど。お父さんのトラックも借りられるし。プールか湖へでも行かない？よかったら釣りもできるし」

そこまで言うと、彼は返事を待ちきれなそうなあせった表情で、彼女の顔を見つめた。

「楽しそうね。行きたいわ」

マリーベスは、ほかの客に聞こえないように小さな声でそう言い、自分の住所を彼に教えた。教えるのに迷いはなかった。

マリーベスは直感で分かっていた。少年は正直で、警戒などしなくていいタイプだと。だから、安心して言葉が交わせた。そして、話しながら感じていた。

〈この人はいい友達になってくれそう〉

実際、トミー・ホイットカーは悪さとは無縁の人間だった。

「デートの約束したでしょう？」

少年が出て行くとすぐ、ジュリーがマリーベスをつかまえて訊いた。ウエイトレスの一人がさっきの二人の話を小耳にはさんで、さっそく情報を流したところだった。店中のウエイトレスたちが、どうなるのかしらねと、その成り行きをうわさし合っていた。マリーベスも客のトミーも、純情で悪ずれしていないから、みんなに好かれていた。二人の謎めいた登場も、関心の的だった。この前の冬にふらりと店に現われて以来、少年はただ夕食を注文するだけで、誰と言葉を交わすでもなかった。なのに、マリーベスを知ってからは、急に生き返ったようになり、話したくてしょうがないといった様子だった。

「いいえ」

マリーベスは嘘をつくしかなかった。

「お客さんとはデートしません」

そこまで言ってしまったが、ジュリーの方はぜんぜん信じていなかった。

「いいのよ、自分の好きなようにして。ジミーも分かってくれるわよ。あの子は本当にあなたのことが好きみたいね。それに、可愛い子じゃない？」

「ちょっと言葉を交わしただけよ。あの人のお母さんが料理を作らないんですって。だから、外食するしかないんだって言ってました」

「ほうら。あなたにいろいろうち明けているじゃないの」

「ええ……それはまあ」

マリーベスは照れ笑いしてから、ほかの学生グループが注文したハンバーガーを取りにキッチンへ入って行った。そして、トレーを手のひらに載せて戻って来た彼女の顔はどうしようもなくほころんでいた。

〈金曜日！〉

第四章

金曜日。父親の手伝いは十一時に終わったので、トミーは彼女を十一時半にピックアップすることにした。マリーベスは、古いジーンズにサドルシューズを履き、家から持ってきた父親の大きなシャツを着て待っていた。ジーンズをひざ下までまくり上げ、その明るい赤毛をポニーテールに結んだ彼女は、まるで十四歳に見えた。大きなシャツは膨らみつつある彼女のお腹を隠すためだった。そういえば、ジーンズのジッパーは、もう何週間も前から上まで上がらなくなっていた。

「ハーイ。お父さんの手伝いが思ったより早く終わったんだ。釣りに行くって言ったら、行って来いって言われたよ。それはいいことだって、父さんも賛成してくれた」

トミーは手を貸して彼女をトラックに乗せた。途中、小さなマーケットに立ち寄り、昼食用にサンドイッチを仕入れた。トミーはローストビーフを、彼女はツナを注文した。いかにもホームメードらしい、大きなサンドイッチだった。それに加えて、二人はコークを半ダースと、クッキーをひと箱買った。

「ほかにお望みは?」

トミーは二人きりになれた嬉しさで胸をときめかせながら訊いた。彼女は美しくて、生き生きしていて、どこか大人っぽくて、そこがまた魅力だった。

家から離れ、仕事に就いたことが彼女を精神的に成熟させていた。

マリーベスはリンゴを二個と、ハーシーのチョコレートバーを棚からピックアップした。彼女が自分で払おうとするのを、トミーが猛反対してやめさせた。買い物の包みを手に、のっぽでやせた彼は、彼女の後ろ姿の美しさを観賞しながら車に戻った。

「そんなに若いのに、どうして家を出たんだい?」

湖へ向かう途中でトミーが訊いた。彼は、彼女が未亡人だという作り話はまだ聞いていなかった。もしかしたら、両親が死ぬとか、何かそんな大きなドラマがあったのではないかと勝手に想像していた。そうでもなければ、高校生が休学までして家を出るはずがなかった。何か深い事情がありそうなところが、トミーの最初から気になっている点だった。

「ううん……それは……なんて説明したらいいのかしら」

しばらく窓の外を見つめていた彼女がトミーに顔を向けた。

「話せば長いわ」

マリーベスは肩をすぼめた。彼女の頭に去来するのは、家をあとにしてから自分に起きたさまざまな変化だった。つらかった修道院での毎日。あんな気の滅入るような所から出て来て本当によかった、としみじみ思える今だった。少なくとも、ここに来てからは生き生きした生活が送れている。働いて、自活して、トミーに出会うこともできた。彼とはいい友達同士になれそうだ。

この町に来てからのマリーベスには、生きている実感があった。家に二度ほど電話したが、母親はただ泣くだけで、妹とは話させてくれなかった。最後に電話したときの母親の言葉は、なんとなくよそよそしくて、マリーベスを戸惑わせた。

「……手紙を書きなさい。電話はもうしなくていいから……」

娘が元気でいることを知るのは、両親にとっても嬉しいことに違いなかったが、父親の怒りはまだおさまっていなかった。

「あの子の問題が片付くまで、わしは話さん」

バート・ロバートソンは頑固に言い張っていた。母親の方も、生まれてくる赤ん坊のことを指して、いつも〝問題〟としか呼ばなかった。

マリーベスは、それらすべてを思いだしながらため息をついて、トミーの顔を見た。真面目そうな彼の顔には、なんでも話せそうな雰囲気があった。

「お父さんと大げんかしちゃったの。それで追いだされたのよ。お父さんはわたしを町にとどめておきたかったようだけど、二週間してからわたしは思い切って町を出たの。そして、ここにやって来て働き始めたというわけ」

マリーベスはそのあいだの苦しみや失意をおくびにも出さず、いきさつを簡単にまとめた。

「でも、家には戻るんだろ？」

クリスマス後に学校に戻るつもりだと彼女から聞いていたから、トミーは急に心配になった。

「ええ。学校に戻らなきゃいけないから」

彼女は当然と言いたげだった。道路は湖に向かってゆるやかなカーブを描いていた。トラックの荷台では、彼の釣りざおが揺れていた。

「この町の学校に行けばいいじゃないか」

「それはできないわ」

彼女は話題を切り上げたくてトミーの顔を見た。むしろ、今度は彼の家庭事情を訊いてみたかった。どうして両親と一緒にいたがらないのか、その辺が不思議だった。

「兄弟はいるの？」

車が目的地に着いたところで、彼女は気軽な口調で訊いた。自分の質問の内容に、まだお互いを知らないことを彼女はあらためて自覚した。トミーはエンジンを切り、彼女を見つめたまま、しばらく黙っていた。

「いたんだけど」

彼の声は小さかった。

「アニーがね。五歳だったんだけど、去年のクリスマスのすぐあとで死んじゃったんだ」

彼はそれ以上は何も言わずにトラックから降りると、釣りざおを降ろし始めた。マリーベスは、そうだったのかと納得しながら彼の様子を見守った。いつも目に浮かべている悲しそうな表情と、家に帰りたくなさそうな謎の行動。その理由がいま初めて明かされた。

彼女はトラックから降り、彼のあとについて湖に向かった。二人は砂浜の端に手頃なスポットを見つけて、そこを本拠地にすることにした。トミーがジーンズを脱ぎ、海水パンツ姿になった。シャツのボタンもはずした。一瞬、マリーベスの脳裏にポールの記憶が甦った。だが、二人に共通点はなかった。似ても似つかない二人だった。ポールはずる賢くて、調子がよくて、モテるからスター気取りだ。それに、今はもう結婚しているだろうから、他人のヒモ付きである。それに対してトミーの方は、善良で、純粋で、無害で、底抜けに優しい。何よりも違う点は、マリーベスをどう思っているかだ。彼女には、トミーに好かれているという実感があった。

マリーベスは彼の横の砂の上に腰をおろし、トミーが針にエサをつけるのを見ていた。

「どんな妹さんだったの？」

彼女の声は柔らかくて優しかった。トミーは釣り針から顔を上げなかった。

「アニーのこと？」

彼は太陽を見上げて目を閉じた。しばらくそうしてから、マリーベスの方を見つめた。妹の話はしたくなかったが、彼女にならしてもいいような気がした。二人が友達同士になれるのは分かっていたし、トミーとしては、彼女にそれ以上のものを望みたかった。彼女の長くて形のいい足、うるんだ大きな目、恥じらいのある笑い方。マリーベスのすべてがトミーの胸を溶かしていた。

トミーは彼女と親しくしたかった。望まれるならいつでもそこにいて、友情の手を差し伸べてやるつもりだった。だからこそ、すぐに分かった、彼女は今まさにその友情を求めているのだと。どうして、とその理由をはっきりと指摘できなかったが、彼女には相手の傷を癒してくれそうな優しさと同時に、思わず放っておけなくなる痛ましさがあった。

「二人といないような可愛らしい子だった。青い大きな目に、髪はプラチナ色のブロンドで、クリスマスツリーの上にとまった天使のような子だった……でも、時々は小悪魔に変身したけどね。ぼくをからかったりして、どこにでもついてくるんだ。二人で大きな雪だるまを作ったんだけど……そのすぐあとで、あの子は死んじゃったんだ……」

トミーは目にいっぱい涙を溜めて首を横に振った。彼が誰かに妹の死をうち明けたのは、これが初めてだった。話すと記憶が甦って、とてもつらかった。マリーベスにはその苦しみがよく分かった。トミーは自分の気持ちを正直に言った。

「……あいつがいないと寂しくてしょうがないんだ……」

彼の声はかすれて消え入りそうだった。マリーベスは彼の腕にそっと手を置いた。

「いいのよ。わたしのことは気にしないで泣いたらいいわ……気持ちはよく分かるから……それで妹さんは、長いこと病気だったの？」

「二日間ね。インフルエンザか風邪だと思っていたんだけど、髄膜炎だったんだ。どうしようもなくてね。そのまま死んで行くのを見守るしかなかった。できるなら身代わりになってやりたかったさ。彼女はまだ五歳だったんだぜ。あんなに可愛らしくて、みんなを幸せにするだけで、何も悪いことなんかしていないのに、どうしてあの子が死ななきゃいけないんだ!?　ぼくが十歳のとき、あの子が生まれたんだけど、思わず抱き締めたくなるほど可愛らしかった」

トミーは妹のことを思いだして、顔を和ませていた。それから釣りざおを横に置いて、マリーベスのすぐ横に座り直した。砂は日に照らされて、とても暖かかった。

ここで妹のことを話して、彼は胸のつかえがとれたような気がした。思いだすのはつらかったが、ほんの一時でも、妹と一緒にいる気分に浸ることができた。今まで誰に尋ねられることもなく、自分から話すこともなかった。両親を交えて思い出話をすることもなかった。

「ご両親もきっとつらかったでしょうに」

まるでトミーの両親と知り合いのような、マリーベスの、歳に似合わない思いやりのある言葉だった。

「うん。妹が死んですべてがストップしてしまった。両親はお互いにしゃべらなくなったし、ぼくとも話さなくなった。家族は急に無口になって、笑いもしなければ、どこへも出かけなくなってしまった。妹のことも口にしないし、なんの話もしなくなってね。お母さんは料理もしなくなっちゃった。お父さんは十時を過ぎないと帰って来ないし、妹のいない家には誰もいたがらないんだ。お母さんは、この秋から教師生活に戻るようだし、みんなが家を放棄してしまったような感じだね。妹に死なれるってつらいもんさ。家の中が急に暗くなっちゃってね、気が滅入るんだよ。だからぼくも家にいたくないんだ。妹の部屋の前を通るときなんかつらくて……」

黙って話を聞いていたマリーベスは、自分の手を彼の手の中に滑り込ませた。二人は水面を見つめながら話を続けた。

「でも家にいて、ふと妹さんがいるような気がするときってあるんじゃない？」

マリーベスにはトミーの苦しみが自分のことのように分かった。なぜか、彼の妹のことも知っているような気がした。兄にそんなに愛されていたという可愛らしい女の子……その顔が目に浮かぶようだった。自分の身に照らして、妹がいなくなったときのつらさが、マリーベスは分かりすぎるほど分かった。

「うん、よくそういう気がするときがあるよ。夜遅くなんか、彼女に話しかけるんだ。馬鹿げたことかもしれないけど、ぼくの声が届いているような気がしてね」

マリーベスはうなずいた。彼女も、祖母が死んだあと、同じように語りかけたことがある。すると、寂しさも消え、不思議に気持ちが休まったものだ。

「妹さんにはあなたの声が聞こえているはずよ、トミー。きっと妹さんは今はどこかで幸せにしていて、そこからあなたのことを見守っているのよ……この世には、天寿を全うする人たちもいるし、ただ通過するだけの人たちもいるんだわ……そういう人たちって、普通の人たちよりもなんでも早く仕上げてしまって、百歳も生きている必要がないんだと思う……たとえば……どう言ったらいいのかしら……」

マリーベスは、相手を傷つけなくて済む言葉を探して顔をしかめた。彼女自身、最近、生と死について真剣に考えていたところだった。

「ほかの人たちに何かを教えるために、この世に生まれてくる人たちっていると思うの。わたしたちに贈りものをしてくれたり、教訓を与えてくれたり、わたしたちを祝福してくれたりするために生まれてくる人たち……あなたの妹さんだって、きっとあなたに何かを教えていったはずだわ……愛とか、人に尽くすこととか……それがあなたへの贈りものだったのよ。教えるためにこの世に来て、役目が終わったから去って行ったとも考えられるわ。それ以上、この世にとどまっている必要がなかったのかもしれないわね。きっと特別な魂を持っていて、妹さんはどこへでも自由に動けるのよ……妹さんからの贈りものは、あなたの中でいつまでも生き続けるわ」

トミーは言われたことを噛み締めるようにこっくりとうなずいた。確かに、そう考えることもできるが、だからといって今の苦しみが消えるわけではなかった。しかし、マリーベスと語り合えたのはよかった。彼女は思いやりがあって、トミーの苦しみを自分のことのように受け止めている。

「でも、妹にはもっと長くいてもらいたかった」

トミーはため息をついて言った。

「きみにも会ってもらいたかったし」

それから急ににっこりして続けた。

「あいつが生きていたら、うるさかったろうな。ぼくがきみのことを本当に好きなのかどうかとか、きみが誰より綺麗だとか、ぼくのことを本当に好きかどうかとか、なんだかんだと言いたい子なんだ。それでいつもぼくを怒らせていたんだけどね」

マリーベスはその情景を思い浮かべて笑った。そして、本当にトミーの妹に会えていたらと思った。でも、もし彼女が生きていたら、トミーとの出会いはなかったはずだとも思った。もし彼女がいたら、トミーは家で食事をしていて、週に三回もレストランに来るようなことはなかっただろうから。

「じゃあ、わたしたち、妹さんになんて言われてたでしょうね」

マリーベスは砂の上で彼に寄り添いながら、しっくりした気分になっていた。口から出る声も、ゲームを楽しむように明るく弾んでいた。

人をやたらに信用してはいけないことを、彼女はこの何か月間の苦い経験で身に沁みて知ったつもりだった。もう男性なんか信用するものか、と考えたこともあった。しかし今は、心の底のどこかが、トミー・ホイットカーだけは別だと叫んでいた。

「そうだな……まずあの子は、ぼくがきみのことを好きだって、そのことを見抜くだろうね」

彼はそう言うと、恥ずかしそうに笑った。彼の小鼻にそばかすがあるのにマリーベスはそのとき初めて気づいた。そばかすは日の光を受けて金色に見えた。

「でも、あの子の言うことがいつも正しいとは限らないんだ」

これほどマリーベスを好きになってしまっている今のトミーの気持ちを、アニーなら簡単に見破っていただろう。マリーベスほど大人な女の子は、彼の通う学校にもいない。それに彼女は、今までトミーが目にしたどんな女性よりも綺麗だ。

「きみのことも、必ず好きになっていたと思うよ」

トミーは優しく笑いかけて、砂の上にあお向けになった。そして、称賛の目でマリーベスを見つめた。

「それできみはどうなの？　ボーイフレンドはいるんだろ？」

自分の立場を最初にはっきりさせておきたくて、彼はそう言った。マリーベスは返答に窮した。夫の戦死の作り話をここでしてしまおうかとも思ったが、それはできなかった。いずれ、そういう時があったら、ちゃんと話せばいいのだと考えた。

「いいえ、そういう人はいないわ」

「ぜんぜん？」

彼女は今度は、はっきりと首を横に振った。

「一度好きだと思ってデートした人がいたけど、わたしのカン違いだったわ。その人はもう結婚したもの」

トミーはその辺をもっと聞きたかった。

「気にしてる？　その人が結婚したことを」

「いいえ、別に」

マリーベスが気にしているのは、その男によって宿された赤ん坊のことだけだった。望まれずに生まれてくる子供。他人の手に渡さなければならない子供。この何か月間かの彼女の頭の中には、そのことしかなかった。しかし、トミーにはそのことについては何も言わなかった。

「ところで、きみは今いくつなの？」

「十六歳よ」

それから、二人は、お互いの誕生日がほんの何週間かしか離れていないことを知った。二人とも、十六歳だった。だが、立場はずいぶん違っていた。たとえ、今は抜け殻同然とはいえ、彼には帰る家もあり、九月には新学期が待っている。しかし、彼女の方は、その両方とも取り上げられてしまった。しかも、五か月後には、彼女を愛しもしなかった男の赤ん坊が生まれてくる。考えれば考えるほど恐ろしいことだった。

しばらくすると、トミーは湖の浅瀬に入っていった。彼女もそのあとに続いた。魚が釣れるのを待ちながら、二人は水の中をポチャポチャと歩いて遊んだ。それからトミーはいったん砂浜に戻り、シャツを脱ぐなり水の中に飛び込んだ。だが、マリーベスは今度は彼のあとに続かなかった。

「どうして泳がないの?」

水から顔を出した彼が訊いた。熱い日差しの中、水は適度に冷たくて気持ちよかった。マリーベスは一緒に泳ぎたくても、膨らみかけたお腹を彼に見られたくなかった。だから、父親のシャツを着たまま、ジーンズだけ脱いで水の中に立った。

「さては泳げないんだな?」

マリーベスは笑ってごまかした。

「まあ、そう言われてもしょうがないわね。湖で泳ぐなんて、わたし、とっても怖いの。だって底に何がいるか分からないんだもの」

「そんなこと気にしないで、入って来いよ。ここには魚一匹いないね。釣れてないんだから分かるだろ?」

「この次にするわ」

彼女は指で砂に絵を描きながら言った。

二人は大木の木陰を見つけて、そこでサンドイッチを食べた。食べながら、お互いの家族のことや、子供の頃のことを語り合った。彼女は兄のライアンや、妹のノエルのことを話し、頑固な父親は、家を継ぐことになっている息子が家族の中心であり、女は結婚して子供を産めばいいんだと思っていることを、彼に訴えるように話した。それから、これからの自分のことも語った。

「わたし、いつか、弁護士か作家になりたいの。学校の先生でもいいわ。高校を卒業してすぐ家庭におさまるのだけはご免だわ」

「ぼくのお母さんと同じこと言ってる」

彼はにっこりして言った。

「ぼくのお母さんは高校を卒業してから六年間もお父さんのことを待たせたんだって。そのあいだに大学へ行って、資格を取って、二年間先生をやって、ようやく結婚したんだ。結婚してからも、ぼくを産むのに七年かかって、ぼくが生まれてからさらに十年かかってアニーが生まれたんだ。子供を作るのもひと苦労だったらしい。お母さんにとって、教育は必要欠くべからざるものなんだ。頭脳と教育こそ、人間が授かった最も貴重なものだというのが彼女の持論だからね」

「わたしのお母さんもそう考えてくれればいいんだけど。彼女はお父さんの言いなりなの。女の子は大学へなんか行かなくていいと思ってるわ。だから両親とも、わたしが進学することには反対なの。兄なら行かせていたでしょうね。でも兄は、大学に行きたがらなくて、父の工場を手伝っているわ。兵役不適格者として、朝鮮にも行かなかったのよ。修理工としては有能みたいだけど」

彼女はこんな家庭内のうち明け話を、今まで誰にもしたことがなかった。

「家族の中では、いつもわたしだけ浮いちゃってね。みんなに反対されるんだけどわたしは進学して勉強を続けたいの。適当な男の人と結婚して、子供をたくさん産むよりも、まず自分で何かを成し遂げたいから。そう言うと、いつもみんなに狂ってるって思われるんだけど」

だが、トミーはそうは思わなかった。彼女にもそれが分かった。彼の両親は二人とも、マリーベスと同じような考え方をしていた。こういうのを運命の皮肉と言うのだろうか。それとも、彼女が生まれてくる場所を間違えたのか。とにかく、今の環境では、マリーベスは一生変人扱いされながら生きて行かなければならないのだろう。

「ぼくの妹がもし生きていたら、将来は好きな道に進めたと思うよ。なんでも自由にさせてもらっていたから」

「わたしの妹の方はちゃっかりしてるから、自分の希望を通しそうよ。文句ばかり言っているけど、とってもいい子なの。まだ十三歳なのに、もう男の子に夢中なのよ」

でもノエルは、車の座席で妊娠させられるような軽率なことはしていない。マリーベスは、人を批判する資格などないことを自覚した。

「ぜひ、いつか、ぼくのお母さんと話してみなよ、マリーベス。きっと気が合うと思うよ」

「ええ、そうでしょうね」

それから彼女は、興味深げな目で彼を見た。

「わたし、あなたのお母さんに好かれるかしら？　母親って普通、息子のガールフレンドを疑いの目で見るものよね」

あと二、三か月もしたら、特にそうだろう。ホイットカー夫人に会える可能性はどうやらなさそうだ。一か月もしたら、お腹の膨らみは隠せなくなる。ということは、トミーにも会えなくなるのだ。どう説明したらいいのか、まだ考えがまとまっていないが、いずれは話さなければならない時がやって来る。たとえ、彼が、店にたまたま来た客であっても、嘘をつくのはつらい。でも、やはり、朝鮮で戦死した夫の話をするしかないだろう。本当は、すべてをうち明けられれば一番いいのだが、そんなことはとてもできそうにない。怖いし、彼に対して無責任だし、与えるショックが大きすぎる。もうきっと、会いたいとは言ってこないだろう。いずれにしても、あと二、三週間したら会えなくなってしまう。その時は、ほかにつき合っている人がいるとでも言うしかない。

〈そしたら、彼は学校へ戻り、わたしのことなんか忘れて、もっとまともな女の子を見つければいいんだ。両親も知っているような下級生とか、チアリーダーとか……〉

「へーイ……何考え込んでいるんだい？」

マリーベスは、この人が恋するチアリーダーってどんな顔の人だろうかと考えているところだった。

「そんな悲しそうな顔して、どうかしたのか？」

彼女が何か思いに耽っていることに、彼はちょっと前から気づいていた。だが、知り合って間もない相手だから、それが何なのか推測しようがなかった。それでも、彼としては、もし彼女が何かで困っているなら、手を貸してやりたかった。

アニーのことで慰めてくれた彼女に対して、そのお返しもしたかった。

「いいえ、別になんでもないの……ボーッとしていただけ……特別なことじゃないの……」

ただ、赤ちゃんがお腹の中で育っている、それだけのことである。

「少し散歩しようか？」

二人は、岩の上を渡り歩いたり、浅瀬を歩いたり、砂浜を横切ったりしながら、湖を半周した。小さくてきれいな湖だった。帰りは競走しようということになったが、彼女の優雅で長い足をしても、トミーには追いつけなかった。二人は走り終えると、砂の上に崩れ、息を切らしながらあお向けになって空を見上げた。

「なかなか速いじゃないか」

彼に誉められて、マリーベスは笑った。二人のあいだの雰囲気は姉と弟だった。

「岩の上でよろけなかったら、あなたに追いついていたわ」

「いや、それは逆だよ……よろけたから、あそこまで走れたんじゃないのか？」

「あのスタートはずるいわ……あなたの足が十センチ前に出ていたわよ……」

そう言って笑い合う二人の顔は、数センチしか離れていなくて、今にもくっつきそうだった。

トミーは間近で見る彼女の顔の細部を愛《め》でながら会話を続けた。

「ずるなんかしてないぞ！」

そのときトミーは彼女にキスしたくて体が震えていた。

「いいえ、ずるしていました……この次は、わたしが勝つわ」

「へえ、本当……？　泳ぎもできないくせに……」

こうして寝そべりながら彼女をからかうのは、とても楽しかった。もちろん欲望もあった。今までに女性と肉体関係を持ったことがないトミーだったから、よけい興味が強かった。許されるなら、その快感の大きさをぜひ目の前のマリーベスで堪能したかった。でも、彼女はあまりにも警戒心がなさすぎて、触れるのがかえって怖かった。だから、トミーは寝返りを打って砂の上に腹這いになり、欲望を見破られないように、さりげなさを装った。

彼の横であお向けになっていたマリーベスが突然顔をゆがめた。そのとき、彼女は妙な痛みをお腹の中に感じていた。ちょうど体内で蝶が舞うような不思議なセンセーションだった。生まれて初めて体験する種類の痛みだったが、彼女にはすぐ分かった。新しい命の、これが最初の胎動だと……動いたのは彼女の赤ん坊だった！

「どうしたんだい？　大丈夫かい？」

彼女の表情の変化に、トミーは心配して訊いた。

「大丈夫よ」

小さな声でそう答えたが、マリーベスは落ち着かなかった。これは、夢やドラマの中の話ではないのだ。マリーベスは、赤ん坊がお腹の中にいるという現実に引き戻された。彼女が好むと好まざるとにかかわらず、時間は着実に進んでいるのだ。体に異状をきたしていないか、それを一度医者に診てもらいたかったが、慣れない土地だったし、お金もなかったので、それも実行できなかった。

「どうしたの？　時々ボーッとしているようだけど」

ボーッとしているとき、彼女はいったい何を考えているのだろうか？　トミーはやはり気になった。

「郷里の町のこととか……妹のこととか、それは気になるわ……」

「たまには電話するのかい？」

彼女には小さな謎がまだいっぱいある。トミーはその一つ一つを解き明かして行きたかった。

「手紙を書くことにしているの。その方が意思がはっきり伝わるから。電話すると、お父さんがまだ怒ってるんですもの」

「すると、相当深刻な対立だったんだね？」

「話せば長くなるわ。でも、いつか話すわね。もしかしたら、この次にでも」

もし、もう一度会う機会があればの話である。

「じゃあ、次の非番はいつ？」

トミーは早くも次回のデートが待ち遠しかった。彼女とまた会えるなら、それ以上はいらなかった。彼女の髪の毛の香り、目の表情、手を握ったり、偶然肌が触れ合ったときの感触、彼女が発した言葉、二人で分かち合った同じ考え。そのすべてが、トミーを虜にしていた。

「日曜日の午後に二時間くらい暇があるけど、あとは次の水曜日までずっと仕事だわ」

「じゃあ、日曜日の夜に映画にでも行く？」

トミーは期待を込めて訊いてみた。彼女から屈託のない笑みが返ってきた。

マリーベスが男の子からこんなふうに誘われるのは初めてだった。学校では誰からも興味を持たれず、相手として名乗りを上げたのは、デビッド・オコーナーのような冴えない男子ばかりだった。だから彼女は、事実上、誰ともデートしたことがなかった……ポールとですら、決してデートではなかった。トミーが見せてくれる、この新しい男の子の側面がマリーベスには新鮮で、スリルがあって、とても好ましかった。

「ええ、行くわ」

「じゃあ、レストランでピックアップするよ。もしそれでよかったらだけど。それで、水曜日は水曜日で、またここに来るとか、別のことをしようよ」

「いいわ。わたしはここが大好きよ」

彼女はそう言って周囲を見回してから、もう一度彼の方を見た。マリーベスの言葉に偽りはなかった。

二人は、太陽が西に傾きかけた六時になって、ようやく腰を上げた。それから、町に向かってのろのろと車を走らせた。トミーとしては、夕食も彼女と一緒にしたかったのだが、母親が新しい本棚を部屋にセットするのを手伝うことになっていたし、今夜は珍しく母親が食事を作ることになっていたので、七時までには家に戻らなければならなかった。

七時二十分前に、マリーベスが住む小さな部屋がある家の前に着いた。彼女は後ろ髪を引かれる思いでトラックから降りた。

「誘ってくれてありがとう」

こんなに楽しい午後を過ごしたのは、生まれて初めてだった。トミーのような友達を持てたのも初めてだった。マリーベスは、まるで神さまから願いごとをかなえてもらったように嬉しかった。

「本当に楽しかったわ」

「ぼくの方こそ」

トミーは彼女のうるんだ瞳を間近からのぞいてにっこりした。彼がマリーベスの輝きにポーッとなるのはこれで何度目だろう。トミーは彼女にキスしたくて、頭がクラクラしていた。

「明日の夜、またレストランで食事をするよ。きみは何時まで仕事をするの？」

「終わるのは十二時よ」

マリーベスは残念そうに言った。彼女としては、少なくともこの夏のあいだだけでも、彼の誘いに応じられるくらいは自由でありたかった。どうせ夏が終わったら、すべては変わってしまうのだ。だから、せめて今のあいだだけでも、喜びに浸っていたかった。お腹の中の赤ちゃんが動くのを感じたのはつい今日の午後だった。いよいよその日が来るのをおびえながら待たなければならないのだ。

「明日の夜、仕事が終わったあと、ぼくが車で家まで送るよ」

トミーが何時に出かけようと、彼の両親は心配しない。深夜映画を見に行くのだとでも言いわけできる。

「ありがとう。嬉しいわ」

彼女はにっこりしてから、玄関口の階段を上った。それから振り返って、立ち去って行くトミーに手を振った。

家に着いたときのトミーは誰よりも幸せな少年だった。七時五分前に玄関のドアを開けた彼はまだ微笑んでいた。

「いったいどうしたの？　湖でクジラでも釣れたの？」

料理をテーブルにセットしていた母親が息子に笑顔を向けた。トミーの好物のローストビーフができ上がっていた。どうして今日に限ってご馳走を作るのだろう、とトミーは不思議だった。

「いや……収穫はなかったんだけど。でも砂浜で日光浴して、少し泳いだから、釣れなくてもけっこう楽しかったよ」

おいしそうな香りが辺りに漂っていた。ローストビーフに付け合わせのポップオーバーや、マッシュポテトや、スイートコーンは、家族全員の好物だし、アニーの大好きな食べ物でもあった。そう思っただけで、いつも感じるあの胸を突き刺すような痛みが今日は感じられないのはなぜだろう？　マリーベスにうち明けたからに違いない。だから、ぜひ母親にも彼女との話を聞かせたかったのだが、それはまだできなかった。

「お父さんはどこ？」

「六時に戻ることになっていたんだけどね。何かで遅れているんじゃないかしら？　いずれにしても、もうすぐ来るわよ。食事は七時って言ってありますから」

しかし、父親はそれから一時間経っても戻って来なかった。母親が事務所に電話しても返事がなかった。ローストビーフは焼けすぎてしまい、母親の顔がだんだんとこわ張りだした。八時十五分になると、待ち切れなくなってトミーと母親だけでご馳走を食べた。父親は九時になってようやく戻って来た。明らかに飲みすぎているようだったが、どうしたわけか、とても上機嫌だった。

「おやおや、うちの奥さまが料理を作るとはね！」

彼は妻の頬にキスしようとしたが、酔っぱらっていたため的をはずしてしまった。

「ところで、今日は何の日なんだい？」

「あなた、六時に戻るって言ってませんでした？」

妻は眉をつり上げて言った。

「それに、わたしは、夕食の用意は七時にできているって言ったはずですよ。そろそろ家族がみんな揃って食事をする頃だと思いましてね」

母親の言葉を聞いて、トミーはドキッとなった。だが、この調子なら、今夜から毎晩ということでもなさそうだ。しばらくは猶予があるだろう、と心配しすぎないことにした。

「ああ、そうだったっけ？　ごめん。きみが最後に料理を作ったのはずいぶん昔だったから、すっかり忘れてしまったよ」

父親はあまりすまなそうな顔をしなかった。それよりも、テーブルに着くなり、酔っていないふりをして、背すじをピンと伸ばした。

ジョンが酔って帰るのは珍しいことだが、この七か月の空虚な家庭生活を思えば、二人の従業員に誘われるままアルコールに慰めを見いだすのも無理からぬことではあった。

エリザベスはそれ以上は何も言わずに料理を彼の目の前に並べた。ジョンは皿の上の肉を見て驚いたような声を上げた。

「こりゃ〝ウエルダン〟じゃないかね？　わたしが〝レア〟が好きなのは知ってるだろ？」

エリザベスは夫の前から皿をさっと引き上げると、中身を生ゴミ入れに捨て、皿を流しの中に投げ入れた。彼女の顔は引きつっていた。

「だったら七時前に帰って来てください。二時間前はちゃんと〝レア〟でしたのよ！」

エリザベスは歯をカチカチさせて言った。ジョン・ホイットカーは椅子の背にもたれてしょんぼりとなった。

「悪かったよ、リズ」

母親は、トミーがそこにいるのも忘れて、皿を投げ入れた流しと夫の顔を見比べた。最近の二人は、こうして事あるごとに息子の存在を無視する。まるで、息子が娘と一緒にいなくなってしまったかのような態度だ。自分は大切にされていない、とトミーには思えた。両親はまだ失意の底から一歩も這い上がっていないのだ。

「〝レア〟でも〝ウエルダン〟でも、そんなこと、もうどうでもいいでしょ、ジョン。細かいことを言うのはよしましょう。家庭生活をあきらめたわたしたちなんですから」

「そんな！」

横でトミーが思わずつぶやいた。今日の午後のマリーベスとのデートで、トミーの胸には希望の明かりが差しかかっていた。その明かりを少しでも両親に分け与えるのが自分の役目だと彼は思った。

「ぼくたちはまだ生きているんだから、家庭生活を投げだしたりしたらアニーが悲しむと思うよ。ぼくたち、もっと家の中で過ごすことにしようよ。前みたいに毎晩じゃなくていいから、たまには、みんなで顔を見せ合ったっていいんじゃない？」

「お父さんにそう言ってやりなさい」

エリザベスは冷たくそう言うと、二人に背を向けて皿を洗い始めた。

「もう遅いから寝よう、トミー」

父親は息子の肩をポンと叩き、自分の寝室に消えて行った。

食器を片付け終えてから、エリザベスは口を真一文字に結んだまま、トミーに手伝わせて新しい本棚を居間に据えた。この秋から再開する彼女の教師生活の準備だった。しかしその件について、母親はほとんど説明せず、トミーに「ありがとう」と言っただけで、寝室に引っ込んでしまった。

この七か月で母親はすっかり別人になってしまった。トミーが知っている、あの優しさや温かさは消え、彼女の目には、絶望と、苦しみと、悲しみしか残っていなかった。父母どちらも、幼い娘の死を乗り越えられそうになかった。

エリザベスが寝室に足を踏み入れると、ジョンは外出着のまま、身を投げだすようにしてベッドの上でいびきをかいていた。彼女はしばらく夫を見つめていたが、やがてくるりと背を向けると、そっとドアを閉めた。

もう夫婦生活など、どうでもいいような二人だった。彼女は何か月か前に出産は無理だと医者から宣告されていた。だから、今さら子作りに励むのも意味がなかった。アニーの出産時に子宮を痛めていたし、何よりも、彼女の四十七歳という年齢が邪魔していた。若い時ですら、なかなか身ごもれなかったのだから、医者に宣告された今は完全にあきらめるしかなかった。

事実、夫婦関係は久しく絶えたままだった。アニーが死んだ夜、二人が愛し合って以来、夫は彼女に指一本触れようとしなくなった。あの夜、二人は、娘は風邪をひいただけだと信じていた。

そのことで二人は、お互いをいまだに責め合っている。夫と愛し合うイメージを思い浮かべただけで、エリザベスの中で拒絶反応が起きる。夫に限らず、誰の愛に対しても心を開けないのが今の彼女だった。

愛が深ければ深いほど、それを失ったときの傷は大きい。相手がジョンにしろ、トミーにしろ、彼女はもう愛を深めるのは嫌だった。それよりも、つかず離れず、冷たい関係でいる方が、苦しみを覆い隠すのに都合がよかった。

ジョンの苦しみは、もっと直接的で耐え難いものだった。彼は末っ子を亡くすと同時に、妻や息子にも去られたような気がしていた。しかも、その孤独感を紛らわす手段がなかった。誰にも相談できず、誰からも慰めてもらえず、ただ悶々としていた。妻の目を盗んで浮気することもできただろうが、彼は不実を厭《いと》う男だった。だから、そんなことをするよりも、前のような普通の家庭を取り戻したかった。みんなの命を取り戻すのが彼の望みだった。つまり、彼は不可能なことを望んでしまったわけである。

妻が部屋の中で片付けものをしていると、夫が寝返りを打った。彼女はバスルームに行ってからナイトガウンに着替え、ライトを消す前に夫を揺り起こした。

「着替えてください、あなた」

エリザベスは子供に向かって言うか、他人に向かって発するような口調で言った。そういえば最近の彼女は、かつて夫を愛した妻というよりは、看護婦のような態度で夫に接していた。

ジョンは上半身を起こし、しばらくベッドの端に座っていたが、やがて自分を取り戻すと、妻を見上げて言った。

「今日はわたしが悪かった、リズ。約束をすっかり忘れてしまっていた。きっと、家に戻ってゴタゴタするのが嫌で、そうなったんだろう。きみのご馳走を台無しにするつもりなど、まったくなかった」

彼にそのつもりがなくても、料理は台無しになった。運命は二人の生活を徹底的に破壊していた。娘は旅立ったまま戻って来ない。二人が可愛いアニーに会えることは、もう二度とないのだ。

「いいのよ」

彼女は、自分でも納得しないまま、かといって、相手を納得させるでもない口調で言った。

「またいつかやりますから」

しかし彼女の声は、本気でそう言っているようには聞こえなかった。

「ぜひ、そうしてくれ。わたしはきみの夕食の味に飢えているんだ」

三人が三人とも、体重が激減していた。このつらい七か月は、三人の上に形となって現われていた。ジョンはすっかり老け込み、エリザベスはやつれて、いかにも不幸そうに見えた。もう子供を作れないと分かってからは、特にそうだった。

シャワーを浴び、パジャマに着替え、清潔な香りを漂わせたジョンがベッドの横に戻って来た。だが、エリザベスは夫に背を向けたまま、振り向こうともしなかった。彼女の動作のすべてが、冷たさと不幸の雰囲気を醸しだしていた。

「リズ？」

ジョンは暗い中で妻に呼びかけた。

「もうわたしのことを許してくれないのかい？」

「許すも許さないもないでしょ。あなたは別に悪いことなどしていないんですから」

彼女の声は、その顔の表情同様に死んでいた。

「でもあの夜、もし医者に来てもらっていたら……風邪だろうなんて、わたしが言わなかったら……」

「それでも結果は同じだったって、医者のストーン先生が言ってるじゃないですか」

だが、医者の言葉は信じていないような彼女の口ぶりだった。

「わたしがいけなかったんだ」

そう言ったきり、ジョンは涙で声を詰まらせた。それから、妻の肩に手を置いた。エリザベスは身じろぎひとつしなかった。肩に触られて、冷え切った気持ちが夫からますます離れて行くのが分かるだけだった。

「わたしがいけなかったんだ」

夫は同じ言葉を繰り返した。

「わたしもいけなかったのよ」

彼女もそう言ったが、夫に顔を向けようとはしなかった。月の光しか漏れてこない暗い部屋の中で、すぐ横の夫が泣いているとも知らずに、エリザベスは泣いた。彼女の目からこぼれる涙が枕の中に吸い込まれていた。お互いの涙を見ることのない二人は、広い海で別々に溺れる他人同士だった。

その夜、ベッドに横になりながら、トミーは父と母のことを考えた。二人を元に戻す道はどう考えてもなさそうだった。失ったものの大きさに一家は押しつぶされてしまっているのだ。苦しみも悲しみも大きすぎて、それを乗り越えられないでいる。トミー自身は、唯一最愛の妹を亡くしたばかりでなく、家庭と両親を失くしていた。今、彼に残されたわずかな希望は、マリーベスに会える見込みだけだった……トミーは彼女の長い足と、明るい赤毛を思い浮かべた。古い男物のシャツを着ていた彼女の姿と、湖岸で競走したときの様子がまぶたの奥に甦ったた……そのほか、二人でしたことをあれこれ思いだしながら、トミーは夢の世界に入って行った。

夢の中でもマリーベスはちゃんと残っていた。アニーの手を引き、湖岸をしなやかに歩く美しい女性は、紛れもなくマリーベスだった。

第五章

日曜日。トミーは、仕事を終えたマリーベスを映画に連れて行った。映画はバート・ランカスターとデボラ・カー主演の『ここより永遠に』だった。二人とも物語に入り込めるいい映画だった。トミーは寄り添って彼女の肩に腕を回していた。ポップコーンをつまんだり、キャンディバーを食べたりしながらの鑑賞だったが、悲しい場面がくると、マリーベスは必ず泣いていた。見終わってから二人は、素晴らしい作品だったという点で同意見だった。

トミーは彼女を家まで送った。車の中で二人は、次の水曜日のデートでは何をしようかと話し合った。そのとき彼女は、先日の両親と一緒の夕食はどうだったの、と気軽な口調でトミーに尋ねた。今までにも訊く機会はあったのだが、レストランで仕事中だったので、忘れていただけだった。

「あまり楽しかったとは言えないな」

トミーは何か考えるふうにしながら答えた。

「本当を言うと、惨めな夕食になってしまったんだ。お父さんは約束を忘れて、仕事の仲間と飲みに行ってしまったらしく、酔って帰って来て、お母さんはむくれるし、ローストビーフは焼けすぎちゃうし、さんざんだったよ」

トミーは苦笑いして続けた。

「最近の二人は、いつもこんな調子なんだ。自分たちを変えられなくて、いらいらしているんだよ。お互いにいたわり合うゆとりがなくなってしまってね」

マリーベスは、顔に同情の表情を浮かべてうなずいた。二人は玄関先の階段に腰をおろして、しばらくおしゃべりした。

家主の老婦人は、マリーベスのことをとても気に入っていて、彼女が家の中で自由に振る舞うのを温かい目で見守っていた。婦人がマリーベスを見るたびに言う言葉が、「若いんだから、もっと太りなさい」だった。そんなことを言われなくても、彼女はすでに太り始めていたし、今はなんとか隠せているものの、もうじき、大きなお腹を見せなければならなくなるのだ。最近では、レストランでエプロンをつけたときなど、胴回りが大きくなっているのがほかの人に見破られそうで、いつも気が気でなかった。

「それで、水曜日には結局何をやりたいんだっけ？」

トミーは嬉しそうだった。

「また湖に行こうか？」

「いいわねえ。だったら今度は、わたしにランチを作らせて。自分の部屋で料理ができるから」

「ああ、いいよ」

「何かご希望はある？」

「きみが作るものなら、なんでもいただくよ」

トミーは彼女と一緒にいられるなら、そのほかのことはどうでもよかった。寄り添いながら階段に腰かけていると、時々彼女の体が触ってくる。それでも彼は、身を乗りだして、彼女にキスする勇気が湧いてこなかった。彼女のすべてに参っていたから、こうして二人がくっつくように座っているのは、彼にとってはむしろ苦しみだった。抱き締めて、キスするなんて、大それすぎていた。

トミーが緊張しているのにマリーベスは気づいていた。だが、その原因がトミーと両親との関係にあると誤解してこう言った。

「きっと時間が解決してくれると思うわ」

彼女としては、トミーを慰めているつもりだった。

「まだ七か月しか経っていないんだから、少し放っておいてあげなさいよ。あなたのお母さんが仕事に戻ったら、それを機会に、すべてが良い方向に向かうかもしれないわね」

「あるいは、悪い方向かも」

トミーの顔には、心配そうな表情が浮かんでいた。

「そうなったら、お母さんはもう家になんかいないんじゃないかな。アニーがいた時は、家に居てやるため、パートタイムの仕事しかしなかったんだ。ぼく一人になった今は、もうどうだっていいらしい。それでいいのかもしれない。学校が始まったら、ぼくも六時にならないと家に戻れないから」

「お子さんはもう作らないのかしら？」

マリーベスは、彼の両親の年齢を知らなかったが、ちょっと興味を持って訊いてみた。トミーは首を横に振った。彼自身どうなのかと思ったこともあったが、状況から考えて、あり得ないことだと判断できた。

「お母さんは、子供を産むには歳をとりすぎていると思う。今は四十七歳で、アニーを生んだ時もひと苦労したらしい。だから、今さら子供を作りたいとは思っていないんじゃないかな。

そんなこと、口にしたこともないしね」

「大人は子作りのことなんて、子供の前では話さないものよ」

彼女が年上のような口をきいてにこっとすると、トミーは戸惑ったような顔をした。

「それはそうだね」

二人は水曜日の計画を決め、トミーはその前の月曜日か火曜日にレストランで食事をすると、彼女に約束した。

最初にマリーベスの面倒を見てくれた先輩ウエイトレスのジュリーは、彼女とトミーの仲に気づいていて、彼が店に来るたびにマリーベスをからかっていた。これは決して悪ふざけではなく、マリーベスが、トミーのような育ちの良さそうな少年と仲良くなったことを店の皆が喜んでいた。

〝さよなら〟を言ったときのトミーは足踏みなどして、動作がとてもぎこちなかった。彼としては、好きになってしまった女性の前で、どうしても自然に振る舞えなかった。好きだという気持ちを相手に見せたいと思いながらも、大胆な行動には移れないのだ。だから、むしろ、今こうしている時が、今日のデートの中で一番つらい瞬間だった。

彼女の方は、玄関のドアを閉めてから自分の部屋に着くまで、ずっと顔をしかめて考え続けていた。

〈いつまでも隠しておけないわ。もうじき本当のことを話さなければならなくなる〉

次の日の夕方も、彼はふらりとレストランに現われた。そして、その日も次の日も、マリーベスが仕事を終えると、車で家に送ってくれた。

デートの約束の水曜日。トミーは朝早く墓地へ行き、アニーに語りかけた。

「ハーイ。また来たぞ、アニー」

こうして、今までにも妹の眠る墓地を訪れては、枯れ葉などを掃いて、彼女の墓の周囲をきれいにしてきた。彼が前に植えた植物が可愛らしい花を咲かせていた。

母親はつらすぎて来られないと分かっていたから、墓の掃除は自分の役目とトミーは心得ていた。

掃除をしながら、彼は妹に語りかける。今日の話は、マリーベスについてだった。彼女のことをどんなに好きか、本当の気持ちをアニーに向かってうち明けた。まるで木陰に隠れているアニーに語りかけるように、トミーは自然な言葉で、最近の出来事を事細かに報告した。

「素晴らしい女の子なんだ……ニキビなんか一つもなくてね……足が長いんだよ……泳げないくせに、駆けだすと速いんだ。アニーだって、会ったらきっと好きになるぞ」

トミーは、彼女と妹が出会う場面を想像してにっこりした。どこがどうと、理由は指摘できなかったが、アニーが十六歳になったら、マリーベスのような女の子になっているような気がしてならなかった。二人とも、共通点がたくさんあった。素直で、開けっ広げで、正直なところがそうだ。いたずらっぽくて、ユーモアのセンスがあるところも似ている。

墓の掃除を終えながら、トミーはマリーベスに言われたことを思いだしていた。この世に贈りものを届けるために生まれてくる人たちがいるという彼女独特の運命論だ。

〈〝だから、すべての人が天寿を全うするとは限らないのよ〃〉

あの言葉に、トミーはずいぶん救われた。確かに、そう解釈すれば、悲しみもある程度和らぐ。妹はこの世界に立ち寄っただけなのかもしれない……ただ、もう少し長くいて欲しかった。

木陰にあるアニーの墓は、トミーに磨かれてピカピカになった。いつものように後ろ髪を引かれる思いで立ち去るとき、トミーは、小さな墓石に刻まれた〝アン・エリザベス・ホイットカー〃の文字を見つめた。文字の横には、子羊の絵が彫られている。それを目にするたびに涙がこみ上げてくるのをこらえ切れなくなるトミーだった。

「じゃあ、またな」

トミーは身をかがめてささやいた。

「またすぐ来るよ……愛してるからな……」

トミーは妹のいない人生が、まだ寂しくて仕方なかった。墓地に来るたびにその思いが新たになる。だからだろう。マリーベスを迎えに行ったときの彼は、とても口数が少なかった。マリーベスはそのことにすぐ気づいた。

「どうかしたの？」

彼の顔をちらりと見ると、なにやら不機嫌そうだった。マリーベスは急に心配になった。

「何かあったの？」

「いや、なんでもないんだ」

彼女が気にしてくれたことがトミーには嬉しかった。しかし、答えはなかなか口から出てこなかった。

「掃除に行っていたんだ……アニーの墓のね……時々行ってあげているんだよ……お母さんはつらくてやれないだろうから」

彼はそう言うと、晴れ晴れした顔で微笑んだ。彼女は今日もダブダブのシャツを着ていた。だが、下はショートパンツとサンダル姿だった。

「さっき妹にきみのことを話してきたんだ。もっとも、彼女の方はもうとっくに知っているだろうけどね」

トミーはいつもの快活さを取り戻していた。

マリーベスにだけはなんでもうち明けられるのはなぜだろう。恥ずかしさとか、ためらいは感じない。彼女には、兄弟か幼なじみのような不思議な懐かしさがある。

「わたし、この前、妹さんの夢を見たのよ」

マリーベスにそう言われて、トミーははっとした。

「実はぼくもそうなんだ。きみと妹が手をつないで湖のほとりを歩いている夢だった。それを見ながら、ぼくはうっとりしていたんだ」

彼が言うと、マリーベスは大きくうなずいた。

「わたしが見た夢はね、妹さんがあなたをよろしくってわたしに言うの。だからわたしは、心配しないでと答えたのよ……不思議な夢でしょ……亡くなった彼女があなたのことを頼んでいくなんて……もしわたしが死ぬ時も、きっと誰かに頼むんだわ。人間てみんなこうしてつながっているのよ。わたしがこないだ言いたかったのはそのことなの。すべてに寿命があって、それでいて皆つながっているということ。この世での肉体は滅びても、命だけは川の流れのようにつながっているんだわ。こういう考えって変だと思う？」

彼に否定されると思いながら、マリーベスは、トミーの顔をのぞき込んだ。彼女がトミーの目の中に見たのは〝同感〟の表情だった。大きな苦しみを経験した二人は、年齢以上に哲学的になっていた。

「変じゃないさ。でも、人が入れ替わるというところがいやだね。アニーにもここにいてもらいたかったし、マリーベスの代わりの人間なんて歓迎できないね。みんながいつまでもここにいるのが一番いいんだ」

「そうはいかないこともあるのよ」

マリーベスが答えた。

「アニーのように旅立たなければならないこともあるんだわ。自分の意志ではどうにもならないことなのよ」

彼女と、生まれてくる赤ん坊の関係も、やはり彼女の意志ではどうにもならないものなのだろうか。今は二つの命が一体になっているが、やがてマリーベスは子供を置いて旅立ち、子供はほかの誰かに引き取られて、別の世界で別の人生を歩まなければならない。つまり、人生とは〝旅立ち〟の連続なのだ。

「ぼくはそこが気に入らないな、マリーベス。やたらに旅立たれたら、残された者は寂しくてたまらないよ」

「天寿を全うする人もいるし、しない人もいるし、できない人もいるのよ。だから、この世にいるあいだにみんなは愛し合うんだわ。そして旅立って行く人たちからできるだけ多くのものを学ぶの」

「じゃ、ぼくたちの場合はどうなんだい？」

十六歳にしてはずいぶん大人っぽい問いかけだった。

「ぼくたちもお互いに教え合うことってあるんだろうか？」

「きっと今はお互いに求め合っている時期だと思うの」

彼女の答えも大人びていた。

「きみに教わって、ぼくはずいぶん気が楽になったよ。アニーが旅立って行った理由も少しは理解できるし、彼女がどこにいてもぼくは愛し続けることができる。今ではアニーが一緒にいるような気さえしている」

「教えてくれたのはあなたの方よ」

マリーベスの声は温かかった。彼女はしかし、それ以上は説明しなかった。トミーは彼女が具体的に何を指して言っているのか知りたいと思った。

車が湖に近づいたところで、マリーベスは再びお腹の赤ちゃんが動くのを感じた。最初の胎動以来、同じような動きが何度かあった。胎児とのあいだで交わされるこの微妙な対話は、恐れや不安を越えた不思議な安らぎの世界を彼女に与えてくれていた。この矛盾は、なんと説明しても、母体を経験した者でなければ分からないことだった。

湖岸に着くと、トミーは持ってきたマットを砂浜に広げた。マリーベスはランチを用意してきていた。彼女の手製のエッグサラダのサンドイッチに、トミーは歓声を上げた。ほかに、チョコレートケーキやフルーツなどがカゴいっぱいに入っていた。ミルクのボトルも一本あった。そういえば、彼女はここのところミルクばかり飲んでいる。

二人ともお腹がすいていたので、すぐ食べることにした。食事が終わると、マットの上に横になり、気ままなおしゃべりを始めた。今日の話は主に学校のことについてだった。話はそれから友達や、両親や、それぞれのこれからの計画に及んだ。

「お父さんに連れられてカリフォルニアへ行ったことがあるんだ。農産物の生産現場を見るためだったんだけどね。同じような目的でフロリダへも行ったよ。でも、それ以外は知らないんだ。だからいつか、ニューヨークや、シカゴへも行ってみたいな」

「ヨーロッパへは？」

「まだないけど、ぜひ行ってみたいね」

「わたしも！」

だが、彼女のそんな夢はとても実現しそうになかった。どう考えても、この近辺でウジウジしながら一生を終えそうだった。人生の出ばなでつまずき、とんでもない重荷を背負わされてしまったのだから。

二人はそれから、いま進行中の朝鮮戦争について話し合った。戦死した人たちの話題もいろいろ出た。大戦が終わって間もないこの時期に、また別の戦争に巻き込まれるなんて狂っているという点で二人の意見は一致した。二人とも、真珠湾が攻撃された時のことを覚えていた。トミーの父親は年齢が過ぎていたので徴兵を免れたが、マリーベスの父親は硫黄島で日本軍と戦った。そのあいだ、母親は心配のし通しだったが、運良く父親は無傷で帰郷することができた。

「もしあなたが戦場に送られたらどうするつもり？」

いきなりそう訊かれて、トミーは返答に窮した。

「今すぐにという意味？　それとも、十八歳の徴兵年齢に達した時に？」

もし、朝鮮半島での〝警察活動〟がこのまま続いていたら、それは大いにあり得ることだった。しかもその時期は二年後にやって来る。

「今にしても、十八歳になってからでも、行けと言われたらあなたは行くの？」

「もちろん。義務だからしょうがないだろう」

「わたしが男性だったら、命令されても行かないわ。戦争なんかに、信じられるものは何もないもの」

そうきっぱり言う彼女を、トミーは柔和な表情で見つめていた。いつもおかしなことを言ってトミーを笑わせる彼女だが、意見となるとしっかりとしたものを持っていて、その芯の強さにトミーは時々たじたじとなる。

「それは、きみが女の子だから、そんなことが言えるんだよ。男には選択の余地がないんだ。法律で縛られているからね」

「そんな法律は変えるべきだわ。クエーカー教徒はちゃんと拒否して戦争に行かないじゃない。あの人たちは利口なのよ」

「あの連中は死ぬのを怖がっているだけさ」

トミーはクエーカー教徒についての自分の知識の範囲内で答えた。しかし、マリーベスは彼の意見に反対だった。こういう時の彼女はやたらに妥協せず、自分の信じることと信じないことをはっきりさせて話を進める。

「あの人たちが徴兵を拒否するのは、死ぬのが怖いからではないと思うわ。自分に対して忠実に生きようとしているのよ。わたしが男性だったら、戦場には絶対行かないわ」

マリーベスは自分の意見を崩さなかった。

「戦争は愚かよ」

「そうはいかないのさ」

トミーは顔に笑みを浮かべたまま言った。

「国がそう決めたら、みんなと一緒に戦うしかないんだよ」

「いつか男性も、言われたまま行動しなくなる日が来ると思うわ。戦えと言われた命令に疑問を持って、自分の意志で行動する日が」

「さあ、それはどうかな。だって一人一人が勝手に行動したら、世の中はメチャクチャになっちゃうよ。戦場へ行く男と行かない男がいたら不公平だしね。それに、行かない時はどうすればいいんだい？　逃げて、どこかに隠れていろと言うのかい？　そんなこと現実には無理だよ。戦争のことは当事者に任せておけばいいんだ。どうすべきか、連中はちゃんと分かっているんだろうから」

「そこが問題なのよ。戦争を始める人たちは何も分かっていないのよ。平和に飽きると、必ず新しい戦争を始めるんだから。見てごらんなさい。今度だって、大戦が終わってほっとしたと思ったらこの戦いでしょう」

彼女がムキになって言うのをトミーは笑いながら聞いていた。

「きみは大統領に立候補したらいいよ」

トミーはからかい半分でそう言ったが、内心では、彼女がどっちつかずの保守的な意見に埋没せず、少しでも世の中を良くしようと考えている点に頼もしさを感じていた。

しばらくしてから二人は、湖の周りを散歩することにした。散歩の帰りに彼が訊いた。

「泳がない？」

彼女は前回同様に首を横に振った。トミーはなぜ彼女が水に入るのをそんなに嫌がるのか不思議だった。

湖の浅瀬の向こうに休憩用のいかだが浮いていた。トミーはせめてそこまででいいから彼女と一緒に泳ぎたかった。しかし、彼女は頑として水に入ろうとしなかった。

「ほら、行こうよ」

彼は強引だった。

「水が怖いのかい？　ぼくが手を取って教えてやるからさ」

「いいえ。怖くなんかないわ。ただ、今は水に入りたくないだけ」

実際に彼女は水泳は得意だった。しかし、父親のシャツを脱いで、大きくなったお腹を丸出しにしたらどうなる。

「じゃ、行こうよ」

うだるような暑さだったから、彼と一緒に冷たい水をひと浴びしたかったが、それだけはしない方がいいと彼女の胸がささやいていた。彼女は今、妊娠四か月半である。

「水の中を一緒に歩くだけでいいからさ。ヒヤッとしてとても気持ちがいいよ」

遠くまで行かないことを条件に、彼女は同意した。幸い、湖は遠浅だったので、かなり遠くまで歩くことができた。しかし、それ以上は行けない所で彼女は足を止めた。トミーは彼女を通り越していかだまで泳いで行った。長い手足を使った力強い泳ぎだった。いかだに着いてから、彼はすぐマリーベスの横に戻って来た。

「泳ぎがとっても上手なのね」

彼女はお世辞ではなくそう言った。

「去年は学校の水泳チームの一員だったんだ。でも、キャプテンが嫌なヤツでね。だから、来年はもう一緒に泳がないつもりだ」

彼は目をいたずらっぽくウインクさせて言った。

「きみは本当は泳げるんだろ？　ほら、白状しろ！」

そう言って彼は、水をすくって彼女にかけた。

「わたし、本当にダメなの」

彼女は彼がかけてくる水をよけながら言った。彼がふざけるのをやめないので、彼女も応酬するのをこらえ切れなくなった。やがて二人は子供のように、水のかけ合いを始めた。マリーベスは足を取られてふらつき、彼にしがみつきながら水の中で尻もちをついた。その時になって初めて、自分がびしょ濡れになっているのに気づいた。お腹が膨らんでいるのを彼に見られずに水から上がる方法はもうなかった。状況をごまかすにはすべてが遅すぎた。

彼女は差し伸べられた彼の手を振り払うと、くるりと背を向け、いきなり岸に向かって泳ぎ始めた。スイスイと水を切る見事な泳ぎだった。それを彼がうしろから追いかけた。ようやく追いついたとき、二人は息せき切って笑い合った。

彼女はいかだまでは泳がなかったが、しばらくトミーと一緒に追いつ追われつして泳いだ。そうしながら、お腹を見られずに水から上がる方法を考えた。だが、名案が浮かばなかった。やむを得ず、彼女は、寒くもないのに寒いと言って、彼にタオルを取って来てくれるよう頼んだ。トミーはあきれた顔をした。

「ええっ？　こんなに暑いのにかい？　水だってぬるいじゃないか」

日差しも焼けるように熱かったが、彼はタオルを取って来て、それを彼女にかぶせようと岸辺に立って広げた。すると彼女は、歩いて彼の所に行かなければならなくなる。ちょっとうしろを向いていて、と言いたかったが、そうも言えず、ただ水の中に腰をおろしてもじもじしていた。彼女の困ったような顔を見て、トミーは心配になった。

「どうかしたのかい？」

彼女はなんと答えたらいいのか分からなくて、正直にうなずいてしまった。しかし、まだ話せる気分ではなかった。どう説明するかも考えていなかった。ここでそんなことを告白したら、いったい彼はなんと言うだろう？　マリーベスは完全に追い詰められた。

「手を貸そうか？」

トミーは当惑しながら言った。

「いいの。放っといて」

「だったら早く出て来いよ、マリーベス。なんだか知らないけど、ぼくが手伝ってやるからさ」

そう言って彼は水の中を歩き、身をかがめて彼女に手を差し伸べた。あくまでも優しい彼に、マリーベスは涙がこみ上げてくるのをこらえ切れなくなった。トミーは彼女の手を取り、それを引き上げて彼女を水の中で立たせせた。マリーベスは泣きながら、されるがままになった。トミーは彼女がなぜ泣いているのか分からずに、とりあえずタオルを彼女の肩に掛けてやった。

そのときだった。ふと下を見た彼の目に、それが飛び込んできた。否定のしようがない、お腹の膨らみだった。まだ小さかったが、腰の周囲には妊娠した女性特有の丸みがあった。母親がアニーを産んだときのことを知っていたから、彼にはすぐに分かった。マリーベスはどちらかというとやせ型だったから、それがよけいに目立った。

びっくりしたトミーは彼女の顔をまじまじと見つめた。

「知られたくなくて……」

マリーベスは惨めな声で言った。

「つい話せなくて……」

二人は、ひざまで浸る浅瀬に立ったまま見つめ合った。どちらも岸に戻るのを忘れていた。トミーは、まるで雷にでも打たれたかのように茫然自失の状態だった。マリーベスは、誰かに死なれたような悲しそうな顔をしていた。

「さあ戻ろう」

トミーは彼女の肩に腕を回し、岸に向かって歩きかけた。

「とにかく座ろう」

二人は砂浜に向かってそろそろと歩きだした。

マットのところに来て、彼女はタオルを脱ぎ、びしょ濡れのシャツのボタンをはずした。シャツの下にはちゃんと水着を着けていた。しかしそんなものを着ていても、もう無駄だった。秘密は完全にバレてしまった。

「どうしてそんなことになったんだい？」

やはりトミーは、そのことを訊かずにはいられなかった。彼女のはっきりと膨らんだお腹は見ないようにしていたが、驚きの表情はまだ顔から消えていなかった。マリーベスは悲しそうに口を曲げ、自嘲した。

「どうしてって、別に特別なことしたわけじゃないわ。わたしが知らなすぎただけ」

「ボーイフレンドがいたんだ？」

トミーは訊き直した。

「今でもつき合っているんだ？」

トミーは胸を締めつけられるような思いで質問した。しかし、彼女は首を横に振り、いったん視線をそらしてからトミーの方に向き直った。

「ボーイフレンドは今もいないし、いたこともないわ。わたしがバカなことをしてしまっただけ」

マリーベスはもう隠してもしょうがないから、彼には正直にうち明けようと思った。

「あまりよく知らない人と、一度だけしてしまったの。その人とはデートもしたことがなかったわ。学校のダンスパーティーで、わたしの相手が酔いつぶれちゃったときに、上級生に声をかけられたの。みんなのあこがれのヒーローだったから、わたしはポーッとなっちゃったんだわ。その人に店に連れて行かれて、友達なんかに紹介されて、わたしはすっかりその気になっちゃったの。そのあと、彼はわたしを送ってくれる途中の公園で車を止めて、わたしはそんなことしたくなかったんだけど、ジンを飲まされたりして……」

マリーベスは自分の膨らんだお腹を見下ろした。

「……あとは想像がつくでしょ。彼はその前の週にガールフレンドと別れたと言っていながら、またその女の子のところに戻ったのよ。わたしがバカだったの。つき合ってもいなければ、わたしを愛してくれてもいない人のために、一生を台無しにしちゃったんだから。ようやく自分のしたことの重大さに気づいたときは、その人はもうほかの子と婚約してたというわけ。あの二人は卒業するとすぐ結婚したわ」

「彼には話してあるの?」

「ええ、話したわ。でも彼は、その人と結婚したいんですって。だから、その人に知られはしまいかとビクビクしていたわ……わたしは人の邪魔したくはないし……自分を破滅させたくもないわ。だから、相手が誰か、両親にも明かさなかったの。話したら、お父さんに愛してもいない人と強制的に結婚させられちゃうもの。そうなったら、わたしの人生は十六歳で終わりだわ。もっとも——」

マリーベスはそこに座ったまま、肩を落としてため息をついた。

「わたしの人生はもう終わったようなものよね。こんなことになっているんですから」

「きみの両親はなんて言っているの?」

トミーは、聞かされた話に圧倒されていた。相手の男の無責任さも信じられなかったが、こんな目に遭いながらも、自分の意志を通そうとする彼女の勇気に胸を打たれていた。

「お父さんには、家に居てはいけないって言われたわ。修道院に連れて行かれて、そこで子供を産む予定だったの。でも、二、三週間いただけで、わたしはもう気が滅入って、耐えられなくて、そんなとこにいるくらいなら飢えた方がましだと思ったの。それで、修道院を出て、バスに乗ってここに来たというわけ。初めは、シカゴまで行ってそこで仕事を見つけるつもりだったんだけど、バスがこの町で休憩したとき、ジミーの店の求人広告を見たの。尋ねてみたら、仕事をさせてくれると言うから、すぐバスから降りて、今こうしてここにいるわけよ」

トミーは、彼女の優しさと芯の強さの両方を称賛しながら、マリーベスの顔を見続けた。包み隠さずに話そうとしている彼女は可憐で若々しくて、とても美しかった。

「子供を産んだあと、クリスマスが過ぎたら、家に戻っていいって言われているの。そしたら、学校にも戻れるわ」

彼女はそれでいいんだと自分を納得させるような言い方で話したが、声は小さく、言っていることは自分の耳にも愚かしく聞こえていた。

「赤ちゃんのことは、どうするつもりなんだい？」

トミーは彼女の境遇の激変に動転していた。もし自分がそんな目に遭ったら、果たして正常でいられるかどうかも疑わしかった。

「子供の面倒をよく見てくれそうな家庭を見つけて……里子に出すつもりよ。わたしはまだ十六歳だから、子供の世話なんかできないもの……与えてあげられるものもないし、育て方も知らないし……わたしは今までどおり勉強を続けたいの……大学へも進学したいし……わたしが子供を育てたら、なんにもできなくなっちゃうでしょ。でも、一番の理由は、わたしはまだ子供に与えられるものを何も持っていないから。修道院がいい家庭を紹介してくれるはずだったんだけど……ここへ来てからわたし、そのことはまだ何も考えていなかったわ」

あきらめ口調で語る彼女の話を聞いて、トミーは驚きを倍加させていた。

「本当に人にあげちゃうの？」

自分の産んだ子を他人に与えてしまうなんて、十六歳の少年のトミーにでも、そら恐ろしいことのように思えた。

「そうするしかないと思うの」

そう言った直後、マリーベスは、お腹で赤ちゃんが暴れるのを感じた。母親の決定に反抗するかのような胎児の動きだった。

「どういうふうに面倒を見たらいいか、見当もつかないの。両親が手を貸してくれるわけがないし、わたしだけでは生活費も稼げないわ……それじゃあ赤ちゃんに対してすまないでしょ。それと、わたし自身、まだ子供は欲しくないの。これはやはりそら恐ろしいこと？」

彼女は目に涙をいっぱい溜め、絶望した表情でトミーを見つめた。子供はいらないと公言するなんて、トミーにはそれ自体が恐ろしいことだった。

しかし、マリーベスが子供を欲しくないというのはそのとおりだった。子供の父親であるポールに対して愛はまったく感じなかったし、とにかく子供は欲しくなかった。自分の面倒も見きれないまだ十六歳の少女なのだから、育児などできるはずがないのだ。

「それは確かに大変なことだよ、マリーベス」

トミーは彼女の肩に腕を回し、二人はぴったりくっつき合った。

「一人で困っていないで、ぼくに話してくれればよかったのに」

「そうね。じゃあ、こう言えばよかったの……ハーイ、わたしはマリーベスよ。ほかの女の子と結婚した男と間違いを犯しちゃって、家を追いだされたの……どう、夕食に連れて行ってくれる？」

トミーは声を出して笑った。すると、マリーベスも涙で濡れた顔をほころばせた。それから突然、その顔をトミーの胸の中にうずめて泣きだした。トミーに話したことでほっとしたためか、自分の過ちの恐ろしさと恥ずかしさに気づいたためか、彼女はしゃくり上げたまま、なかなか止まらなかった。トミーは、彼女が疲れ切って泣きやむまで、マリーベスを抱き続けた。彼女のことも、生まれてくる子供のことも、本当に可哀そうで仕方がなかった。

「いつ生まれるんだい？」

トミーは彼女が落ち着いてから訊いた。

「予定は十二月の末よ」

あと四か月しかないではないか。四か月なんて、あっという間だ、と二人とも同じことを考えていた。

「誰か、医者には診てもらっているの？」

「この町には知っているお医者さんなんていないもの」

彼女はそう言って首を横に振った。

「店のみんなにも話してないの。ジミーにクビにされたらいやだもの。夫が朝鮮で戦死したと話してあるから、子供が生まれても、みんなはそんなに驚かないと思う」

「それはうまい予防線だったね」

そう言って彼女を見るトミーのいたずらっぽい目に、再び疑問の表情が浮かんだ。

「彼のことを好きだったの、マリーベス？　その子の父親のことだけど」

彼女が好きだったかどうか、トミーにとってはそこが重大だった。ところが、彼女が首を横に振るのを見て、彼はほっと胸をなで下ろした。

「誘惑されてその気になってしまったわたしが愚かだったの。はっきり言って彼はゲスだったわ。わたしに、子供を堕ろして、黙って消えろって言うの。婚約者に知られたら大変だってあわてていたわ。でもわたし、どうしていいか分からなくて。中絶は簡単に済むものと思っていたんだけど、実は、とても危険で費用もかかるんですって」

トミーは彼女の話を真剣に聞いていた。彼も中絶についての知識は多少あったが、その実態については、マリーベスと同程度にしか知らなかった。

「そんなことしなくてよかった」

「どうしてそう思うの？」

トミーの意外な言葉に、マリーベスは思わず訊いた。中絶していようがしていまいが、彼には関係のないことではないか。むしろ、妊娠などしていない方が、二人にとっては好都合だったはずだ。

「そんなことしない方がいいと思うからだよ。きみは言っていたじゃないか……人間は何か理由があって生まれてくるんだって」

「さあ、よく分からないわ。わたしもそのことでずいぶん考えたんだけど。起きたことの理由を理解しようともしたわ。でもやはり、自分が運が悪かったんだとしか思えなくて。とにかく、もう二度とこんなことしないわ」

トミーは、そうだ、と言わんばかりに大きくうなずいた。彼のセックスに関する知識は、彼女の知識同様に浅く、もしかしたら、それ以下かもしれなかった。実際、彼には女性経験が一度もなかった。

トミーが妙な顔をして彼女を見つめていた。何か訊きたくてたまらなそうなその表情がマリーベスの反応を誘った。

「なあに？　遠慮しないで言って……何を訊かれても、わたし平気よ」

二人はもう、心で結ばれた友達同士だった。それがやたらに色あせる関係でないことを、二人は若い胸で感じていた。彼はマリーベスの秘密の一部を知り、いわば、その片棒をかつぐことになったのだ。

「……どうだったの？　……きみにとってセックスって？」

トミーは顔を赤らめて、とても訊きづらそうだった。しかし、そんなことを訊かれてもマリーベスは少しも驚かなかった。今の彼女には、怖いことなど何もなかった。それに、トミーはもう親友だし、兄弟かそれ以上の存在のような気がしていた。トミーがさらに質問した。

「……やはり、よかった……？」

「いいえ、ぜんぜん。相手の方は楽しんだかもしれないけど、わたしの方は何も感じなかったわ……その時って、頭が正常に働かなくなっちゃうんだと思う。きっとジンを飲まされたせいよ。電車と一緒で、走りだしたらなかなか止まらないものね……相手がちゃんとした人なら素晴らしいことなんでしょうけど。でもわたしはまだよく知らない。もう一度したいとは思わないわ。ちゃんと好きな人を見つけるまではね。わたし、本当にバカだった」

トミーはうなずいた。と同時に、胸をなで下ろしていた。そうあって欲しいと願っていたとおりの彼女の話だった。もう二度としたくないという彼女の決意は心強かった。それでも、トミーとしては、彼女が経験していて自分が未経験な点が不満だった。

「意味のないセックスをして、妊娠しちゃうなんて最低だわ。しかも、悲しいのは、生まれてくる子が誰にも歓迎されないことよ。父親にも、母親のわたしにも」

「赤ん坊を見たら、考えが変わるかも」

トミーは妹が生まれた時のことを思いだしながら言った。あの時の彼は、アニーを目にした瞬間に胸がとろけた。

「さあ、それはどうなるか、自分でも分からないわ。修道院に来ていた二人の女の子は、自分が産んだ子供の顔も見ていないんだと思う。生まれるとすぐ別の親にあげられちゃうのよ。こんなに長いあいだお腹の中に入れておきながら、それを人にあげちゃうなんて、とっても変な感じがするんだけど、女性にとって出産って、それで終わりじゃなくて、それから親子関係が一生続くのよね。わたしにそんなことができると思う？　この歳で母親役が勤まると思う？　わたしは自信がないわ。子供を育てたいと思わない自分がおかしいのかと考えたこともあったけど、でも、いくら考えても、結論は同じだわ。赤ちゃんを見て、もし気が変わったとしても、どうやって生活していけばいいの？　収入もないのよ。途方に暮れるばかりだわ……」

マリーベスは目に再び涙を溜めていた。トミーは彼女を抱き寄せ、今度はためらうことなく身をかがめて彼女の口にキスした。彼女を称賛するトミーの気持ちと、同情と、募る想いを込めた優しいキスだった。二人が初めて経験する男と女のキスでもあった。二人が初めて味わうめくるめく瞬間だった。さらに深い結びつきを呼ぶはずのキスだったが、今の二人にそのつもりはなかった。

「大好きだ」

トミーは、彼女の髪に口をうずめて言った。彼女のお腹の中にいる赤ちゃんが自分の子だったらよかったのにと思いながらさらに言った。

「大好きだ……ぼくはきみを一人になんかしない……いつでもぼくをあてにしてくれ」

十六歳の少年にしては、ずいぶん勇気のいる約束だった。彼はしかし、アニーを亡くして以来、早足で大人になっていた。

「わたしも大好きよ」

マリーベスは彼からもらったタオルで涙をぬぐいながら言った。彼女としては、これ以上自分のトラブルで彼に迷惑をかけたくなかった。

「医者に診てもらわなくちゃダメだよ」

早くも父親になったようなトミーの口調だった。

「どうして？」

子供をお腹に宿しているとはいえ、彼女はまだ若くて、それなりに無知だった。

「赤ちゃんが健康に育っているかどうか診てもらうんだよ。うちのお母さんなんか、アニーをお腹に入れていたとき、よく医者に診てもらっていたよ」

「わたしは若いから大丈夫よ」

「でも、行かずに済ますわけにはいかないんだから」

そう言ったとき、トミーにいい考えが浮かんだ。

「お母さんがかかっていた医者の名前を調べてみる。そして、その人に連絡して、診てくれるようぼくから頼んでみるよ」

トミーは自分のアイデアにすっかり乗り気になっていた。が、マリーベスはクスクスと笑いだした。

「あなた、本気でそんなこと言ってるの？　そんなことしたら、あなたが妊娠させたって誤解されるに決まってるわ。そしたら、お母さんにも知られて、ただじゃ済まなくなるわよ、トミー」

「何かうまい方法を考えるよ」

確かに彼女の言うとおりだと思いながらも、トミーは自分のアイデアを放棄しなかった。

「お母さんがかかっていた医者に頼めば、養子先を見つけてくれるかもしれないじゃないか。そういう専門の医者って、子供を欲しがっている人たちと連絡があるんだと思う。うちのお父さんとお母さんも、アニーが生まれる前は、養子をもらおうかって考えていたぐらいなんだ。ただ、すぐその必要はなくなったけどね。とにかく、その医者の名前を調べて、会えるようにしてみるよ」

トミーのおせっかいは、マリーベスにはとてもありがたかった。彼女の肩の荷を一緒に背負ってくれたのは彼が初めてだった。トミーはもう一度彼女にキスした。今度のはさっきよりも優しくて、長くて、深いキスだった。そのあと彼は、マリーベスのお腹に手を当てた。

「どう、動いているのが分かるでしょ？」

彼女に訊かれて、トミーは手に神経を集中させた。それから急ににっこりしてうなずいた。動きはかすかだったが、お腹が独立した生き物になったような生き生きした感触だった。

二人は夕方になってから再び水に入って、泳ぎ始めた。今度は彼女も彼と一緒にいかだまで泳いで行った。疲れ切って戻って来ると、二人はマットの上に寝転んで、お互いの未来を語り合った。妊娠している事実は、マリーベスにとっては依然として怖いことだったが、トミーにうち明けたことで、前よりはずいぶん気が楽になっていた。もし子供を自分で育てることになったら、これから何十年も面倒を見続けなければならない。しかし、もし手放したら、一生そのことを気にしながら生きて行くことになるのだろう。どちらがいいのか判断できない問題だった。ただ、子供の立場から考えれば、誰かにもらわれた方がよっぽど幸せだろう。でも、いつかマリーベスが誰かと幸せになってちゃんとした家庭を築いた時、あの子はどうしているんだろうかと一生悔やむことになるんだ。そうは分かっていても、今はタイミングも、場所も、境遇も、すべてが子供を養える状態になかった。

トミーが彼女を抱き寄せると、二人は顔をすり合わせ、キスし合ったが、それ以上のことはしなかった。

彼女の部屋に戻ったときは、二人とも奇妙なほど落ち着いていた。だから、マリーベスもあわてずに着替えができた。二人はそれからすぐ夕食に出かけ、そのあとは映画を見た。

その日の午後の出来事が、二人の関係をドラマチックに変えていた。まるで、とっくの昔に結ばれた恋人同士のようにしっくりした仲になっていた。彼女は秘密をうち明け、トミーは彼女が背負う肩の荷を分担してやり、そして、彼が裏切らないことをマリーベスは知っていた。二人にはお互いが必要だった。特にマリーベスにとって、トミーは絶対に必要だった。太い絆が、知らないうちに二人を結んでいた。しかもこの絆は、めったなことでは損なわれそうになかった。

「じゃ、また明日」

トミーの声は明るかった。二人は十一時に彼女の部屋のある家の前で別れた。彼は、もうマリーベスと離れたくなかった。自分でできる限りのことをして、彼女の助けになってやりたかった。次の日も、彼女を店まで送ってやるつもりだった。明日は家で夕食をとると母親に約束してあったが、そっちはなんとか言いわけをして、マリーベスの方を優先させるつもりだった。

「じゃあ、気をつけてね、マリーベス」

トミーがにっこりすると、マリーベスも手を振りながら笑みを返した。それからすぐ、彼女はドアの中へ消えて行った。

ベッドに入りながら、マリーベスは思った。トミーに出会えて、自分はなんてラッキーなのだろうと。あんなタイプの少年はめったにいない。兄のライアンや胎児の父親のポールとは大違いだ。目下のトミーは彼女が求めるもののすべてを持ち合わせている。マリーベスは、その夜も、見たこともない女の子、アニーの夢を見た。

第六章

次の週、トミーはほとんど毎日レストランにやって来た。夜はレストランの仕事が終わるのを待ってマリーベスを家まで送り、日曜日の夜には、また夕食と映画に彼女を連れだした。

しかし、彼女の次の非番の日には、あえて娯楽に背を向け、もっとはるかに重要な計画を実行に移した。その前に彼は、母親のアドレス帳を盗み見して、医者の住所と名前を書き出しておいた。彼女が以前からかかっていた老トンプソン医師は他界してしまったため、現在の彼女の婦人科医はエベリー・マクリーンであり、アニーを取り上げたのもこの医師だった。

白髪の紳士マクリーン医師は、かなり年配である。とはいえ、彼の頭も技術も、見かけによらず時代の先端を行っている。素っけなくて、とっつきにくいところもあるが、最先端の医療技術を常に勉強しているところが彼の強みだ。母親が彼に全幅の信頼を置いていることをトミーはよく知っている。マリーベスが診てもらうには最適の医者だと言える。

トミーは大人の声色をつかって、ロバートソン夫人の名前で約束を取りつけた。声を低め、いかにも偉そうに装ったが、手は震えていた。名前を尋ねられたとき、結婚してこの町に越してきたばかりのロバートソンだと自己紹介した。ついては、妊娠している妻の健康状態を診てもらいたい、と言うと、看護婦はなんの疑念も持たずに彼の言葉を信じたようだった。

「でも、わたしはお医者さんになんて言えばいいの？」

マリーベスはパニックの表情でトミーを見つめた。

「診察するだけで、なんだかんだ訊いたりはしないよ。きみから洗いざらい言う必要もないんだし」

トミーは自信がないのに、あるように装い、知らないくせに、知っているふりをした。妊娠についての彼の知識はいまだに子供の域を出ていなかった。六年前の母親の妊婦服姿と、テレビの『ルーシー・ショー』で主役のルシル・ボーンが、やがて子供を産むと発表したのを見て知ったことが、彼の出産に関する知識のすべてだった。

「そのう……お医者さんになんて説明したらいいのか……赤ちゃんの父親のことを……」

彼女は困り果てた顔をしていた。それでも、トミーの言うことが正しいのは分かっていた。やはり体が普通の状態ではないのだから、ぜひ医者に診てもらう必要があった。

「レストランの人たちに言ったのと、同じ説明をすればいいじゃないか。夫は朝鮮で戦死したって」

レストランでは、彼女が妊娠していることをまだ誰も知らないが、〝未亡人〟の作り話が有効なのはすでに実証済みだ。

トミーを見上げたマリーベスの目には涙が溢れていた。そして、彼女の口からこぼれた次の質問がトミーをドキッとさせた。

「あなたも一緒に来てくれる？」

「ぼくがかい……？　でもそれは……ぼくの顔が分かっちゃうんじゃないかな」

自分の顔がバレた時のことを思って、彼は髪の生えぎわに至るまで赤面した。彼女が診察されるとき、同席を求められたらどうする？　自分が知らないことをあれこれ訊かれたら？　婦人科医の診察室にどんなミステリーが潜んでいるのか、子供の彼には見当もつかなかった。最悪の場合も想定しなければならない。両親に連絡されたらどうする!?

「それはできないよ、マリーベス……やはり無理だよ……」

彼女は何も言わずにうなずいた。すると、涙がひとすじ彼女の頬を伝わり、ぽろりと落ちた。

「分かったよ……分かった……泣くなよ……なんとかするからさ……じゃあ、ぼくの従妹だって言おうか……でもそれでは絶対お母さんに連絡されちゃうな……じゃあどうするか？　きみの旦那の友達で、送ってきただけだと言うか？」

「わたし、疑われるかしら？　結婚してないってバレないかしら？」

二人はまるで、いたずらをしでかして後始末の相談をしている子供たちのようだった。しかしこの後始末は、大きすぎるだけでなく、いくら考えても片付く問題ではなかった。

「自分から話さなければ、何も知られないさ」

トミーは自信ありげだったが、実は不安でいっぱいだった。彼女と一緒に医者のところへ行くこと自体が怖くて仕方なかった。だが、一度彼女に約束した以上、行かないわけにはいかなかった。

その日の午後、医者のところへ向かう二人は神経が高ぶってピリピリしていた。車の中ではほとんど口もきかず、トラックから彼女を降ろしてやり、クリニックに入るときのトミーは、自分の顔が赤らまないのを祈るのみだった。

「大丈夫だからね、マリーベス……ぼくが保証する」

クリニックに足を踏み入れたとき、トミーが彼女の耳元でそうささやいた。マリーベスはただうなずいただけだった。トミーは前に一度だけ医者と顔を合わせていた。アニーが生まれた時だった。あの時は、父親と一緒に外に立って、病院の窓に向かって手を振っただけだった。

母親はアニーを誇らしげに抱いて、窓からトミーたちに手を振って返した。その時のことを思いだしただけで、トミーは目頭が熱くなった。彼はマリーベスの手を取り、強く握った。彼女を勇気づけるというよりも、自分を安心させるためだった。看護婦長が顔を上げ、メガネの奥から二人が入って来るのを認めた。

「はい、何でしょうか？」

婦長は最初、若い二人が何をしているのだろうかと首を傾げた。自分たちの母親に面会に来た家族かなと思った。どう見ても二人は子供だった。

「ご用件は？」

「わたしはマリーベス・ロバートソンなんですが……」

彼女は名字がはっきり聞こえないほど、小さな声でささやいた。トミーに連れられて、ついにここに来てしまったことが、いまだに信じられなかった。

「先生と会う約束になっているんですけど」

看護婦は顔をしかめ、予定表をのぞき込んでいたが、やがて、納得したらしく、うなずいた。

「ミセス・ロバートソンですね」

看護婦長は、二人ともあまりに若いので驚くほかなかったが、もしかしたら、年齢よりも若く見えるのかもしれない、と思って自分を納得させた。ただ、患者が極端にナーバスになっているのが気になるところだった。

「はい、そうです」

答えるマリーベスの声は、口から漏れるため息に等しかった。二人に待合室で掛けて待つように言ってから、看護婦長は、予約を受け付けたときの電話の声を思いだして一人で顔をほころばせた。新婚ホヤホヤなのだろう。二人はどう見ても少年と少女だった。きっと、子供ができて結婚するしかなかったのかな、とよけいな想像をめぐらせた。

二人は待合室に座り、小声で言葉を交わし合った。周りにはお腹をびっくりするほど大きくした女性が何人も座っていたが、その人たちのことは見ないようにした。

トミーは、こんなに大勢の妊婦がひと部屋に集まっているのを見るのは、生まれて初めてだった。妊婦たちは、自分の旦那や子供たちのことをあからさまに話していた。膨らんだお腹を自分でなでている。トミーは目のやり場に困った。だから、診察室に入るよう、マクリーン医師に呼ばれたときはほっとした。

マクリーン医師から〝ロバートソン夫妻〟と呼ばれて、トミーはあせった。しかも、それを訂正しない自分にあきれながら、パニックになりかけていた。しかし、彼がマリーベスの夫でないと疑う理由は医者にはなかった。マクリーン医師はごく普通の口調で質問を続けた。どこに住んでいるのか、出身はどこかなどを尋ねてから、ついにそのことに触れてきた。

「結婚してからどのくらいになるのかな？」

マリーベスは答えずにしばらく医者の顔を見つめていたが、やがて首を横に振った。

「わたしたちは違うんです……こちらのトミーは……わたしの友達で……わたしの夫は朝鮮で戦死したんです」

その言葉が口から出た瞬間に嘘をついたことを後悔しながら、彼女は医者を見つめた。その正直そうな目には涙が溢れていた。

「わたしは本当は、結婚していないんです、先生。妊娠してからもう五か月になります。トミーに引っ張られてここに来ました」

医者は、相手をかばう彼女の態度を、立派だと思った。実際、彼が診てきた患者の中にそういう女性はめったにいなかった。

「なるほど」

医者は言われたことに一応はうなずいた。それから、トミーに顔を向けたとき、どこかで見覚えのある少年だが、と思った。誰か患者の息子のような気もしたし、どこかで見た記憶もあった。実際彼は、アニーの葬儀に参列して、そこで少年に会っていた。だが、診察室ではそのことはついに思いだせなかった。

「あなたたちはすぐ結婚するのかな?」

医者は同情の目で二人を見つめた。こういう身の上の子供を診ると、彼はいつも気の毒でたまらなくなる。二人はしかし、困ったような顔をして首を横に振った。冷たく突き放したりせずになんとかしてくれ、と医者に訴えている表情とも受け取れた。

トミーは、やはり連れて来ない方がよかったのかも、と後悔し始めていた。

「わたしたちは単なる友達同士なんです」

マリーベスははっきりした口調で言った。

「これはトミーには関係なくて、みんなわたしの責任なんです」

そう言ってマリーベスが泣きだすと、トミーが腕を伸ばして彼女の手を握った。医者は二人のそんな様子を観察していた。

「それはまあ、さておいて」

医者は優しく言った。

「では、友達には席をはずしてもらって、あなたと二人だけで少し話してから診察しましょう。そのあとで、あなたの……友達とやらの――」

医者は、二人のありきたりの言いわけを信じるわけがないといった顔でにっこりした。

「あなたの友達の話はあとで聞かせてもらいましょう。それでいいですね？」

医者としては、診察をしてから彼女の妊娠の進み具合を説明して、それから、このことについて彼女の両親がどう思っているのか、彼女自身どうしたいのか、子供は産みたいのか、とあれこれ訊くつもりだった。二人は愛し合っているように見えたし、ここまで一緒に相談に来るのだから、いずれはゴールインするものと思われた。しかしおそらく、二人とも、家族からは冷たく扱われている時期なのだろう。だから、彼は、医師として、若い二人にでき得る限りの手助けをしてやるつもりだった。こういうとき有効なのは、二人が道を間違えないよう、正しい方向にあと押ししてやることだ、とも経験から知っていた。

医者はトミーを待合室に案内した。トミーはびくびくしながら再び一人で待つことになった。右を向いても左を向いても、妊婦ばかりのうえに、トミーの顔を知っている患者がいつ入って来るかもしれなくて、それが怖かった。

そんなことになりませんように、と彼はただ祈るのみだった。

嫌になるほど長い時間待たされてから、ようやく看護婦に診察室に入るよう言われた。

「友達も一緒に話した方がいいと思ってね」

医者は、診察室に入って来たトミーに向かって言った。マリーベスは恥ずかしそうにしながら、トミーににっこりした。ほっとしている様子だった。

医者の診察はすべて終了していた。胎児の心音から判断するとよく肥えた健康児です、とトミーは教えられた。

マリーベスは誰かに引き取ってもらいたい旨をトミーの前ではっきり言った。

「先生はそういう方を誰かご存じありませんか?」

「まあ、知らなくはないけど。考えておきましょう」

医者は言葉を濁して、それ以上は言わなかった。それよりも、トミーが入って来てからずっと、彼を父親扱いして、胎児と母親についての診察結果をおもむろに話し始めた。赤ん坊の大きさや、健康状態や、これから出産までに母親が心得ておくべきこと、摂るべきビタミン類、仕事が許す限り昼寝が必要なことなどなどを、トミーに話して聞かせた。

ここまで話されて、トミーはようやく気づいた。彼は否応なく父親にされてしまっているのだ。少なくとも、マクリーン医師自身はそう確信しているらしかった。その件については、マリーベスが〝単なる友達〟だと何度も強調したが、医者はうなずくだけで、端《はな》から信用していなかった。彼の目には、むしろ、少女を愛しているらしい少年の態度の方が印象的だった。

二人を前に、診察代金の説明を始めたとき、医者はハッとした。少年をどこで見たのか思いだしたのだ。

「きみはトミー・ホイットカーくんだろう？　そうだね？」

医者は優しく訊いた。彼としては、トミーが自分のところに相談に来てくれたことが嬉しかった。だからこそ、少年を困らせたくなかったし、二人がそう望む限り、秘密は守るつもりだった。両親に報告しなければならない義務はなかった。

「ええ、そうです」

トミーは迷わず正直に答えた。

「きみのご両親は、この件を知っているのかな？」

トミーは顔をまっ赤にして首を横に振った。まさかこの場で、母親のアドレス帳を盗み見たとは言えなかった。

「両親とマリーベスは、まだ会ったことがないんです」

彼女を両親に紹介したくても、今の彼女の状態ではちょっと無理だった。それに両親の方も、そういう状況ではなかった。

「そろそろ紹介してもいい時期じゃないかね？」

マクリーン医師はいよいよ切りだした。

「クリスマスなんてあっという間に来ちゃうよ」

彼女の出産までに、あと四か月しかなかった。

「きみのお父さんもお母さんも、とても話の分かる人じゃないか。まあ最近は、いろいろあったから、この話はショックかもしれないが、少なくとも、きみの助けにはなってくれると思うよ」

医者は少女から聞かされていた。彼女が半ば勘当され、今の彼女の唯一の支えは、友達のトミーであることを。

「若いきみが一人で背負うには、これはちょっと荷が重すぎるな」

「いいえ、ぼくたちでなんとかやっていけます」

トミーは他人に迷惑をかけたくなくて、そう言ったつもりだったが、その言葉が、問題をかえって大きくすることになった。医者は、マリーベスが何度も否定したのにもかかわらず、トミーの今の言葉を聞いて、彼が父親であるとさらに確信した。それにしても、恋人の立場を思いやる少女の態度は立派だった。いや、彼女だけではない。トミーの態度も、愛情が滲んでいて感動的だった。医者は翌月に次の診察日を決め、妊娠期間中と出産についての注意事項を記した小冊子を二人に渡した。写真はいっさいなく、すべて図で説明されている、二人が今までに見たことのないような種類の本だった。内容も、言葉も、二人が初めて聞くようなことばかりだった。しかし、妊娠についてやさしく細かく説明してあり、医者を呼ぶべき危険な状態についても列記してあり、知識のない二人にとっては、なにかと役に立ちそうな本だった。

出産費用と、それ以前の診察代は、合計で二百五十ドルかかると説明された。さらに、病院の設備使用料として三百ドルかかるという。幸い、この額なら、修道院に支払うはずだった残金で足りそうだった。二人の心配は、医者がトミーを実の父親だと信じているらしいことだった。

「あなたのお母さんに話されたらどうする？」

マリーベスは心配になってそう訊いた。トミーにはこれ以上迷惑をかけたくない彼女だった。

トミーもそのことを心配したが、あの医者は信用できる、となんとなくそんな感じがしていた。誰が父親かについては誤解しているようだが、両親に報告するようなことはまずしないだろうから、やはり彼女をマクリーン医師のところに連れて行ったのは正解だったと彼は思っていた。

「あの人は話したりなんかしないさ」

トミーは彼女を安心させた。

「あの人は、本当に味方になってくれると思うよ」

トミーには、医師を信頼して間違いはないとの確かな感触があった。

「いい人よね」

彼女も同感だった。二人はそれから、ファーストフード店に立ち寄った。ミルクシェイクを飲みながら、医者からもらった小冊子を広げ、陣痛や、出産について、こそこそと話し合った。

「なんか怖そうね」

マリーベスが心配そうに言った。

「何か眠り薬みたいなものを飲まされるって、あの先生から聞いたけど……わたしもその方がいいわ」

まだピンと来ないことばかりだった。十六歳の少女に負わされる荷にしては重すぎた。しかも、その結果、生まれる子供はすぐ手放して、一生顔を見ることもないのだ。ポール・ブラウンと車の座席で三十分間有頂天になった代償にしては、あまりにも大きすぎた。

今でも時々、自分の身に起きていることが信じられなくなるマリーベスだった。しかし、医者に診てもらったことでより現実感を持つことになった。そういえば、最近は、子供の成長が日ごとに感じられるようになっていた。

トミーはほとんど毎日レストランにやって来た。来ない時は、彼女の家の方に来て、一緒に散歩をしたり、ソーダを飲みに出かけたり、映画を見に行ったりした。

九月一日にトミーの新学期が始まると、二人をとり巻く状況は一転して厳しいものになった。彼の授業は、毎日午後三時まであった。それから運動部の練習があり、宿題もあった。だから、夕方、マリーベスのお店にやって来るときの彼はヘトヘトに疲れ切っていた。それでも、彼女に対する優しさや思いやりを失わず、二人きりになると、必ず彼女を抱いてキスした。そして、その日あった出来事や、自分たちの問題を語り合うときの二人は、まるで新婚夫婦のように仲むつまじかった。

二人の欲望も、新婚夫婦のように強烈だった。しかし、二人は自分たちを抑えた。キスしたり、抱き合ったりする以上のことは決してしなかった。

「妊娠したくないから、やめて……」

トミーの手が彼女の盛り上がった乳房をなでているときに、マリーベスがそう言った。二人は声を上げて笑った。彼女としては、ポールの子がお腹にいる今、彼とズルズルそういうことになるのが嫌だった。もっと清い体で結ばれたかった。それに、妊娠はもうご免だった。子供を作るのは、学校を卒業して、大学も終え、愛する人を見つけてからにしたかった。トミーとそういう関係になるのは、まだ早すぎるように思えた。トミーの方は、狂おしいほどの欲望にもかかわらず、彼女の気持ちを理解して、思いどおりに行かないからといって不機嫌な顔を見せることはなかった。

彼は時々、レストランの奥に席を取り、そこで宿題をやっていた。ミルクシェイクやハンバーガーを運んできた彼女が宿題を手伝ってやることもある。マリーベスの部屋ですることもあった。家主がいないときなど、ドアを閉め切り、二人でベッドに寝そべりながら勉強を教え合う。化学や、代数や、幾何に関しては、彼女の方が上だった。まあ、トータルすれば二人はいい勝負と言えた。学期が始まってから二週間もすると、トミーは一緒に勉強することの効果を実感できた。だから、カリキュラムをコピーして彼女に渡し、教科書も貸してやり、予習、復習を一緒にした。おかげでマリーベスも、休学中の遅れを取り戻せそうだった。

「この分だと、学校に戻ったらすぐテストを受けさせてもらえそうだね。そしたら、単位を落とさなくて済むじゃないか」

実はトミーは、彼女の学校の話はしたくなかった。それは取りも直さず、彼女の帰郷を意味し、二人の別れを意味するからだ。トミーは彼女にいつまでも一緒にいてもらいたかった。しかし二人とも、彼女の出産後、自分たちがどうなるか漠然とも分かっていなかった。

目下のところ、とりあえず二人一緒の学習は効果も上々で、うまくいっていた。学校が終わると、二人は必ず時間を都合し合って一緒に宿題をやり、その日の復習と次の日の予習を済ませた。身重の体で仕事を続けながら、勉強も着実にこなしていく彼女のたくましさに、トミーはいつも目を見張らされた。トミー自身、優等生だったが、日が経つにつれ、彼女の方ができるらしいことがはっきりしてきた。

「きみは秀才なんだね」

トミーは、彼女の数学の答案を採点しながら、感心して言った。先週彼女に渡した数学の得点は〝特A〟だった。南北戦争についての彼女の論文は、彼が今まで読んだどんな論文よりも優れていた。できたら学校へ持って行って、担任の先生に見せてやりたいくらいだった。

二人にとっての唯一の問題は、彼の帰宅時間が毎晩夜中になってしまうことだった。

そうこうしているうちに、母親が疑いの目を向け始めた。

「あなた、最近帰りがずいぶん遅いようね」

「クラブ活動で遅くなるうえに、数学で落第しそうな友達に特訓してやっているんだよ」

トミーは嘘をついたが、学校のことをよく知っている母親をだますのはなかなか大変だった。

しかし、マリーベスと一緒にいられる時間がすべての苦労を帳消しにしてくれた。勉強を終えたあとの語らいは楽しかった。話題はいつも自分たちの夢や未来の希望や目標についてだったが、そんなときも、子供の話は避けて通れなかった。

どういう人間に育って欲しい、どういう人生を送って欲しい、と子供の将来について彼女なりの願望があった。まず、自分自身で育てられない以上、誰か恵まれた人に育ててもらいたいのが親としての当然の希望だった。教育は、与え得るものの最高を授けて欲しいと思っていた。

恐れや無知に支配された頭の古い人たちにではなく、世界を前向きに見るような進んだ考えの両親に育ててもらいたかった。彼女自身、これから大学へ進学するにあたって、両親とは相当ぶつかり合うことになるだろう。女に大学教育など必要ないというのが父母の考えであり、二人が娘の考えを理解することは永遠になさそうだからだ。

彼女としては、今やっているような仕事で一生を終えるつもりはさらさらなかった。教育を受けて、もっとやり甲斐のある仕事で社会に貢献したかった。これは、自分自身を知っている彼女の胸の奥から出る願望だった。

その件では、学校の先生たちもずいぶん両親を説得しようとしてくれたのだが、両親をうなずかせることはできなかった。今回の件で父親は、尻軽女の伯母たちにそっくりだの、父無し子を産む最低女め、だのと口をきわめて彼女を非難している。こんな非難に耐えながら生きるのは嫌だ。それに、たとえ子供を手放しても、みんなは後ろ指を差し続けるのだろう。

「どうせなら、自分で育てればいいじゃないか」

トミーから一度ならずそう言われたが、彼女はそのたびに首を横に振った。それが解決策でないことを彼女はよく知っていた。たとえそれで生活ができても、たとえ子供がどんなに可愛くても、子育ては自分にはできないと分かっていた。それに、彼女の胸の奥のどこかが、お腹の中の子を望んでいなかった。

十月に入ると、マリーベスは妊娠していることを周囲の人たちに認めた。もっとも、店の同僚たちはずっと前からそれと気づいていて、彼女だけが知られていないと思っていただけだった。

　彼女はみんなから励まされ、祝福された。

「ご主人は素晴らしい贈りものを残してくれたわね」

「なんて素晴らしいんでしょう。これで、戦死したご主人の面影が永遠に抱けるじゃないですか」

　みんなは何も知らないのだ。面影はポール・ブラウンのものであり、彼は今頃、十八歳の妻を妊娠させるのに励んでいるのだろうし、マリーベスのお腹の中にいる子のことなど、まるで気にしていないのだ。

　彼女はもちろん、子供を手放すつもりであることなど周囲に明かせなかった。だから、みんなはあれこれと育児用品の贈りものをしてくれた。そのたびに彼女は良心が痛んだ。贈りものは部屋のすみに積んでおいたが、それを使う子供のことは考えないようにした。

　診察を受けに再度マクリーン医師を訪問すると、医師はとても機嫌が良くて、開口一番にトミーのことを尋ねた。

「彼は本当にいい青年だ」

　若い二人の間違いが結局は幸せに終わると確信して、医師は終始にこにこしていた。彼女は利口そうだし、美人だし、子供ができたことを知れば、ホイットカー夫妻は一も二もなく二人の結婚を認めるだろう、とマクリーン医師は読んでいた。

偶然にも、十月半ば頃、トミーの母親のエリザベスが健康診断に訪れた。そのときマクリーンは、素晴らしい青年だと言って、彼女の息子を誉めるのを忘れなかった。

「トミーのこと？」

医師が自分の息子のことを覚えているのにエリザベスはちょっと驚いた。確か、マクリーン医師がトミーを最後に見たのは、六年前にアニーが生まれたときだった。あのとき息子は病院の外に立って、窓に向かって手を振っていた。

「ええ、いい子ですよ……」

彼女は同意したが、何か問いたげな口調だった。

「うらやましい限りですな」

含みのある言葉だった。いたわり合う若い二人に好印象を持っていた彼は、二人のことを話したくてしょうがなかった。だが、秘密にしておくと二人に約束した以上、それはできなかった。

「うちの自慢の息子ですから」

彼女は診察のあと、すぐ学校に戻らなければならなかったので、医師との会話はそこで終わった。しかし、マクリーン医師に言われたことが気になったので、帰りの道々、そのことを考えてみた。今になってトミーのことを言われるのは不思議だった。最近どこかで会ったのだろうか？　きっと、トミーのクラスで講演でもしたのだろう。それとも、医師の家の子がトミーと同級生なのだろうか？　あれこれ考えはしたが、彼女はやがてその件を忘れてしまった。

しかし、次の週、同僚教師から、トミーがすごい美人と一緒にいるのを見たと教えられてショックを受けた。

「その美人さん、お腹がとても大きかったわよ」

同僚教師は気軽な口調で言ったが、エリザベスは驚愕した。そして、首すじに鳥肌を立てながら、マクリーン医師の唐突な賛辞を思いだした。その午後、彼女は、校務もそこそこに、どうしてなのだろうと考え続けた。その結果、すぐトミーに訊いてみるのが一番だという結論に達した。しかし、トミーが帰宅したのは夜中過ぎだった。

「こんな遅くまでどこにいたの？」

母親は、帰って来たトミーを厳しい口調で責めた。彼女はキッチンに座って、ずっと息子の帰りを待ち構えていたのだ。トミーは嫌そうな顔で答えた。

「友達と勉強していたんだけど」

「友達って、何の友達？」

母親は息子の友達をほとんど全員知っていた。今トミーが通っている高校で教えているのだから、その点は詳しかった。

「誰なの？　全員の名前を教えてちょうだい」

「そんなこと、どうして？」

トミーは身構えた。ちょうどそこに入って来た父親が、母親と目くばせするのをトミーは見た。夫婦間のいがみ合いは、母親が学校に戻ってからはずっと和らいでいたが、隔たりは依然として大きいようだった。トミーと一緒のところを目撃された美少女について、エリザベスは夫に何も話していなかった。が、ジョンの耳にもうわさは届いていて、いったいどうなっているのかと思っていた矢先だった。それに、最近のトミーは家に寄りつかず、帰って来るのもいつも夜中だった。

「どうしたんだ？」

そう妻に訊いたジョンは、あまり心配していない様子だった。トミーはこれまで大きなトラブルを起こしたことはなく、ずっと模範少年だった。きっと、ガールフレンドでもできたんだろうぐらいにしか父親は思わなかった。

「トミーについて妙なうわさを聞いたのよ」

母親は心配そうな顔で話し始めた。

「だから、この子から直接聞こうと思って」

さては何か知ってるな、とトミーは母親の口ぶりから読み取った。

「妙なうわさってどんな？」

ジョンは妻に訊いた。妙なうわさが立つなんてトミーらしくない、と話を耳にしたときから思っていた。

「あなたが会っているというその子は誰なの？」

母親は、息子に向かっていきなり切りだした。

父親はそこにあった椅子に腰をおろして、母子の様子を眺めた。

「単なる友達だよ。別に深い意味はないさ」

母親は息子の嘘を即座に見抜いた。

単なる友達どころか、トミーはマリーベスに心の底から惚れていた。彼女が授業から遅れないよう、勉強を一緒にしてやり、一緒に子供のことまで心配していた。

母親は手加減しなかった。

「その子は妊娠しているんだって？」

トミーはみぞおちに一撃食らったように表情をゆがめた。父親は椅子から転げ落ちんばかりに身を乗りだした。母親は無言のトミーをにらみ続けた。

「そうなのね？」

「それは……いや、ぼくの……困ったな……なんて言ったらいいのか……それは……参ったな……」

トミーは言葉に窮して頭をかいた。彼がパニックになっているのは母親の目にも分かった。

「説明するよ……外見上はそう見えるけど、実際は違うんだ……」

「その子が太っているだけなのか？」

父親は願望を込めて訊いた。しかし、トミーの表情は悲しそうだった。

「そういうわけじゃないんだよ」

「まあ、なんていうこと！」

母親は思わずつぶやいた。

「そこに座りなさい！」

父親に言われて、トミーは椅子に座った。エリザベスは立ったまま、恐怖の面持ちで息子を見続けた。

「信じられないわ」

彼女の声には苦悩が滲んでいた。

「つき合っている相手を妊娠させるなんて……トミー、あなたはいったい何をしていたの？」

「何もしてないさ。ぼくたちは単なる友達同士なんだ。ぼくは……分かったよ。正直に言うと、友達以上さ……でもね……違うんだよ、お母さん……あの子は……会えばお母さんも好きになるよ」

「まあ、なんていうこと！」

母親は同じ言葉を繰り返した。そして、今度は自分も椅子に座り込んだ。

「その子は誰なの？　どうしてこういうことになったの？」

「別に特別なことをしたわけじゃないさ」

トミーは暗い表情で言った。

「彼女の名前はマリーベス。今年の夏、知り合ったんだ」

「どうしてもっと早くに話してくれなかったの？」

今さらそんなことを言って、とトミーは胸の中で反発した。両親と話し合う機会などまるでなかったではないか。アニーの死をもって、家庭生活は終わったのだ。今は三人バラバラで、大洋に浮かぶいかだのように、潮に流され、波間に漂っているだけである。

「妊娠何か月目なの？」

妊娠の月数に何か意味があるような母親の言い方だった。

「六か月半だけど」

トミーは落ち着いた口調で言った。こうなったらすべてを知ってもらった方がよさそうだった。当初、彼は、あれこれ母親の手を借りるつもりだった。マリーベスに会ってもらえば、好きになってくれると思っていた。だが、今日の母親はへそを曲げ、恐怖で顔を引きつらせている。

「六か月半ですって!?　じゃあ、あなたたちの関係はいつから始まったの？」

エリザベスは必死になって過去をたどろうとしたが、頭が混乱して何も考えられなかった。

「いつから何が始まったかって？」

トミーも混乱していた。

「今年の夏に知り合ったって言ったでしょ。あの子は六月にこの町に越してきて、ぼくがよく行くレストランで働いているんだ」

「おまえがレストランに行くって？　いつ？」

父親は母親よりも混乱しているようだった。

「しょっちゅうさ。お母さんはもう料理をしてくれないからね。食事代は自分の貯金で払っていたよ」

「そうだったのか」

父親は非難の顔を母親に向けると、困惑した顔で息子の方に向き直った。

「それで、その子は今いくつなんだ？」

「十六歳だけど」

「それはおかしいんじゃない!?」

母親が口をはさんだ。

「その子は六月にこの町に越してきたんでしょ？　それで妊娠六か月半……ということは、妊娠したのは三月頃ね。すると、あなたはその子をどこかよそで妊娠させて、あとからこの町に呼んだというわけ？　どこでそんなことをしたの？」

両親の知る限り、その時期トミーはどこへも出かけていないはずだった。かといって、息子がレストランに通っていたことや、妊娠した女性とつき合っていたことを今まで知らなかったのもまた事実だった。妊娠六か月半ともなれば、出産までそれほど時間がない。エリザベスはそのことを思って身震いした。

〈いったい二人は何を考えているんでしょう？　トミーはなぜ話してくれなかったのかしら？〉

そのことを考えているうちに、エリザベスは事情が少し分かりかけてきた。アニーが死んでからというもの、家族はまったくばらばらだった。夫と彼女の関係もまるで他人のようになってしまった。寂しさに耐えかねて、息子がこういうことになるのも無理はないように思われた。トミーは母親にそこまではっきり言われて、ようやく両親に責められている本当の理由を理解した。

「ぼくは妊娠なんかさせてないよ。彼女が妊娠したのは、オナワにいた時で、子供を産んで里子に出すまでは家に戻ってはいけないと父親に言われて、一時修道院に入ったらしいんだけど、そこが耐え切れなくて、六月にこの町にやって来たんだ。ぼくと知り合ったのはそのあとだよ」

「そして、それ以降ずっとつき合ってきたのね？　どうして話さなかったの？」

「それは……いろいろあるんだよ」

トミーはため息をついてから続けた。

「話すつもりではいたんだ。お母さんにも気に入ってもらえると思っていたから。でも、反対されるのが怖くて、つい……彼女はとてもいい子で……独りぼっちで可哀そうなんだ。力になってくれる人が誰もいなくて……」

「あなた以外にはね」

母親は依然として苦悩に満ちた顔をしていたが、父親はひと安心した様子だった。

「それで思いだしたことがあるわ」

エリザベスはその話を切りだした。

「あなたたち、マクリーン先生のところへ行ったでしょ?」

トミーはいきなり訊かれてドキッとした。

「なぜそんなこと訊くの? マクリーン先生が何か話したの?」

トミーは首を傾げた。マクリーン医師は秘密を守ると約束したはずだ。いったい、何を漏らしたのだろう。しかし、母親はトミーに向かって首を横に振った。

「マクリーン先生は何も言いませんでした。ただ、あなたのことを誉めただけよ。でも、わたしがそれを不思議に思っただけ。あなたに会ったのは六年も前のはずですものね……先週、あなたが彼女といるのを見たのは、わたしの同僚の先生。その子が妊娠している話もその先生から聞いたのよ」

エリザベスは十六歳の息子を見上げて思った。この子は、この若さで結婚するつもりなのだろうかと。

〈妊娠させた責任感からそう思っているのかしら？　それとも、純粋に愛してそう思っているのかしら？〉

「その子は赤ちゃんをどうするつもりなの？」

「彼女も迷ってるんじゃないかな。ただ、自分では育てられないというのが分かっているようだけどね。だから里子に出すつもりらしいよ。その方が子供のためだと信じてね。彼女は人の命について特別な考えを持っているんだ」

トミーは両親に彼女を好いてもらいたくて、すべてを一緒くたに説明しようとした。

「この世には天寿を全うする人たちも大勢いるけど、アニーのように、他人を喜ばせたり、他人に祝福を与えるためにほんの短いあいだこの世に送られてくる人たちがいるんだって……彼女は自分の赤ちゃんについてもそう思っているみたいだ。誰かを幸せにするために生まれてくるんだってね」

「若いのに、ずいぶん思い切ったことを考えたわね」

エリザベスはちょっと少女のことが気の毒になり、静かな口調でそう言ったが、息子が相手に夢中になっているらしいところが心配だった。

「その子の家族はどこにいるの？」

「彼女が産んだ子供を手放してしまうまでは話し相手にもならないし、家にも入れないって言ってるんだって。どうしようもないおやじらしい。母親の方は、夫を怖がって何もできないんだって。だからあの子は、もう自立してるようなものさ」

「それであなたが頼りなのね」

エリザベスはやり切れなさそうに言った。十六歳の少年が背負うには重すぎる荷物だ。しかし、父親の方は、息子が自分が妊娠させたのではないと言うのを信じて、やれやれといった顔をしていた。

「お母さん、ぜひ彼女に会って欲しいんだ」

息子にそう言われても、エリザベスはすぐには返答できなかった。会えば、関係に重みが増すだろうし、会わずに息子に交際を禁止したら、フェアではなくなる。彼女は迷って、夫に視線を向けた。ジョンは肩をすぼめた。反対しない旨のサインだった。

「そうね。あなたがそんなに言うなら、会ってみましょうか」

エリザベスは、少女に会うのが、今までトミーをほったらかしにしておいた償いのような気がした。息子がそれほど惚れ込んでいる相手なら、それなりに何かがあるのだろうと思うことにした。

「彼女は学校に行きたくてあせっているんだ。だからぼくは、教科書を貸してやったり、問題集のコピーをあげて、毎晩一緒に勉強していたんだよ。今では、彼女はぼくよりも進んでいるよ。問題集もぼくよりこなして、参考書もたくさん読んででね」

「でも、どうしてその子は学校へ行かないの？」

母親は腑《ふ》に落ちなくて訊いた。

「働いてるからだよ。赤ん坊のことが解決するまで家には戻れないんだ」

「では、赤ちゃんの問題が解決したあとはどうなるの？」

母親は手綱をゆるめなかった。が、トミーはすべての解答を用意していたわけではなかった。

「あなたはどうするつもり？　あなたは真剣なの？」

トミーは返事をためらった。さすがに、気持ちを洗いざらい話すのは気が進まなかった。それでも、この場はもう仕方ないと覚悟を決めた。

「そうだよ、お母さん……ぼくは真剣なんだ。彼女のことを愛している」

息子の返答に顔色を変えたのは父親の方だった。

「おまえはその子と結婚するわけじゃないんだろうな？　まさか、子供を育てるなんて言いだすなよ。おまえ自身、まだ子供なんだ。何をやっているか分かっていないんだ。おまえの子だというなら仕方ないかもしれないけど、そうじゃないんだろ？　だったら、結婚しなければならない理由はないぞ」

「そんなこと分かってるよ」

そう答えるトミーは、もう一人前の大人だった。

「ぼくは彼女のことを愛しているから、結婚したいし、子供を育ててもいいと思っている。でも、彼女の方が〝イエス〟って言わないんじゃないかな。彼女はまず学校へ戻って、できたら大学へ進学したいと言っているんだ。でも、父親に反対されるだろうから、そこのところは彼女もどうしていいか分からないらしい。いずれにしても、学業をきちんと修めてからでないと、誰とも結婚したくないんだそうだ。ぼくに結婚を迫ってるわけじゃ決してないんだ。ぼくの方が結婚を言いだしても、彼女が了承するはずないさ」

「なら、結婚などするな」

父親はそう言うと、ビールの栓を開けて、ひと口飲んだ。息子が十六歳で結婚するなんて、彼は考えただけで気が滅入った。

「早まったことはしない方がいいわよ、トミー。あとで後悔するのもいやでしょ」

母親が口を揃えた。声はとても落ち着いていたが、手は震えていた。

「二人とも若いんだから、ここで過ちを犯したら一生が台無しになるわ。彼女はもう、一つ過ちを犯しているんですから。その上塗りをするようなことはしないことね」

「マリーベス自身がそう言ってるよ、お母さん。だからこそ、子供を里子に出すんだって。子供を自分で育てたら、過ちをもう一つ追加することになるって。でも、ぼくはそうは思わないんだ。きっと子供を他人に渡したことを、彼女は一生後悔するんじゃないかな。子供にはもっといい人生を送る権利があるって彼女は信じ切っているんだから、しょうがないけどね」

「彼女の言うとおりかもしれないわね」

母親は悲しそうに言った。自分の子を手放すことほど悲しいことがこの世にあるだろうか。もっとも、子供に死なれるよりはましかもしれないが。でも、九か月も自分のお腹を痛めた子供を他人にあげてしまうのは、悪夢以外の何物でもない、とエリザベスは思った。

「養子をもらいたがっている裕福な家庭はいっぱいあるわ。自分たちに子供が生まれなくても、子供に対する愛情に溢れている夫婦がね」

「知ってるよ」

トミーは急に疲れた顔をした。もう時計の針は午前一時半を回り、こうしてキッチンに座って話し始めてから一時間以上も経っている。

「でも、それじゃ、彼女が可哀そうだ。彼女の手元には何も残らないんだから」

「その代わりに、未来が得られるでしょ。若い人にとってはその方が大切よ」

エリザベスは我ながら気が利いた言葉だと思った。

「十六歳で子供なんか育てたら、人生なんて無いも同然だわ。家族も手を貸してくれないんでしょ？　あなただってそうよ。とにかく、まだ学校も終わっていないあなたたちに、子育てだの結婚だのはふさわしくありません」

「いずれにしても、彼女に会って話し合って、彼女がどんな人間なのか分かって欲しいんだ。それと、何かいい教材があったら、彼女に貸してやってくれないかな、お母さん。彼女はずいぶん先を進んでいて、ぼくには手が負えなくなっているんだ」

「分かりました」

両親は心配そうな顔でお互いを見合い、うなずき合った。

「では、その人を来週連れていらっしゃい。お母さんが料理を作ります」

気が重そうな母親の口調だった。実際彼女は、料理だけは気が進まなかった。でも、息子を孤児のように毎晩レストランに追いやるほど自分が手抜きをしてきたことに気づいて、今さらのように気が咎めていた。息子にはぜひ一言謝ろうと思いながら、彼女はキッチンのライトを消した。三人は一緒に廊下へ出た。

「ごめんなさいね……あなたを放っておいて」

母親は目にいっぱい涙を溜め、差し足でそっと近づくと、背伸びして息子の頬にキスした。

「愛しているわ……お母さんもこの十か月間、どうしていいか分からなくて、自分を見失っていたのよ」

「心配しなくていいよ、お母さん。ぼくは元気だから」

そう言ったとき、彼はマリーベスに再び救われたと思った。家族がこうして再び会話らしい会話を持てたのは、考えてみれば、彼女のおかげだ。これでは、支えられているのは自分の方ではないか。

トミーが自室に引きこもると、夫妻の寝室では、エリザベスがベッドに深く座り込み、夫を見つめながらぼう然となっていた。

「信じられないわ。もしわたしたちがはっきりした態度を見せなかったら、あの子は結婚するつもりよ」

「そんなバカなことだけはさせられない」

ジョンは怒った口調で言った。

「十六歳で妊娠するぐらいだから、その娘はあばずれなんじゃないかね。それで、勉強したいだの大学へ行きたいだのと言って、いいとこを見せようとしているのかもしれないな」

「わたしも、どうしていいか分からないわ」

エリザベスは夫を見上げて言った。

「ただはっきりしているのは、この一年間、三人ともちょっとおかしかったということよ。あなたは飲んで遅くにしか帰って来ないし、わたしは家事のことを忘れていた。それで、トミーはレストランに通い詰め、妊娠している女性と夫婦同然のつき合いをしてきたのよ。メチャクチャと言っていいでしょうね。そう思わない、あなた？」

彼女は息子の件で動転すると同時に、罪の意識にさいなまれながらそう言った。

「幼い子に死なれりゃ、こうもなるさ」

ジョンは妻の横に腰をおろした。二人がこんなに寄り添うのは、アニーが病気になった夜以来のことだった。このときエリザベスは、自分がトミーに対して決して腹を立てているわけではないことに気づいた。ただ、心配なだけだった。

「おれはあの時は、もう死んでしまおうかと……」

ジョンはその先が言えなくなって口をつぐんだ。

「わたしも同じよ……だから、実際に死んだつもりだったのよ」

エリザベスは過去を反省しながら言った。

「この一年間、わたしは意識不明状態だったんだわ。だから、何が起きたのか、今でもピンと来ないの」

ジョンは妻の肩に腕を回し、いつまでも抱き締めていた。そして、ベッドに入ったその夜の二人は、お互いに何も言わず、ただ抱き合って眠りに落ちていった。

第七章

非番の日、マリーベスは、持っている一番いい服を着て、トミーが迎えに来るのを待っていた。トミーは、アメフト部の練習が長引いたので、約束の時間に遅れて来た。そのためか、かなり緊張しているように見えた。

「なかなか素敵だね」

マリーベスの見違えるような服装を見て、トミーはまずそう言ってから、身をかがめて彼女にキスした。

「ぼくの頼みを聞いてくれてありがとう、マリーベス」

彼の両親に会うために、マリーベスが一生懸命努力してくれたことをトミーは知っていた。一方、マリーベスも、彼の両親を訪問することがトミーにとってどれほど重要か分かっていた。だからこそ、彼女は、この訪問を無難にこなしたかった。トミーに不快な思いはさせたくないのだが、妊娠七か月目の、お腹の突き出た体だけはどうしようもなかった。こんな彼女を両親に会わせてくれるような優しい男性は、世界広しと言えどトミーぐらいのものだろう。彼女の両親ですら、会いたいと言ってくれないのだから。

彼女は、白い襟と黒いリボンのついたダークグレーのワンピースを着ていた。お腹が大きくなって、家から持ってきた服がみなきつくなってしまったので、トミーと外出する時のために最近サラリーで買った服だった。髪を念入りにとかし、その赤毛をポニーテールにして、黒いベルベットのリボンで結んでいた。しかし、スタイルの方はごまかしようがなかった。一見して、スカートの中に大きな風船を隠している子供のようだった。そんな彼女を、トミーはにこにこ嬉しそうにしながら、父親から借りたトラックの助手席に乗せてやった。それでも彼女はいつもどおり可愛らしかった。両親との初顔合わせもうまくいくだろう、とトミーは信じて疑わなかった。

先週の長話以来、両親は説教めいたことはいっさい口にせず、ただ彼女を連れてらっしゃいと言っただけだった。

車の中で、マリーベスは、可哀そうなくらい黙りこくっていた。緊張でコチコチになっているのが分かった。

「ナーバスにならないで。いいね？」

家の前で車を止めたときに、トミーが言った。

「素敵なお宅ね」

マリーベスはトミーの家に見とれた。塗装もし直したばかりで、家の前の庭にはきれいな花壇もできていた。この季節だから、咲いている花はなかったが、とても手入れの行き届いている家だった。

「気にすることは何もないからね」

トミーは彼女を車から降ろしてやりながら言った。それから、彼女の手を引き、自分が先になって玄関まで歩き、ドアを開けた。

両親は居間で二人の到着を待っていた。エリザベスがじっと見守る中を、マリーベスは足早に部屋を横切り、まず彼女に、それから父親に握手の手を差し出した。

全員が極端に慎重で、不自然なほど礼儀正しかった。エリザベスは彼女に、座って楽にするように言った。

「コーヒーはいかが？　それとも紅茶がいいかしら？」

「すみません、コークがあったら、わたしはそっちの方がいいんですけど」

マリーベスは冷たい物でのどをうるおしたかった。

エリザベスが夕食のでき具合を見るためにキッチンへ行っているあいだ、ジョンがなんのかのとマリーベスに話しかけていた。エリザベスが今夜のために用意した料理は、ポットローストと、トミーが大好きなポテトパンケーキ、それに、ほうれん草のクリーム煮だった。

しばらくしてから、マリーベスは手伝いたいと申し出て、トミーの母親がいるキッチンへ向かった。父子は廊下へ出て行く彼女を見送った。やはりキッチンまでついて行こうとしかけた息子を、父親が腕をつかんで止めた。

「二人で自由に話させなさい。その方が、お互いに知り合えていい。良さそうな子じゃないか」

ジョンは感じたままを言った。

「それに、なかなかの美人だ。こんなことになって気の毒だな。相手の男はどうしたんだい？どうして二人は結婚しなかったんだね？」

「そいつは別の女性と結婚したらしい。それに、マリーベスはそいつとは結婚したくなかったんだってさ。ぜんぜん愛してなんかいなかったんだそうだ」

「そういう考え方をするのは、きっと頭がいいからなんだろう。それとも、よっぽどのバカかだ。その辺はまだよく分からんが、愛のない結婚はあとで難しいことになるからな。それにしても、そこまで思い切るには、あの子も相当勇気が要っただろう」

父親はパイプに火をつけて、息子の様子を見守った。トミーは最近急に大人っぽくなっていた。

「いずれにしろ、子供のことが片付くまで、娘に会わないという親も親だね」

ジョンはそう言って、息子の反応をうかがった。ジョンが知りたかったのは、息子がどの程度相手に惚れ込んでいるかだった。そして、どうやらトミーの気持ちは本物らしいことが分かった。ジョンは息子の純真さに胸を締めつけられた。

夕食の用意ができたとエリザベスに呼ばれて、二人が行くと、母親とマリーベスはもうすっかり仲良しになっていた。マリーベスはテーブルに食器を置くのを手伝いながら、エリザベスと、彼女がいま教えている高校三年生の社会科の話をしていた。マリーベスが自分もその授業を受けたいと言うと、エリザベスは何ごとか考える様子で答えた。

「そうね、あなたには参考書を用意してあげましょう。学校の授業に遅れないようトミーと一緒に勉強していたんですってね。あなたの書いたものを、わたしでよかったら見てあげましょうか？」

そんな話になるとは思っていなかったから、マリーベスはちょっとびっくりしたが、嬉しかった。

「本当ですか!?　とても助かります」

彼女は声を弾ませてそう言い、息子と父親のあいだの席に着いた。

「あなたの学校には自習したものを提出しているの？　それとも、自分で勉強しているだけ？」

「それは、自習しているだけです。でも、学校に戻ったとき、進級できるかどうか特別なテストを受けさせてもらえると思うんです」

「それなら、まずわたしに見せなさい。そして、もしあなたがよかったら、うちの学校の基準に照らして審査してあげます。もしかしたら、こちらで単位をあげられるかもしれません。それであなたは、トミーがやっている勉強はだいたいカバーしたの？」

マリーベスは即座にうなずいた。トミーも二人のあいだに入って、マリーベスを応援した。

「彼女はぼくなんかよりもずっと進んでるんだよ、お母さん。科学の教科書もヨーロッパの歴史も、期末分まで終えてしまったし、論文も全部書き上げているんだ」

母親は感心した様子でうなずいた。マリーベスは、勉強した結果をまとめて週末までに持ってくると約束した。

「では、わたしの方からも追加の課題を出しておきましょう」

そう言いながら、エリザベスはポットローストをマリーベスに手渡した。

「わたしはね、中学生と高校生、両方の授業を受け持っているのよ」

二人とも、学校と勉強の話に夢中だった。夕食が終わる頃までには、土曜日に時間をとって特別授業をする約束までできていた。追加の課題はその時に出すことになった。

「それはあなたの都合がいい時にやってくれればいいわ。でき上がったら、ついでの時にでも、わたしのところに持ってきてちょうだい。あなたは週に六日もレストランで働いているんですって？　それで勉強するのは大変よね」

それでなくてもエリザベスは、身重の体で十時間もの勤務を続けている彼女のエネルギーに感嘆していたところだった。

「いつまで働くつもり？」

エリザベスとしては、妊娠のことには触れたくなかったが、彼女の大きなお腹を目にして、その話を避けて通ることはできなかった。

「今月の終わりまで働こうと思っています。働かなければ、生活できませんから」

出産費用とマクリーン医師への支払いは父親からもらったお金で足りるが、生活費は自分で稼がなければならなかった。だから、ぎりぎりの計算で、今月いっぱいはどうしても働く必要があった。赤ん坊を産んだあと、一、二週間は無収入になる。見通しは厳しかったが、独り身だから、じっとしていれば、お金はそんなにかからない。それに、子供は手放すつもりだったから、育児用品を買う必要はなかった。レストランの同僚たちは、何かお祝いの計画を立てているらしかったが、マリーベスは心苦しいだけなので、ああでもないこうでもないと言って断わり続けてきた。しかし、皆は、彼女が子供を手放すつもりだとは知らないのだ。

「その体で仕事は大変よね」

自分で経験したことのあるエリザベスには、そのつらさがよく分かった。

「わたしもトミーを産んだときはぎりぎりまで仕事をしていたのよ。教室で産まれるのかと心配したぐらい。でも、アニーの時はもっとゆとりを持とうと、早めに休職したわ」

アニーの名が出たあと、皆は急に黙りこくった。エリザベスが顔を上げると、ちょうどマリーベスと視線が合った。

「あの子のことはトミーから聞いているでしょ?」

エリザベスは小さな声で言った。マリーベスはうなずいた。彼女の目には、トミーに対する愛と、彼の両親に対する同情心が表われていた。彼女にとって、アニーは決して知らない存在ではなかった。トミーから再三聞かされていたし、夢で何度も見ていたから、他人という気がしなかった。

「ええ、聞いています」

彼女は静かに答えた。

「とっても可愛らしいお子さんだったそうですね」

「ええ……そのとおりよ。あの子は特別でした」

エリザベスは遠くを見つめながらそう言うと、肩を落として口をつぐんだ。ジョンは腕を伸ばして、テーブル越しに妻の手を握った。ちょっと指を触れた程度だったが、エリザベスはびっくりして顔を上げた。夫がこんなことをするのは、絶えて久しいことだった。

「子供は誰でも可愛いものですよ」

エリザベスが話を続けた。

「あなたの赤ちゃんだってそうですよ。子供は天の祝福です」

マリーベスが答えないでいるのを、トミーは気にしながら見ていた。母親の言っていることと、マリーベスの気持ちがぶつかり合うことを知っていたからだ。

そのあと、話題は、トミーのアメフト部の練習と次の試合のことに移った。マリーベスはぜひ自分も見に行きたいと思った。

四人の語らいはつい長くなり、マリーベスの郷里の町のことや、彼女の学校のこと、この夏トミーと過ごした湖でのことなどを訊いたり答えたりした。そのほか、話題はいろんなことに及んだが、トミーと彼女の関係と、生まれてくる子供のことにだけは誰も触れようとしなかった。

皆は十時になってようやく腰を上げた。トミーが送ってくれることになり、マリーベスは夫妻にお別れのキスをした。トラックの助手席に乗り込むと、彼女はほっとした様子でため息を吐き、首を反らして座席にのけぞった。

「わたし、どうだった？　あなたのご両親に嫌われたかしら？」

そう訊かれて、トミーは嬉しかった。彼は身をかがめてマリーベスにキスした。今までにしたことのないような優しいキスだった。

「きみは満点だった。お父さんもお母さんもきみのことが大好きらしいよ。お母さんなんか、きみの勉強の手伝いまでするといいだしたじゃないか」

トミーはもうすっかり安心していた。初めこそ他人行儀に丁重だった両親は、話しているうちにすっかりうち解けて、マリーベスのことを友達として受け入れていた。

実際、夫妻は、マリーベスに対して予想外の好印象を持った。若い二人が立ち去ったあと、ジョンは後片付けをしながら、妻に向かってマリーベスの利口そうなところと、マナーの良さを誉めちぎった。

「なかなかの娘さんだね。そうは思わなかったかい、リズ？　どうしてあんな子がこんなことになるのか不思議なくらいだ」

ジョンは皿をふきふき首を横に振った。夕食は、何か月ぶりかの家庭の味だった。妻がようやくその気になってくれたことが、ジョンは嬉しかった。

「彼女だって、好んでこんなことになったわけではないでしょう」

エリザベスはニコッとして言った。ただ、夫の言うとおりだと思わないでもなかった。彼女が人並はずれた美人だという点でも夫婦の意見は一致した。三十分後にトミーが戻って来たので、彼にもそう言った。

マリーベスを部屋まで送り、そこでキスし合ったとき、彼女がとても疲れていることにトミーは気づいた。彼女は背中や腰がとても痛そうだった。長い一日だったし、彼女は二、三日前から体調が悪く、気分もすぐれなかった。彼はマリーベスに早く寝るように言って、長居せずに戻って来たところだった。

「いいお友達じゃないの。わたしは好きよ」

エリザベスは最後の皿を片付けながら、帰って来た息子にまずそう言った。ジョンはパイプに火をつけ、一服し始めたところだった。彼もうなずいて、妻と同感の合図を息子に送っていた。トミーは得意そうだった。

「マリーベスもお母さんたちのことを好きだって。ずっと独りぼっちでとても寂しいらしいよ。いつも妹や両親に会いたがっているんだ。毎日一緒にいた家族なんだから無理もないよ。彼女の父親は本当に暴君らしいんだ。母親は決して逆らわない人らしくて、その母親から二度ほど手紙があったそうだけど、父親は彼女からの手紙を読もうともしないんだって。そればかりか、まだ妹とも話させないんだそうだ」

彼女に代わって憤る息子の目を、母親は注意深く観察した。そこには、恋人を守るのだという青年の固い意志と純真さが滲み出ていた。

「家族って時々バカなことを決めてしまうものなのよ」

母親は息子の恋人に同情してそう言った。

「この件では家族も傷ついたでしょうに。それに、この傷はおそらく永遠に消えないでしょう」

「とりあえずは、子供のことが決まったら、家に戻って学校を終え、シカゴに出て、そこで大学へ進みたいんだって」

「ここにいたって学校には行けるじゃないか」

そう言ったのは父親だった。彼の口調の気軽さにエリザベスはびっくりした。確かにここは大学の町である。しかも、レベルの高い大学だ。でも、彼女なら入学できるだろう。もし、奨学金を得られればだが。エリザベスとしては、彼女が応募できるようになんとか手を貸してやれればと思った。

「それもそうだね。灯台もと暗しで、ぼくも彼女も気がつかなかったよ」

トミーは嬉しそうに言った。

「さっそくマリーベスにその話をしてみよう。でも、彼女がいま一番心配しているのは赤ん坊のことだからね。出産については何も知らないから、とても怖がっているんだ」

トミーはためらいがちに母親の方を見た。彼としては、母親がマリーベスに会ってくれたことが何よりも嬉しかった。

「お母さんから話してみてよ。彼女には、ぼくとジミーの店のウエイトレスたち以外に相談できる相手がいないんだ。ウエイトレスたちの話は、やたらに彼女を怖がらせているだけらしいから」

トミーも彼女が無事出産できるかどうか、心配でしょうがなかった。

「そうね。話してみるわ」

エリザベスは優しく言った。そのあとすぐ、三人はそれぞれの寝室へ引き取った。夫と一緒のベッドに入ったエリザベスは、横になってからもマリーベスのことが頭から離れなかった。

「あの子、とっても可愛らしかったわね。一人で出産するなんて、なんてけな気なんでしょう……しかもそのあとで、産んだ子を人にあげちゃうなんて、気の毒すぎるわ……」

そこまで言うと、エリザベスは涙がこみ上げてきて言葉が続かなかった。自分がアニーやトミーを最初に抱いたときのことが思いだされて、マリーベスのつらさが身に沁みて分かった。愛らしくて、温かくて、目に入れても痛くないほど可愛い子供たちだった。そんな子供たちを、もし自分が手放さなければならないとしたら、死んだ方がましなくらいだ。

それでも、彼女の場合は長年待ち望んだ結果授かったのであり、年齢も充分にいっていた。十六歳の少女にはとても手に負えないのだろう。出産は別にしても育児は無理だ。そこに気づいているマリーベスは偉いと言うべきなのかもしれない。

「マクリーン先生はちゃんといい養子先を見つけてあげられるかしら？」

エリザベスは急に息子の恋人のことが心配になりだした。相談相手がいないという彼女の境遇を放っておけない気持ちになっていた。

「それは、見えないところでいろいろあるんだよ。間違って妊娠してしまう女の子もたくさんいるはずだから、そういう女性たちから子供をもらっている家庭もそれなりに多いんじゃないかな」

エリザベスは暗い中でうなずいた。息子とマリーベス。若い二人の横顔が彼女の脳裏に浮かんだまま消えなかった。二人とも純真で、愛し合っていて、未来を見つめて前向きに進もうとしている。人生の行く手にあるのは幸せだと信じて。自分たちがどこに行き着くにしろ、それをもたらす運命を甘受している。そんな二人のいじらしさが、エリザベスにはせつないと同時にうらやましかった。彼女にはもうそんなエネルギーはない。アニーに死なれて、身も心もボロボロになってしまった。もう、運命を信じる気持ちなど二度と湧いてこないだろう。彼女にとっては、あまりにも非情な運命だった。

夫婦でしばらくマリーベスのことを話しているうちに、ジョンがまどろみ始めた。この一年、すっかり心の離れてしまった二人だったが、何日前からか、その距離も縮まり、夫婦のあいだで優しい言葉が聞かれるようになっていた。愛のジェスチャーまで見受けられた。

いつまでもこのままではいけないとエリザベスも思い始めたときだった。その夜、久しぶりに手料理を作って、自分が家庭にいることの大切さを思い知らされていた。

夜一緒に集まってこその家庭、お互いに触れ合ってこその家族ではないか。集まって、話して、聞いて、明日への希望を燃やすのが家族のはずだ。そのことをホイットカー一家は長いあいだ見失っていた。ところが、この何日かのあいだに起きた変化の中で、エリザベスの目には、霧の中に消えたものが見えるようになっていた。夫は手を握ろうと腕を伸ばしてきたし、ロマンチックな雰囲気すら感じられる。トミーも今までどおりそこにいる。ただし、彼とのあいだには今はマリーベスがいるが。

エリザベスが安らかな気分で眠りに落ちたのは久しぶりのことだった。次の日は、学校の図書室へ行き、マリーベスのための参考書類を揃え、彼女が自習するための課題を書き上げた。

その週の土曜日、すっかり用意を整えてマリーベスを迎えた。エリザベスは、彼女が持ってきた論文を読んでドキッとさせられた。論文だけではなかった。マリーベスが成し遂げた課題のすべてが、最高点を得るにふさわしい出来だった。

しかし、顔をしかめながら首を振り振り論文を読むエリザベスを見ていて、マリーベスはパニックになった。

「ダメですか、ホイットカー先生？　時間がなかったものですから。『ボヴァリー夫人』に関する別の本を読んで、もう一度書き直した方がいいでしょうか？　一冊だけでは偏ってしまいますよね？」

「何を言うの！」

エリザベスは笑みを浮かべて、マリーベスの方をちらりと見た。

「素晴らしい論文よ。感激したわ」

比べたら、トミーの論文も遠く及ばない出来映えだった。彼女はまさしく〝オールA〟にふさわしかった。ほかに、ロシア文学についての論文と、シェークスピアのユーモアについてと、朝鮮戦争についての論評、英文法についての解説ができていたが、そのどれもが満点を与えられる内容だった。数学の問題集も全問正解だった。こんなに優秀な生徒を、エリザベスは久しく見たことがなかった。彼女は思わず顔を上げ、お腹の大きな少女を見上げて感嘆しながら彼女の手を優しく握った。

「よくできてるわ、マリーベス。これで一年分の単位をあげてもいいくらいよ。高校の卒業資格充分だわ」

「本当ですか？　では、これをわたしの学校に提出しても大丈夫なんですね？」

「それよりも、もっといい考えがありますよ」

エリザベスはレポートのホルダーをきちんと重ねながら言った。

「うちの学校の校長先生にこれを見てもらおうと思うの。多分、単位はもらえると思う。臨時試験を受けられるかもしれませんよ。そうすれば、学校に戻っても三年生からスタートできるでしょ？」

「本当にそんなことをしてもらえるんですか？」

エリザベスの提案に、マリーベスは胸を躍らせた。もし、言われるとおりにできたら、休学のハンディはまったくなくなり、みんなと一緒に六月に卒業できることになる。家に戻ってからも、最初の二、三か月はいろいろあるだろうから、そうできたら本当に好都合だ。

いずれ家には戻るつもりだが、それは母親や妹に会うためであり、高校をきちんと卒業するためである。そのままズルズルと家に長居するつもりはなかった。一人で生活できることも分かったし、こんな体験をしたあとでちゃっかり家に居着くのは、自分の気持ちが許さなかった。おそらく、父親も同じ気持ちなのでは、とマリーベスは思った。

卒業の六月までにいろいろ準備もできる。卒業したら、すぐに自立して、仕事を探そう。同時に大学進学への奨学金を申し込むのだ。運が良ければもらえるかもしれない。夜学でもいいと彼女は思った。とにかく、進学できるなら、どんなことでもするつもりだった。このことは父や母に相談しても、決して理解してもらえないだろう。やはり、自分で働いて実行するしかなさそうだった。

エリザベスはいくつかの課題をマリーベスに与え、学校での結果が出しだい、知らせると約束した。

その後、二人の話題は学校以外のことに移った。自然にトミーの話が中心になった。エリザベスの心配は、トミーが騎士を気取って、マリーベスが子供を手放さなくて済むよう、彼女との結婚に突っ走るのではないか、とそのことだった。そう心配するのは、親の責任として当然だった。もちろん、彼女としてはそんな言葉はおくびにも出さなかった。代わりに彼女が話したのは、トミーが進学を希望している大学のことや、実際に受け入れてもらえそうな大学のことだった。しかし、マリーベスには、母親としてのエリザベスの心配がよく理解できた。直接言われなくても、彼女が何を言いたいかも想像できた。そして、とうとう黙っていられなくなり、エリザベスの顔をまっすぐ見つめると、静かに言った。

「わたしたち、結婚はしません。とにかく、今はしません。トミーにそんなつらい思いをさせたくないんです。彼は、わたしのただ一人の親友です。今までもずっと優しくしてくれました。でも、結婚するには二人は若すぎます。トミーはそう思っていないかもしれませんが、こんな若さで結婚したら、お互いの破滅です」

悲しい決意に満ちたマリーベスの口調だった。

「……分かっています……わたしたちには、まだ子供を育てる資格がないんです。生半可なことでは育児などできません。親って、子供にすべてを捧げなければならないんですよね……自分自身が一人前になっていないとできないことだと思います……でも、わたしはまだ半人前ですから」

目にいっぱい涙を溜めて言うマリーベスの姿に、エリザベスは胸を締めつけられた。十六歳といえば、本当にまだ子供だ。その子供が、別の子をお腹に宿している。

「あなたは大人だわ、マリーベス。もっとも、結婚するには若すぎるでしょうけど……でも、もう、人に与えるものはたくさん持っていますよ……自分で一番正しいと思う方向に進んだらいいわ……その方が赤ちゃんのためにもなるでしょう。わたしは母親として、トミーに誤ってもらいたくないだけなんです。結局、みんなが傷つきますからね」

「トミーのことなら心配しないでください」

そう言うと、マリーベスは涙をぬぐってにっこりした。

「誤ったことは、わたしがさせません。確かに、子供を自分で育てようと思うこともあります。でも、本当にそんなことをしたら、それからどうなるのか、先が知れています。もし、わたしが仕事に就けなかったら、すぐに行き詰まってしまうんです。食べることもできなくなるのは目に見えています。子供がいたら、トミーだって勉強を続けられなくなるでしょう。わたしだって同じです。自分の子供を自分で育てないくせに、こんなことを言うのは変かもしれませんが、子供には子供の権利があると思うのです。わたしみたいにびくついている親ではなく、子供を欲しがっている親に育ててもらう権利があります。子供と一緒にいてあげようと思っても、わたしにはできないことです……育児はやはり、わたしには怖くて……」

子供を育てることを考えると、マリーベスはいつも頭が痛くなる。胎児が大きくなり、お腹の中で絶えず動き回り、出産がいよいよ現実のものになってきた最近は特にそうだ。だが、現実を無視することはできない。ましてや、新しい命を否定するような気持ちにはなれない。子供により良い人生を与えてやるのが、生まれてくる命に対する彼女のせめてもの愛だった。そして、自分自身は、どこまで行けるか分からないが、できるだけ向上心を失わずに生きて行くしかないと結論していた。

「そのことでマクリーン先生は何か言っていた？」

エリザベスはさりげなく訊いた。

「誰か、候補者がいるようなことを言っていたかしら？」

エリザベスは、子供が誰の手に渡るのか、ちょっと興味を持った。子宝に恵まれず、養子を欲しがっている若い夫婦を彼女自身、何組か知っている。

「いいえ、何も言っていませんでした」

マリーベスは心配そうだった。

「紹介してもらえるといいんですけど。でも、あの先生はきっとカン違いしていて、子供はわたしとトミーとの……」

マリーベスが言いよどむと、エリザベスは声を出して笑った。

「無理もないわね。あの先生は最後にわたしに会ったとき、妙な言い方でトミーのことを誉めていたのよ。きっと彼の子供だと思っているんだわ。最初は、わたしだってそう思ったくらいですもの。あのときは、正直に言って死ぬほど恐ろしかったわ……でも、あの子にしてはよくやっているわよね。本人は大変なのかもしれないけど」

「トミーは本当に優しくしてくれます」

マリーベスはトミーの母親に対して、今まで自分の家族にも感じなかったような親しみを覚えていた。エリザベスは、知的で、温かくて、他人の痛みが分かる人情家だった。

そして、エリザベス自身、悪夢から生還したばかりの人間だった。悲しんで、苦しみ抜いて、人の痛みを身に沁みて知っている人間だった。

「これからの二か月間、どう過ごすおつもり？」

エリザベスは彼女にミルクを注いでやり、クッキーを勧めながら尋ねた。

「働きます。今までどおりに、自習をしながら。そして、出産の日を待ちます。クリスマス頃、生まれる予定です」

「もうすぐね」

エリザベスは温かい目でマリーベスを見つめた。

「わたしにできることがあったら、遠慮なく言ってちょうだいね」

エリザベスにとって、マリーベスを救うことは、息子を救うことでもあった。彼女は帰ろうとするマリーベスに、学校での審査の件をできる限り進めると約束した。マリーベスは、その話を聞いて胸をときめかせた。

夜、トミーが迎えに来てくれたとき、さっそくその件を報告した。その晩、二人は映画に出かけた。

二人が見たのは、立体映画の『ブワナの悪魔』だった。鑑賞するのに、色付きメガネをかけなければならなかったが、最初に作られた本格的な立体映画で、その迫力に、二人は感心のしっぱなしだった。

映画を見終わったあとは、その日あったことを報告し合った。マリーベスがトミーの母親を盛んに誉め、尊敬できる人だと言うと、トミーは、母親もマリーベスのことを会うたびに好きになっていると教えた。

「それでわたし、来週の夕食にまた招待されちゃった」

マリーベスは明るかった。

「そういうふうにきみがぼくのうちに出たり入ったりしてくれると、まるで結婚したみたいな感じがしてくる」

そう言って顔を赤らめるトミーだったが、彼女が家族と親しくなるのがとても嬉しかった。出産が間近になってきた最近、彼は結婚のことを真剣に考えるようになっていた。

「それも悪くないよね。きみはどう思う?」

トミーは彼女を送りがてら、気軽な口調を装って言った。

「結婚するという意味だけど」

そう言ったときの彼は、純真で無邪気そのものだった。しかし、マリーベスの方は、今日トミーの母親に約束したばかりだし、トミーをこのことに巻き込むまいと、自分に対しても誓っていた。

「あなたに人を見る目ができて、わたしのことを嫌いになるまで? すると、一、二年は安泰かしら。それとも、わたしがもっと歳を取るまで持つかなあ？　二十三ぐらいまで」

彼女はふざけて言った。

「するとあと七年あるから、今の割合でいったら、子供は八人ぐらい作れるわね」

どんなときでもユーモアを忘れないマリーベスだが、今日はジョークが通じないのは分かっていた。案の定トミーが言った。

「真面目に話してくれよ、マリーベス」

「わたしは真面目よ。だから言うの。わたしたちは結婚するには若すぎるわ。分かるでしょ？」

だが、トミーの決意は固かった。彼は今日こそマリーベスを説得するのだと意気込んでいた。出産まであと二か月しかないのだ。彼としては、ぜひその前にちゃんとした話を決めておきたかった。


次の週、一緒にスケートに行ったとき、マリーベスはまだ結婚の話を避けていた。ちょうど初雪が降ったあとで、氷結した湖面はキラキラと輝いていて美しかった。スケートに行こうと言いだしたのはトミーだった。この季節が来るのを、彼はいつも待ち切れないのだ。

氷の上に立つと、アニーと一緒に滑った日のことが思いだされる。

「よく妹をここに連れて来てやったんだ……彼女が死ぬ前の週も……一緒に滑ってね……」

相手がマリーベスでなかったら、つらくてできない話だった。だが、妹が他界した現実をそろそろ直視しなければいけない時期だともトミーは感じていた。

「いつもぼくのことをからかう、おしゃまな子だった。それも、ぼくが気にしている女の子のことでからかうんだ。もし彼女が生きていたら、きっときみのことでも、うんとからかわれただろうね」

トミーは可愛らしかった妹のことを思いだしながら、顔をほころばせていた。

前にトミーの家を訪問したとき、彼女はアニーの部屋を見たことがある。トイレを探して廊下を歩いているとき偶然目にしたのだった。部屋の中は使われていた当時のままになっていた。小さなベッドと、ぬいぐるみの人形と、人形の入っているゆりかごと、子供の本が並ぶ本棚、枕、可愛らしいピンクの毛布などが今でも使えるように、きれいに揃えられていた。マリーベスはそれを見て胸を詰まらせた。しかし、トミーにも彼の両親にもそのことはいっさい話さなかった。ちょうど、彼女をまつっている祭壇をお参りしたと思うことにした。家の人たちが彼女の思い出をどんなに大切にしているかがよく分かって、それだけでよかった。

しかし、今のマリーベスは、妹の思い出を語るトミーの話を笑顔で聞くことができた。トミーが妹にからかわれたのは、たいがいガールフレンドたちの欠点についてだった。

「わたしもきっと合格点をもらえなかったわよ」

マリーベスは、こんなに動き回っていいのかと思いつつ、スイスイと滑りながら言った。

「特に今はそうだわ。こんなにお腹が大きくちゃ、象みたいって言われそう。自分でもそんな気がするもの」

そう言いながらも、ジュリーから借りたスケートでスイスイ滑る彼女は、とても優雅だった。

「きみをこんなふうに滑らせていいのかなあ？」

トミーはだんだん心配になってきた。

「平気よ」

マリーベスは気にしていない様子だった。

「転ばなければ大丈夫」

そう言うや、彼女は、お得意のスピンを二度やってみせた。彼女のうまさに感心するトミーの前で、彼女はさらに〝フィギュアエイト〟をやすやすとやってのけた。しかし、やはり無理だった。足をつまずかせ、ドシンと音を立てて、氷の上に転んでしまった。トミーをはじめ、近くにいた人たちは皆びっくりして、彼女の周りに集まった。頭部をしたたか打ったマリーベスは、三人に抱きかかえられてようやく立つことができた。だが、頭はフラフラで、今にも気を失いそうだった。トミーは彼女を半ばかつぐようにして、氷の上から引きあげていった。周囲の人たちは、みな心配そうな目で二人を見つめていた。

「病院へ連れて行った方がいいと思いますよ」

近くにいた子連れの母親が、そう言ってトミーにアドバイスした。

「陣痛が始まるかもしれませんからね」

トミーは彼女をトラックに乗せると、猛スピードでマクリーン医師のところへ向かった。トミーの頭の中は、なぜスケートなんかに誘ったのか、と後悔の念でいっぱいだった。

「あんな格好で滑るなんて！」

彼は自分を責めていた。

「ぼくもやめさせればよかったんだ……気分はどう？　大丈夫？」

ハンドルを握りながら彼は、完全に動転していた。マリーベスは、陣痛こそ訴えていなかったが、頭痛はかなりすると言っていた。

「でも大丈夫」

彼女は申しわけなさそうに言った。

「ちょっと暴れたかったの。大きいお腹を抱えているのに飽きちゃったんだもの。醜いでしょ、わたしって……太りっぱなしで」

「醜くなんかないさ。妊娠しているんだから、お腹が大きくなるのは当然じゃないか。子供が欲しくないからといって、殺しちゃいけないよ」

トミーの軽はずみな言葉に、マリーベスが泣きだした。その後二人は暗い気持ちになって、ほとんど言葉も交わさずにクリニックの前まで来た。マリーベスが泣きやまなかったので、トミーはあらためて謝ったが、その舌の根が乾かないうちに、再び声を上げて彼女を非難し始めた。二人の言い合いは、クリニックの中に入ってからも続いた。

「さあさあ、いったいどうしたんだね？　何がどうなって、誰が何をしたんだって？」

マクリーン医師は、言い合っている二人のあいだに割り込んだ。あんなに仲の良かった二人がどうなってしまったのだ、と医師は首を傾げた。最初、彼の耳に飛び込んできたのは、マリーベスが頭を打って子供を殺しそうになったという言葉と、彼女の泣き声だった。しばらくしてようやく落ち着いてから、マリーベスが初めから順を追って説明した。

「スケートだって!?」

マクリーン医師はあきれた。臨月に近い妊婦がスケートをしただなんて、長いこと婦人科医をやっている彼にして初めて聞く愚行だった。もっとも、十六歳の妊婦というのも初めてだった。やむを得ず彼が妊婦の心得を講義すると、トミーもマリーベスも神妙な顔つきで話を聞いていた。

「乗馬、アイススケート、自転車、スキーなど、転ぶ危険性のあるものは、みんなダメです。もちろんフットボールもね」

マクリーン医師はにっこりして続けた。

「それに、二人とも自制心を発揮しないとね」

トミーは何を言われるのか分かって、吹きだしそうになった。医者はしてはいけないスポーツの最終項目を真面目な顔で付け加えた。

「赤ちゃんが生まれるまで、性交はダメですよ」

トミーがまだ童貞であることを、この医者は知らないのだ。

「スケートなど、もう二度としないと誓うね？」

医者がそう言ってマリーベスの顔をのぞくと、彼女は恥ずかしそうな顔で答えた。

「ええ、約束します」

トミーが車を取りに席を立ち、医者と二人きりになると、マリーベスは、子供を育てるつもりはないことをあらためて口にした。そして、養子先を見つけて欲しい旨、マクリーン医師に念を押した。

「きみたちは本気なのかな？」

マクリーン医師は意外そうな顔をした。彼の見る限り、ホイットカー少年は目の前の少女にアツアツのはずである。結婚を避けているとはとても思えない。

「それは確かなのかね、マリーベス？」

「ええ……わたしはそうしたいんです……」

マリーベスは意識して、大人っぽい言い方をした。

「わたしには、子供を育てるのは無理だと思うんです」

「トミーの家族には手を貸してもらえないのかい？」

エリザベス・ホイットカーが子供をもう一人欲しがっていたのを、マクリーン医師は知っていた。おそらく、息子の年齢が若すぎると思って、子供をつくるのに反対しているのだろう。医者はその点が疑問だったが、若い二人との約束があったので、その件を直接ホイットカー夫妻にただすことはできなかった。

しかし、この点についてのマリーベスの決意は固いようだった。

「そんなことはしたくありません。それは筋違いです。この子供には、大人の親が必要です。わたしたちでは子供すぎます。学校に行きながら育児なんかできません。収入もないのに……親子で飢えてしまいます。それに、子供を里子に出すまでは戻って来るなと両親に言われているんです」

マリーベスは目に涙をいっぱい溜めて事情を説明した。医者は彼女の手をポンポンと叩いて慰めた。十六歳の身でこんな重荷を背負うことになった少女が、医者は気の毒でならなかった。

「まあ、でき得る限りのことはしてみましょう」

医者は静かにそう言うと、ちょうどそのとき部屋に戻ってきたトミーに忠告した。

「彼女を二日間は絶対安静にさせておきなさい。仕事も、遊びも、セックスもダメだぞ。もちろん、スケートなんかしちゃダメだ……」

「はい、分かりました」

トミーはいつもの素直な口調でそう答えて、マリーベスと一緒に立ち上がった。車に戻るときの彼は、彼女が凍った地面に足を滑らせないよう、しっかりと支えていた。そして、車の座席におさまってから、マクリーン医師となんの話をしていたのかと、彼女に訊いた。二人とも、深刻そうな顔で話していたので、彼はそれが気になっていた。

「子供の養子先を見つける話をしていたのよ」

マリーベスはそう答えただけで、それ以上の話はしなかった。そして、ふと気がつくと、車が自分の家ではなく、トミーの家に向かっているのを知ってびっくりした。

「どこに行くつもりなの？」

マリーベスは不機嫌そうに訊いた。子供を人にあげてしまうのは、たとえそれが正しい判断だとしても、やはり幸せなことではなかった。彼女にはその時のつらさが今から思いやられた。

「母さんに電話したんだ」

トミーは初めて説明した。

「マクリーン先生からも言われただろ？　絶対安静なんだって。食事をとるとき以外は寝ていなきゃいけないんだよ。だから、週末の二日間だけでも、きみの面倒を見てくれるよう、母さんに頼んだんだ」

「ダメよ、そんなの……そんな迷惑はかけられないわ……わたしがどこに……」

これ以上トミーの家族に甘えるなど、彼女としては絶対にできないことだった。しかし、すでに手配は完了していた。トミーが頼んだとき、母親は二つ返事で引き受けてくれた。もっとも、アイススケートに行ったことについては、バカだの、軽率だのと、言いたい放題に言われてしまった。

「気にしなくていいんだよ、マリーベス」

トミーは落ち着いた声で言った。

「アニーの部屋を使ってくれって、母さんが言っていたよ」

そう言ったときの彼の声には、マリーベスしか気がつかないかすかなこだわりがあった。十一か月もそっとしてあったアニーの部屋を使いなさいと言ってくれた、トミーの母親の優しさにマリーベスは感激した。

彼の家に着くと、アニーのベッドのシーツは新しいものに替えられていた。マリーベスが飲むためのホットチョコレートの用意もできていた。

「あなた、大丈夫?」

トミーの母親はとても心配そうだった。彼女自身、流産の経験が何度かあったから、マリーベスに同じ過ちを犯させたくなかった。特に、臨月が近づいているこの時期に、そんな目には遭わせたくなかった。

「スケートをするなんてバカですよ。赤ちゃんが無事らしくてよかったわね」

母親に諭されて、しゅんとなる二人はどう見ても子供だった。

エリザベスに借りたピンクのナイトガウンを着て、アニーの小さなベッドに横たわるマリーベスは、ますます幼く見えた。しかも、赤毛を三つ編みにして、部屋いっぱいの人形に囲まれていたから、なおさらそう見えた。

彼女は夕方までぐっすり眠った。エリザベスが熱を計りに来たときに、ようやく目を覚ました。子供は無事だったということを、エリザベスはマクリーン医師に電話して確認してあった。

「まあ、若さの強みですよ」

医師は受話器に向かって笑顔で答えていた。そのときに、彼女が子供を手放すのは残念だとひと言漏らしたが、よけいなことをしているとエリザベスに思われたくなかったので、その件についてはそれ以上話さなかった。

「とってもいい娘さんですね」

医師の口調は何か言いたげだった。

「ええ、わたしもそう思っているんですよ」

エリザベスは医師との話を終えた足で、マリーベスの容体を見にアニーの部屋へやって来たのだった。

一家にとってアニーの部屋がどれほど大切なものか知っていたから、そんな部屋を使わせてもらって、マリーベスは申しわけない気持ちでいっぱいだった。

アニーのベッドの端に腰をおろし、マリーベスの大きな目をのぞき込みながら、エリザベスは不思議な懐かしさを感じていた。こうして何度アニーと向かい合ったことだろう。その場面を思いだすと、マリーベスの姿にアニーの面影が重なって、彼女がアニーと同じくらいの幼さに見えてくるのが妙だった。

「気分はどう？」

ささやくように尋ねるエリザベスの声はとても優しかった。マリーベスはおよそ三時間眠っていたが、その間トミーは彼女を母親に任せて、ホッケーの試合に出かけていた。

「痛みはまだ少しありますけど、頭痛はほとんどおさまりました。転んだとき、お腹の赤ちゃんを殺してしまったのかと思って動転しちゃったんです……しばらく動きがなかったものですから……トミーには怒られるし……とても怖かったんです」

「あの子もきっとびっくりしたのよ」

エリザベスは優しそうに微笑んで、毛布を掛け直してやった。

「二人で一緒にあわてていたのよね。もうすぐよ。あと七週間でしょ。もしかしたら六週間かもしれないってマクリーン先生が言っていたわ」

マリーベスの胎内には、もう一人の命が宿っている。その命に対する彼女の責任は途方もなく重い。

「わたしも産む前は、ずいぶん興奮したものよ……それはもう、我を忘れるくらいはしゃいじゃって」

そう言ってから、エリザベスはハッと気づいて顔をしかめた。マリーベスの場合は、出産の意味が違うのだ。

「ごめんなさい。あなたがはしゃげるわけないわよね」

そう言ったときのエリザベスの目は涙でうるんでいた。逆に、マリーベスはにっこりして、トミーの母親の手を握った。

「いいんです……それよりも、わたしをここに泊めてくれてありがとうございます……わたしはこの部屋が大好きです……会ったこともないのにこう言うのは変なんですけど、トミーからいろいろ聞かされていて、わたしもアニーのことが好きになったんです。何回か夢にも見たんですよ。そのせいか、いつも彼女が周りにいてくれるような気がして……」

亡くなった末っ子の話をして、その母親を傷つけたりはしなかったかと心配しながら見ていると、母親はにっこりしてうなずいた。

「わたしも同じ感じがしているのよ。あの子は、近くからわたしたちを見守ってくれているってね」

ごく最近のエリザベスは、今までのように運命を呪ってもいなかったし、嘆いてもいなかった。ジョンも同じだった。夫妻はようやく平静な気持ちを取り戻したかのようだった。この分なら、末っ子の死を乗り越えるのも決して遠い日ではなさそうだった。

「あなたがトミーに話したことを聞きましたよ。わたしたちを祝福するために生まれてくる子供たちがいるのだという話……わたしも好きよ、その考え方……あの子はずいぶん早く逝ってしまった……五年間なんてあっという間だったわ。でも、そのあいだにあの子がわたしたちにしてくれた贈りものの大きさは計り知れなかった……あの子と暮らしたことは、わたしたちの永遠の宝物です。笑いや、愛や、人に尽くすことの大切さ……わたしたちはいろんなことをあの子から教わったのよ」

「ええ、よく分かります。わたしはそのことが言いたくてトミーに話したんです」

二人の女性は、手を固く握り合いながら話を続けた。

「アニーはわたしにまで教えてくれるんです。トミーのことや、その他いろいろなことを。一度も会ったことのない、このわたしにですよ……そして、生まれてくるわたしの赤ちゃんも、きっといろいろ教えてくれるんでしょうね……何日一緒にいられるか分かりませんけど……もしかしたら、数時間かもしれません。それでも……」

マリーベスの目から涙がポロリと落ちた。

「だからわたし、この子に一番の贈りものをしてあげたいんです……それは、この子を愛してくれる人たちを探してあげることです」

マリーベスが目を閉じると、大粒の涙が頬を伝わって流れ落ちた。エリザベスは身をかがめて彼女の額にキスした。

「必ずいい人たちが見つかりますよ。さあ、もう少し眠りなさい……赤ちゃんのためにも、あなたの体のためにも。今は睡眠が必要な時よ」

マリーベスは何も答えられなくて、ただうなずくだけだった。エリザベスはそっと部屋を出て行った。少女が本当につらい思いをするのはこれからだと、エリザベスには分かっていた。だが、子供を受け取る側にとっては、至福と歓喜の時であるのに違いない。

その夜、トミーの帰宅は遅かった。彼は帰って来るなり、母親をつかまえてマリーベスの容体を尋ねた。エリザベスの返事は素早くて明るかった。

「大丈夫よ。今はよく眠っていますから」

トミーがアニーの部屋をのぞいてみると、マリーベスは人形の一つを抱きかかえてぐっすり寝入っていた。その姿はまるで天使のように美しかった。

アニーの部屋のドアをそっと閉め、母親の前に戻ったトミーは急に大人になったように見えた。

「あの子のことを好きなんでしょ？」

「うん。いつか結婚しようと思うんだ」

トミーは本気でそう答えた。

「でも、あわてて日取りなど決めてはいけませんよ。あなたたちはまだまだ子供だから、自分たちが何をしているのか分からないのよ」

「ぼくはマリーベスのことを愛している。自分のことは自分で分かるさ……それに、子供は……」

決意に満ちたトミーの話し方だった。母親がトミーの言葉を継いだ。

「子供を人にあげるのは、彼女にとってもつらいことでしょう」

エリザベスは若い二人の先行きが本当に心配だった。十六歳の少女が偶然に背負い込んでしまった重荷を、純情で一途な息子のトミーが一緒に背負おうとしている。

「分かってるよ、お母さん」

トミーは口にこそ出さなかったが、彼女に子供を手放させるつもりはなかった。

マリーベスが夕食をとりに部屋からそろそろと出てくると、トミーはキッチンにいて、宿題をやっているところだった。

「どう、気分は？」

トミーがにっこりして訊いた。マリーベスは元気を取り戻したらしく、顔色も良くて、これまでになく可愛らしく見えた。

「わたしの方は、勉強を怠けちゃいました」

マリーベスは、ちょうど夕食の用意を終えたトミーの母親に向かって申しわけなさそうに言った。ここのところ、エリザベスはよく料理を作るようになり、トミーもそれを喜んでいた。

「そんなところに突っ立っていないで、早く座りなさい。お医者さんに言われているでしょ。寝ているか、座っていなきゃダメだって。さあ、トミー、お友達を椅子に座らせてちょうだい。また明日、スケートなんかに連れて行ってはダメですよ」

若い二人はいたずらっ子のように顔を見合わせて笑った。母親は焼きたてのチョコレートクッキーを二人に一つずつ手渡した。家に若者がいるのはいいものだ。エリザベスはその雰囲気が好きだった。だから、息子がガールフレンドを連れてきたことを歓迎こそすれ、ひとつも気にしていなかった。若い女性は家の中を華やかにしてくれる。アニーが成長するときっとこうなるんだわ、と思いながらエリザベスは心の奥で息子のガールフレンドを受け入れていた。ジョンもまったく同じ気持ちだった。その日ジョンは、土曜日なのに予定外の仕事ができて事務所に出ていたのだが、帰って来てびっくりした。キッチンに三人が顔を揃えていたからだ。

「これはいったい何の集会なのかな?」

ジョンはみんなをからかった。家の中がこんなに華やぐのは久しぶりだった。暗さを忘れさせてくれるお祭り気分が理屈抜きで嬉しかった。

「叱っていたのよ。トミーが今日マリーベスを殺そうとしたの。スケートに連れて行ったんですからね」

「いやはや、何をやっているんだ、おまえたちは……どうせなら、フットボールをやらせたらよかったじゃないか」

父親はそう言って、息子とガールフレンドの顔を見比べた。二人の若々しさが新鮮だった。だが、見たところ、彼女の方は何ごともなさそうだった。

「フットボールは明日やろうと思っているんだよ、お父さん。ホッケーのあとでね」

「それはいい計画だ」

父親は彼女が無事でよかったとひとまず安心して、みんなに笑いを振りまいた。

夕食後、四人でジェスチャーゲームとクロスワードパズルをして遊んだ。

そのあとで、エリザベスが学校での審査の進展具合をマリーベスに教えた。学校としては、彼女に単位を与えるのに異存はないこと、そして、もし彼女に準備ができるなら、年末までに四教科のテストを実施してもよいこと、さらに、その結果によっては、二年生の不足分だけでなく、最終学年のおよそ半年分の単位が与えられること、などなどをマリーベスに話して聞かせた。彼女が提出した論文は〝一級〟と評定され、試験の結果が良ければ、ゼミを一つ修めるだけで卒業資格を与えてもよいというのが学校の方針だった。

「あなたはやったのよ！　おめでとう！」

エリザベスは誇らしげだった。まるで自分の生徒が合格したように喜んでいた。

「いいえ、わたし一人でやったわけではありません」

マリーベスは目を輝かせた。

「トミーと、そのお母さんのおかげです！」

そう言ってから、彼女はトミーに顔を向けて、歓声を上げた。

「わたし、これで三年生になれるのよ！」

「あまり浮かれない方がいいぞ。お母さんがその気になれば、まだ〝落第〟印を押せるんだから。やりかねないよ。彼女は上級生に厳しいんだぞ」

その夜は、四人が全員気分を高揚させていた。お腹の中の赤ん坊までもが上機嫌らしく、五分ごとにマリーベスの内側を蹴飛ばしていた。

「きみのことを怒っているんだよ」

あとでトミーが彼女のお腹に手を当てて言った。

「怒るのも無理はないよ。スケートに連れて行くなんて、ぼくも不注意だった……ごめん……」

「いいのよ。とても楽しかったから」

マリーベスはにっこりした。単位をもらえることになった今日のグッドニュースに、彼女はまだ浮かれていた。

「でも本当によかったね。学校のことだけど」

単位がもらえなかったら、マリーベスはもう一度二年生をやり直さなければならないところだった。

「早く帰って、残りの学期を修了させてしまいたいわ。あと六か月よ。でも永遠のように長く思えるわ」

「家に戻ってからも会いに来てくれるんだろ？」

そう言ったときのトミーは寂しそうだった。マリーベスのいない毎日など、彼は考えるのも嫌だった。

「当然よ」

彼女はそう言いながらも、どこか自信なげだった。

「できるだけそうするわ。でも、あなたの方から来てくれてもいいのよ」

約束はしたものの、二人とも分かっていた。マリーベスの父親は、今マリーベスが受けているような歓迎をトミーには示すまいと。実際のところ、トミーの両親は、息子同様にマリーベスの虜になりつつあった。息子が彼女に恋する理由が両親には我が事のように分かった。

「来年の夏、シカゴに出る前に来られると思うわ」

「どうしてシカゴに出るんだい？」

彼は不服そうに訊いた。夏まで来ないというのも納得がいかなかったが、彼女がシカゴに出るという話には、端から賛成できなかった。

「ここの大学へ行けばいいじゃないか」

「応募はしてみるわ」

彼女は素直に同意した。

「入学させてくれるかどうかが問題よ」

「きみのあの成績なら、学校の方から頼みにくるさ」

「そうはいかないわよ……」

話し合いはキスで途切れた。そこで二人は単位のことも、学校のことも、大学のことも忘れた。お腹の中で元気よく蹴り続ける赤ん坊のことも忘れた。

「愛してる、マリーベス」

トミーは自分の気持ちをはっきり言って、それをマリーベスに分かってもらいたかった。

「お腹の中の赤ちゃんも含めて、きみのことを愛している」

マリーベスがうなずくと、トミーは彼女を抱き締め、その手をいつまでも放さなかった。それから、二人はアニーの小さなベッドに並んで腰をおろし、これからのことを心行くまで話し合った。

両親はすでに床に就いていて、息子がマリーベスと一緒にいることを知っていたが、干渉めいたことは何も言ってこなかった。両親はトミーを百パーセント信頼していた。

そのうち、マリーベスもあくびをし始めたので、トミーは笑いながら自分の部屋へ引き下がって行った。そのとき彼の頭の中にあったのは、マリーベスと、その子と、自分の、三人が揃う未来図だった。

第八章

ある日の午後、マリーベスは、歴史の勉強を終えたところで、感謝祭の夕食は一緒にしましょうね、とエリザベスに誘われた。エリザベスとするこの歴史の勉強は単なる学習ではなく、単位を取るための重要な課程だった。

ここのところ、マリーベスは課題をやり遂げるために、毎晩遅くまで勉強している。夜中の二時、三時まで起きていることもある。時々あきらめそうになることもあるが、ここが努力のしどころだと心得て、彼女は頑張っている。とにかく学校に戻る前に、必要な単位をすべて取っておきたかった。エリザベスから与えられた課題は、マリーベスにとっては自由への切符なのである。彼女としては何がなんでも六月までに高校の卒業資格を得て、そのまま大学へ進学したかった。もちろん父親には反対されるだろう。シカゴに出ようとしているのはそのためである。

エリザベスの方は、彼女がここグリンネルの町の大学へ行く道を模索し始めていた。もっとも、マリーベスがどこの大学を希望するにしろ、彼女としては喜んで推薦状を書くつもりだった。彼女ぐらいの秀才なら、どこの大学からも喜んで受け入れてもらえるはずだ。なのに、両親が進学に反対しているとは、なんという不運な子なんだろう、とエリザベスは息子のガールフレンドに同情した。

「女の子に大学教育など必要ないというのが父の考えなんです」

マリーベスは参考書を片付けながら言った。勉強のあと、エリザベスは夕食の仕度を始め、マリーベスがそれを手伝った。その日はマリーベスの非番の日だったので、エリザベスが家に持ち帰ってしていた一年生のテストの採点まで手伝った。

「母は大学へは行きませんでした。読書や勉強の好きな人ですから、行けばよかったのにと思います。でも父は、女が世界のことを知るとよけい頭に混乱をきたすと言って、母が新聞を読んだりするのを嫌うんです。子供の世話をして、家の掃除をするのが女の仕事で、おむつを替えるのに大学で勉強する必要などないといつも言っています」

エリザベスは自分の生き方が否定された気がしてムカッとなったが、気持ちを隠して冷静に言った。

「それは確かにはっきりしていて分かりやすい意見ね」

彼女に言わせれば、その両方を兼ねてどこがいけないのか、だった。女が頭が良くて、学があり、なおかつ、旦那や子供の面倒を見られたら、それに越したことはないではないか。現に、彼女は、教師という仕事に戻れて充実した毎日を送っている。自分の好きな道だし、やりがいのある仕事である。長らく家事に没頭していたため、この教える喜びを忘れがちだったが、アニーがいなくなったあとの空虚な日々をほかの何で埋め合わせできただろう。希望に燃えた明るい若者たちの顔を見ていると、たとえ癒えることのない深い傷でも、その痛みは多少なりと和らぐ。

夫婦のあいだで、アニーの死や、自分たちの苦しみについて話すことは今でもない。娘がいなくなってからというもの、夫婦の対話がすっかりなくなってしまった。話し合うことがないといえばそのとおりだが、話せば、悲しみや苦しみが増すからというのが本当だった。しかし、ごく最近は、二人のあいだで交わされるわずかな言葉にも微妙な変化が出ていた。これまでのような素っけなさや、トゲがなくなり、夫婦らしい温かみが感じられるようになっていた。ジョンが腕を伸ばしてきて、彼女の手を握ったこともあったし、優しい言葉を口にしてエリザベスにアニーが死ぬ前の幸せだった家庭の匂いを思いださせてくれたこともあった。それに、このところジョンは以前より早い時間に帰って来るので、エリザベスは夕食の用意を怠らないようにしていた。

この変化はマリーベスの出現がもたらしたものだ。彼女に会って以来、家族三人が寄り合うことがなにかと多くなった。

マリーベスは幼いほど若くて、独りぼっちで、けな気で、可憐だ。そんな彼女を、トミーが一途な純粋さで支えている。純愛で結ばれている若い二人の姿に、エリザベスはつい微笑まされてしまう。

一緒に夕食の仕度をしているときに、エリザベスは感謝祭の夕食の件をもう一度持ちだした。

「でも、お邪魔じゃありませんか?」

マリーベスは、できたらそれは遠慮したかった。実は、その日は、ほとんどのウエイトレスたちが家族と共に過ごすために休みを取ってしまうので、どこに行くあてもない身の彼女が無料奉仕の勤務を買って出ていた。七面鳥の特別料理を食べにくる独り者の客も結構いるのだ。それを取り消してトミーの一家と食事をするのは、ちょっと良心が咎めた。マリーベスがその事情を正直に話すと、食器をセットしながらエリザベスが言った。

「あなたは働きすぎよ。自分の体のことを考えなさい」

エリザベスはスープのポットをテーブルの上に置いた。

「一日中立ち続けていたら、お腹の赤ちゃんにもよくないわ」

出産をひと月後に控え、マリーベスのお腹は今にもはち切れそうなほど大きかった。

「大丈夫ですよ」

赤ちゃんを無視するようなマリーベスの口調だったが、実際の気持ちは違っていた。無視したくてもできるものではなかった。お腹の赤ちゃんが両手両足をバタつかせているとき、マリーベスはそれを感じて思わず微笑んでしまう。

「レストランの仕事はいつまでするつもり？」

二人はちょっとのあいだ椅子に腰をおろした。

「ぎりぎりまでやると思います」

マリーベスはそう言って肩をすぼめた。独り暮らしの彼女に生活の糧は欠かせなかった。

「もっと前に辞めなきゃいけないわ」

エリザベスは優しく言った。

「少なくとも、二週間は休養を取らなくちゃ。いくら若くてもそれは必要よ。それに、あなたには試験があるでしょ？　その準備もちゃんとして欲しいの」

彼女のテストのスケジュールを、エリザベスは十二月の半ばに組んでいた。

「ええ、できるだけ休むようにします」

マリーベスはそう約束した。食事の用意を続けながら、二人はほかの話題に移っておしゃべりを続けた。料理がすべてでき上がったので、エリザベスが火力のスイッチを〝保温〟に回した。

ちょうどそのとき、トミーとジョンがキッチンに入って来た。二人は上機嫌で、到着のタイミングも完璧だった。トミーはその日、学校を終えてから父親の会社へ寄って仕事の手伝いをしていた。今夜は何時に帰ればいいのだとジョンが家に電話してきたのは、実に一年ぶりだった。

「よう、ご婦人方。何の話に花を咲かせているのかな?」

ジョンは楽しそうにそう言うと、妻の唇にていねいにキスした。彼はキスしながらも、妻の反応をうかがっていた。二人はこうして、波間に漂う浮遊物のように、少しずつ近づき合っている。そのたびに戸惑いがないわけではなかった。お互いに、あまりにも長く自分の殻に閉じこもって相手を避けてきたから、急に親しくするのになにかと違和感があった。

ジョンは温かそうな笑みをマリーベスに向けた。見ると、トミーはすでに腰をおろして、マリーベスの手をしっかり握り、彼女の顔をのぞき込みながら熱心に話しかけていた。

集まった四人全員にとって楽しい夜になった。エリザベスは、感謝祭の夕食に来るようマリーベスを説得するのを、息子の手に委ねた。

居間で一緒に宿題を終えたあと、彼女を送る車の中でトミーはその件を切りだしてみた。マリーベスは何ごとか物思いに沈み、目には涙まで浮かべていた。

「大丈夫かい？」

最近はすべてのことにびくびくして、少しホームシックになっているマリーベスだった。だからだろうか、今まで自分を支えていた自立心が萎《な》えて、急にトミーにしがみつきたくなっていた。彼女がこれほどトミーと一緒にいたいと思ったのは初めてだった。トミーがレストランに入って来るときの安堵感、彼を自分の部屋で迎えるときの幸福感、トミーの家のキッチンに入るときのアットホームな感じ――どれも彼女にはなくてはならないものになっていた。

「ええ。大丈夫よ。感謝祭の夕食のことだけど、わたし、行くわね」

彼女はきまり悪そうに指先で涙をぬぐった。

「わたしバカみたいでしょ……でも涙が出てきちゃって……見ず知らずのわたしに、あなたのご両親はあんなに優しくしてくれるんですもの……学校の心配までしてくれて……なんて感謝していいのか……」

「……あのう、マリーベス……ぼくと結婚してくれないか」

トミーは唐突に言いだしたが、気持ちは真剣だった。しかし、マリーベスは笑って相手にしなかった。

「そうね。それは名案よね。あなたのご両親の親切にも報いることになりそうだわ」

「そのとおりさ。きみの登場は、この一年間のぼくの家族に起きた最良の出来事なんだ。今までは、お父さんもお母さんもお互いにろくすっぽ口もきかなかったんだ。つまらないことで言い合いはしていたけどね。車にガソリンを入れなかっただの、犬を散歩に連れて行くのを忘れただの、そんなバカなことで非難し合うのが関の山だったんだ。ところが、きみが来てからそれがパタッと止んだんだ。だから、お父さんもお母さんも、きみのことが大好きさ。その点は心配いらないよ」

「あなたのご両親は本当にできた方たちだけど、だからって、あなたの人生を犠牲にしてわたしの過ちを帳消しにするわけにはいかないわ」

「お父さんとお母さんだけじゃなく、ぼくだって優しいと思うんだけど」

トミーは思いつくことはなんでも言って彼女を口説こうとした。が、マリーベスの方は笑うだけだった。

「結婚したら、きみはぼくのことをもっと好きになれると思うよ」

「あなたは狂ってるわ」

「そうさ」

彼はにっこりして言った。

「きみに狂っている。だから、そんな簡単には逃さないぞ」

「わたしも逃げたくないわ」

マリーベスの目が再び涙で濡れた。しかし次の瞬間、彼女は自分をさげすむように笑いだした。まるで感情のジェットコースターに乗っているような起伏の激しさだった。これは臨月近い妊婦特有の症状なのだと、二人はマクリーン医師から教えられていた。特に彼女のように若くて、いろいろな事情を抱えている場合に顕著なのだという。

トミーはゆっくりした足取りで彼女を玄関までエスコートした。二人とも、別れたくなくて、階段の所でいつまでもぐずぐずしていた。空気の澄んだ寒い夜だった。〝グッドナイト〟のキスをしたとき、トミーは赤ん坊が動くのを感じて、マリーベスに対する愛着をさらに強めた。彼女なしの人生を送るなんて、もう考えられなくなっていた。苦楽を共にして毎晩一緒に寝るんだ。そして、子供をたくさん産んでもらおう。そう思えば思うほど、トミーは彼女を自分のもとから離したくなかった。最後にもう一度キスすると、彼は毅然とした足取りで階段を下りて行ったが、心は乱れに乱れていた。

「何がそんなに嬉しいの？」

家に戻った彼に母親が訊いた。

「彼女は感謝祭の夕食に来るって」

息子が嬉しそうなのは、ただそれだけの理由ではない、と母親は見抜いていた。最近のトミーは夢と希望を頼りに生きているかのようだ。彼女と一緒に時を過ごしたあとの彼は、まるで夢うつつである。初恋の純愛を通り越して、ほとんど病気になってしまっている。

「ほかに何か言ってなかった？」

母親はそう訊いて、息子の反応を注意深く見守った。あまりにも彼女に入れ込んでいるトミーのことを、母親として心配しないわけにいかなかった。だが、マリーベスの抱える問題の方がはるかに深刻なのも事実だった。心配を自分の息子だけに向けていたら、エリザベスは高校教師として失格かもしれない。

自分のお腹を痛めた子供を他人にあげてしまうなんて、誰にとっても悲劇であり、生涯の一大事のはずだ。

「あの子、心の準備はできていそう？　予定はもうすぐのはずよ」

健康的には問題なさそうだ。しかしマリーベスの場合、問題は別のところにある。出産を間近に控え、支えてくれる夫も家族もいなくて、産んだらすぐに子供を手放さなくてはならないのだ。しかも、子供を他人にあげたあとも、家庭問題が残っている。六月になったら家を出ると彼女は決心しているようだが、それまで我慢できるかどうか、エリザベスは疑問視していた。マリーベスが事実上自活を始めてから、すでに五か月になる。今さら家に戻って父親の非難を浴び続けるのは耐えられないことだろう。

「赤ちゃんを他人にあげてしまうって、あの子、本気なのかしら？」

エリザベスは皿を拭きながら訊いた。トミーはそばでクッキーをつまんでは口に入れていた。母親が話したがっているのが彼には嬉しかった。この一年間、団らんのない家の中だった。トミーもこうして母親と話せて幸せだった。母親は物知りだし、女性だから当然だが、女の子のことにも詳しいのだ。

「彼女は本気だと思うよ。でも、相当悩んでいるみたいだね。自分で世話できないんだから仕方ないって言っていたけど、本当は手放したくないに決まってるさ。子供のためにはそうするのが一番だと信じているらしい」

「究極の犠牲ね」

エリザベスの声は悲しみに沈んでいた。女性にとってこれほどつらいことが世の中にあるだろうか。あの子がいつか幸せになって別の子供を持てるようにとエリザベスは祈った。

「そんなことよせって、言って聞かせているんだけど、彼女は耳を貸さないんだ」

「そうね。彼女の選択は正しいのかもしれないわね……彼女自身にとっても。あの子は自分にできることとできないことを知っているのよ。誰も助けてくれないし、家族も手を貸してくれそうにないから、一人では支え切れないって判断したんでしょう。ただ可愛いというだけで自分の手元に置いたら、母子ともに破滅しかねませんからね」

その苦しみの度合いは、エリザベスの想像に余った。マリーベスが置かれた状況そのものが、公平に見て、悲劇だった。

「彼女もそう言ってるよ。正しい選択だって。だからだと思う。彼女は子供のことはあまり話さないし、育児用品はいっさい買っていないんだ。愛情が湧くのが怖いんだと思うよ」

彼女と結婚して、その赤ちゃんも一緒に育てるのが、今のトミーの希望だった。彼にとってはそれが正しい選択だった。すべての責任を自分で背負う覚悟もできていた。どこの誰だか知らないが、真に責任を負うべき男の分を背負うことも厭《いと》わないつもりだった。

両親の愛を一身に受けて素直な人間に育てられた彼は人一倍責任感の強い人間になっていた。

「あの子の希望どおりにしてやるべきよ、トミー」

エリザベスは忠告した。

「自分にとって何が正しいのか、本人が一番よく知っているんですからね。あなたがどう感じようと、それを彼女に強制したら間違いよ……」

母親は息子をまっすぐに見つめた。

「……自分に対して強制するのも間違いよ。できないことをしようとしてはダメ。あなたたちはまだ若すぎるのよ。結婚とか、子育てとかを軽々しく考えてはいけません。人を助けるのはいいことですけど、一生親を頼って生きるわけにはいかないんです。夫婦が力を合わせて自立してこその結婚です。十六歳ではまだ無理です」

いや、四十歳でも五十歳でも、夫婦が力を合わせて家庭を築いていくのは大変なことだ。この一年間の自分たちの振る舞いを見れば分かる。そこに考えが及んだとき、エリザベスは、末娘が他界してからの自分たちの孤独ぶりをあらためて噛み締めた。夫婦は助け合うどころか、まるで宿なしのように路頭に迷っていたではないか。

「ぼくは彼女を愛している」

トミーは正直に言った。そのときの彼は、胸が締めつけられるように痛んだ。

「とても彼女を独りぼっちにはしておけないよ」

母親に嘘をついたことのない彼だった。母親も息子の気持ちがよく分かった。息子が何をしたがっているのかも知っていた。しかし、どんな善意からにしろ、息子がマリーベスと結婚するのには反対だった。少なくとも今は駄目だと思った。二人を間違った理由で夫婦にしたら、不幸の種を蒔くだけだろう。

「あの子は独りぼっちではないわ。あなたが力になってあげているじゃない」

「そうだけど。それとこれとは別だよ」

トミーの嬉しそうな表情はまだ消えていなかった。

「あの子の好きなようにさせてやりなさい。結局は彼女の人生なんですから。自分で正しい方向を見つけさせて、そのあとで、もし縁があったら、そのときこそ正々堂々と一緒になったらいいわ」

トミーはうなずいたが、納得したわけではなかった。マリーベスと結婚して赤ん坊を育てるつもりなのに、そんな簡単なことが説得できなくて、無力感が募るばかりだった。両親ばかりでなくて、彼女自身が首を縦に振りそうにないことが一番つらかった。

〈みんななぜそんなに頑固なのだろう？〉

感謝祭当日、夕食のテーブルを囲んだ四人は、さながら幸せな一家族だった。エリザベスは、夫の母親から結婚記念品としてもらったレースのテーブルクロスを使い、特別な機会にしか使わない高価な食器をテーブルの上に揃えた。マリーベスが着ていたシルクのワンピースは、よそ行き用に買ったものだが、そのダークグリーンの色が、大きくウェーブさせた赤毛とよく調和していた。緑色の大きな目を見開いたときの彼女は、まるで幼い少女のように見えた。お腹が大きく突き出ていても、彼女はやはり美しかった。エリザベスの方も今夜はいつもと違って派手だった。ドレスは明るいブルーで、顔には薄化粧までしていた。彼女のこんな装いを見るのは、ジョンもトミーも久しぶりだった。男二人はスーツで身を固め、家の中には温かいお祭り気分が盛り上がっていた。

マリーベスは花束と箱詰めのチョコレートを持ってきていた。黄色い大きな菊の花はトミーの母親に贈られた。チョコレートの方は、トミーが一人で半分もカラにしてしまった。

昼食を終えてから、四人は暖炉の前の椅子におさまった。その様子は今まで以上にしっくりした家族に見えた。一家にとってこの日は、アニーなしで祝う初めての祝日だった。エリザベスが、怖くて今までなかなか踏み切れなかった祝い事だった。だが、マリーベスとトミーがそばにいてくれるおかげで、アニーがいないつらさは、恐れていたほどではなかった。

その日の午後、エリザベスは夫と一緒に散歩に出かけることになった。彼女としては、久しぶりに遠出したい気分だった。トミーはマリーベスをドライブに誘った。レストランには、出勤すると申し出たにもかかわらず、マリーベスには週末の休暇が与えられていた。だから彼女は、誘われるままにこうしてトミーの家に滞在することができたのだ。

「あなたたち、スケートはやっちゃダメよ！」

ドライブに出かける二人の背にエリザベスが呼びかけた。そのあと、彼女と夫は犬を連れて散歩に出かけた。夫妻は散歩がてら友人宅を訪問する予定だった。二時間ぐらいしたら家に戻り、四人揃って映画に行こうということになっていた。

「どこか行きたいとこある？」

湖に向かってドライブしながら、トミーが訊いた。すると、マリーベスの口から意外な答えが返ってきた。

「ちょっと墓地に寄っていいかしら？　アニーに〝こんにちは〟って挨拶したいの。今日のお祝いに、彼女にもいてもらいたいから。あなたのご両親もきっとそう思ってらっしゃるわ」

トミーはちょっと驚いたが、何かほっとした気分にもなれた。実は、今朝から彼もずっと墓地に寄りたいと思っていたところだった。だが、そんなことを言いだしたら変に思われると思って、切りだせなかっただけだった。

「そうだね。実はぼくもそうしたかったんだ」

久しぶりに仲むつまじくて幸せそうな両親を見て、これに墓参りが加われば完璧だとトミーは思っていた。

二人は途中で花を買った。黄色とピンクのバラだった。

白い大理石の墓石の前にひざまずいた二人は、花束を墓石の横にそっと置いた。

「ハーイ、アニー」

トミーは、いつも輝いていた大きな目を思いだしながら、優しい声で呼びかけた。

「今日はね、母さんがおいしいターキーの料理を作ってくれたよ。でも、詰め物の中に干しぶどうが入っているんだ。おまえはあれが嫌いだったよな」

そのあと、二人は手を取り合ったまま何も言わずにアニーのことだけを考えて、しばらくのあいだその場にとどまった。妹がいなくなってからもう一年も経つなんて、トミーには信じられなかった。つい昨日のことだったようでもあり、はるか昔のことだったような気もしていた。

「じゃ、さよなら、アニー」

立ち去るとき、マリーベスが小さな声で言った。だが、二人ともアニーを置いて去るつもりはなかった。二人がどこにいようと、アニーは一緒だった。トミーは妹のことを片時も忘れたことがなかった。マリーベスの部屋にいるときも一緒だし、母親の目元を見ると、妹はいつもそこにいた。

「本当にいい子だったんだ」

トミーは声を詰まらせながら言った。

「あいつがいないなんてまだ信じられない」

「いないわけじゃないわ」

マリーベスが静かに言った。

「見えないだけよ、トミー。彼女はいつもあなたと一緒にいるわ」

「分かってる」

そう言って肩をすぼめるトミーは、やはりあどけない十六歳だった。

「でも、ぼくは寂しいんだよ」

マリーベスはうなずいた。そして、彼の腕をたぐって身を寄せた。今日の祝日は、彼女にとっても家族のことを思いだす機会になった。アニーの話をしたことで、妹のノエルにも会いたくなった。家を出て以来、妹とは一度も話していない。母親と電話で話しただけだが、それによると、父親は妹に姉からの手紙を読むのも許していないという。だが、その彼女にももうじき会える……でも、もし妹に何かあったら……アニーのように……そんなことを考えて、マリーベスはブルッと震えた。

家に着いたときのマリーベスは口数が少なかった。何か気になることがあるんだな、とトミーは感づいた。もしかしたら、墓地へ連れて行ったことが間違いだったのだろうか。臨月に近い今のマリーベスにとって、墓参りなんてやはり体によくなかったのかもしれない。

「大丈夫かい？　横になった方がいいんじゃないかな？」

「わたしは大丈夫よ」

涙がこみ上げてくるのを抑えて彼女はそう言った。二人の帰宅が予定より早かったので、トミーの両親はまだ帰っていなかった。マリーベスが突然こう言ってトミーを驚かせた。

「わたしがお宅の電話を借りていま家に電話したら、ご両親は気を悪くされるかしら……？　ちょっと思いついたの……せっかくの祝日だから〝ハッピー　サンクスギビング〟だけ言おうと思って」

「そんなこと、もちろんかまわないさ」

両親が気にするはずはないとトミーには分かっていたが、万一何か言われたら、彼女の電話代は自分が負担するつもりだった。だから彼は、交換手に長距離電話を申し込む彼女を一人にして、自分の部屋に引き下がった。

電話を取ったのは彼女の母親だった。母親は何かで忙しいらしく、息を切らしていたし、周囲の雑音がたくさん聞こえてきた。感謝祭にはいつもやって来る伯母たちが来ている様子だった。伯母の子供たちの騒ぎ回る声がやかましくて、母親はマリーベスの声がよく聞こえないようだった。

「えっ、どなたですか……？　ほらうるさいから、あなたたち静かにしていなさい……！　どなたですか？」

「わたしよ、お母さん！」

彼女は声を大きくして言った。

「マリーベスよ。〝ハッピー　サンクスギビング〟を言いたかったの」

「まあ、あなただったの!?」

マーガレット・ロバートソンの目に涙がどっとこみ上げてきた。

「あなたと電話で話しているなんて知られたら、お父さんに叱られるわ」

「ちょっと様子を訊きたかっただけよ、お母さん。心配しないで」

マリーベスは母親の胸に飛び込んで、思い切り抱き締めたかった。こうして本人の声を聞くと、今まで自分を支えていた気丈さが一気に崩れてしまいそうだった。

「早く会いたいわ、お母さん」

マリーベスの目から涙がポロポロとこぼれた。娘の声を聞いて、マーガレット・ロバートソンは今にもワッと泣きだしそうだった。

「あなたの方は大丈夫なの？」

母親の声は内緒話をするときのように小さかった。誰にも聞かれないように声をひそめているのだろう。

「まだなんでしょ？」

「あと一か月よ」

マリーベスがそう答えたときだった。電話の向こうから怒鳴り声と言い争う声が聞こえてきた。受話器が母親の手からもぎ取られるのが分かった。すぐに父親のだみ声が受話器から響いてきた。

「誰だ、おまえは？」

父親は、泣いている母親を見て、相手が誰だか分かっていながらそう訊いた。

「ハーイ、ダディ。〝ハッピー　サンクスギビング〟が言いたかったの」

マリーベスは手がガタガタと震えていたが、声で平静を装った。

「もう終わったのか？　おれの言う意味が分かるな？」

相変わらず血も涙もない父親の言い草だった。マリーベスは涙をこぼすまいと自分を抑えた。

「まだよ……でも今日は……感謝祭だから……」

「終わるまで家には電話するなって言ってあるだろ！　すべての始末が済んでからなら、家に帰って来ていい。それまでは電話もするな。分かったか!?」

「分かってるわ……でもお父さん、お願い……」

受話器から、母親の泣き声と、「ひどい」と言って食ってかかる妹の声が聞こえてきた。マリーベスはたまらなくなって受話器を置いた。すると、ベルが鳴って、交換手が電話が終わったのかどうか訊いてきた。

マリーベスはまともに答えられないほどしゃくり上げていた。だから、ただ受話器を元に戻し、迷子の子供のようにそこに座ったまま泣き続けた。

やがてやって来たトミーは、むせび泣きしている彼女を見て仰天した。

「いったいどうしたんだい？」

「お父さんが……わたしに……お母さんにも話させないの……」

彼女は声を詰まらせながら訴えた。

「子供を誰かにあげるまで、電話もするなって言うのよ……お父さんたら……わたしが……」

マリーベスは取り乱していて、自分の感情すらちゃんと表現できなかった。だが、その様子を見て、彼女の悲しみがどれほどなのかトミーにも容易に推測できた。

ホイットカー夫妻が帰ってきたとき、マリーベスはまだふさぎ込んでいた。トミーは、彼女があまり泣くので、赤ん坊が生まれるのではないかと心配して彼女をむりやり寝かせてあった。

「どうしたの!?」

トミーから彼女が寝ていると聞いて、母親は顔を曇らせた。

「彼女が実家に電話して母親と話しているときに、父親に邪魔されたんだって。彼は母親の手から受話器をもぎ取ったらしいよ。そして、子供を始末するまで電話するなって、そこまで言ったんだって。ひどい父親だよ。お母さん。彼女は実家へなんか戻れるはずないよ」

「さあ、それはどうかしらね」

エリザベスは心配そうな顔で言った。

「確かにひどいお父さんのようだけど、でもあの子はお母さんには愛情を持っているみたいね……いずれにしても六月まででしょうから……」

そう言いつつも、エリザベスには先がはっきりと読めた。両親のもとに帰るマリーベスを待ち受けているのは生き地獄であると。

エリザベスは黙ってアニーの部屋まで歩いて行き、マリーベスが横になっているベッドの脇に腰をおろした。マリーベスはまだ泣いていた。

「今はお父さんを怒らせちゃいけないわ」

マリーベスの手を優しくなでながら、エリザベスは言って聞かせた。アニーの手をなでるときと同じように、マリーベスの指の一本一本をなでていた。

「あなたの体と、生まれてくる赤ちゃんのためによくないからよ」

「でも、どうしてお父さんはあんなに意地悪なの？」

マリーベスは泣きながら訴えた。

「妹やお母さんと話すぐらい、どうしていけないんです？」

兄のライアンと話したいとはぜんぜん思わなかった。ライアンは父親に生き写しなのだ。

「きっとお父さんは、あなたの過ちから家族を守っているつもりなのよ。若い人たちの行動が理解できなくて、その過ちが許せないんだわ」

「わたしだって自分のことは許していないわ。でも、それと家族に会いたいと思う気持ちは別でしょ?」

「きっと、そういうことも混同してしまうお父さんなのね。でもあなたは違うわ。頭が良くて人間の心を失っていない。あなたには未来があるのよ、マリーベス。むしろ、未来のないお父さんに同情してやりなさい」

「わたしにどんな未来があるって言うんですか? わたしはいつまでも町の人たちから後ろ指を指されるんです。うわさは古い人たちの口から新しい人たちに語り継がれて、永久に消えないでしょう。わたしはみんなの笑い草になるんです。男の子たちからは尻軽女だと思われて安っぽく扱われるんです。お父さんは、わたしが大学に行くことを絶対に許してくれないでしょう。きっと店番でもさせられて、ちょうどお母さんみたいに家の中に埋もれて一生を送るんだわ」

「そんな捨てばちになるものではありません」

エリザベスは静かに言って聞かせた。

「あなたがお母さんの真似をする必要はないのよ。あなたはあなたなんですから。自分のことを一番よく知っているのは自分自身なんです。あなたは尻軽女でもないし、安っぽい女の子でもありません。今はとにかく勉強して、学校をちゃんと卒業することね。そのあとのことを決めるのはそれからにしましょう……あなたならできます」

「お父さんが許してくれない限り、妹ともお母さんとも話せないんだわ」

マリーベスは再び子供のように泣き始めた。エリザベスは身をかがめて彼女を優しく抱いた。彼女としては、今マリーベスにしてやれることはそれしかなかった。こんなに優秀な子が、分からず屋で遅れた考えの父親のもとに帰らなければならないのかと思っただけでエリザベスは胸が痛んだ。トミーが結婚したがる理由が今になって分かるような気がした。マリーベスを救うためにトミーが思いつく手段は結婚しかないのだ。

エリザベスは、彼女をできるだけこの町に居させて、彼女の家族のもとに帰らせないようにしてやるのが本人のためだと思い、そうしてやるつもりだった。そうは言っても、血を分けた家族であり、彼女が母親や妹に会いたがっているのをエリザベスはよく知っていた。事実、マリーベスは、出産を終えたら実家に帰るんだと、事あるごとに言っていた。ほかに進むべき道が見つからないのでそのことを口にするのかもしれないが、彼女が家族に会いたがっているのは誰の目にも明らかだった。

「あなたが帰ったら、お父さんの態度も変わるかもしれないわね」

エリザベスは彼女を慰めるつもりでそう言った。しかし、マリーベスは首を横に振り、エリザベスが貸してくれたハンカチで鼻をかんだ。

「いいえ。お父さんの態度が変わるはずなんてありません。これから一生わたしの過ちをほじくり返すにきまってます。伯母たちに対してもそうだったんです。あまりしつこく言うから、旦那の一人が怒って、もう一度口にしたら殴る、とお父さんを脅したくらいなんです」

「そうね。何かギャフンと言わせることも必要なのかもしれないわね」

エリザベスはそれにはどんな方法があるかと考えながら話を続けた。

「いつまでも非難されるのは嫌だとはっきり言ってやったらいいかもしれないわね」

しかし、彼女はまだ十六歳の乙女である。父親に立ち向かうには未熟すぎる。ホイットカー一家に出会えたのは彼女にとって本当にラッキーだった。もし一家がいなかったら、マリーベスはまったく一人で子供を産まなければならなかっただろう。

しばらくしてから、マリーベスはエリザベスに支えられて起き上がった。エリザベスは彼女のために紅茶まで入れてくれた。そのあいだ、二人の男性は暖炉の前の椅子に腰をおろして静かに話していた。マリーベスが落ち着いてから、四人は予定どおり映画を見に出かけた。

映画から戻ったときのマリーベスはすっかり元気を取り戻していた。もう誰も彼女の家族のことは口にしなかった。その夜は四人とも早めにベッドに入った。

「本当に可哀そうな子」

ベッドの中でエリザベスが夫に言った。夫婦には以前の仲むつまじさが戻り、二人はどんなことでもオープンに話すようになっていた。ちょっと前のような押し黙った重苦しい雰囲気はもうなくなっていた。

「トミーもずいぶん同情しているようだな」

ジョンが答えた。

「あんな子が妊娠するなんて、何かの間違いだ」

エリザベスも同感だった。彼女が心配なのはマリーベスと父親の関係だった。

「わたし、本当はあの子を実家に帰らせたくないのよ。でも、本人はやはり帰りたがってるみたいね」

「それが親子というものさ。あの子はまだ若いしね。だけど、家へ帰っても、どうせ長くは居られないんじゃないかな。あの子は大学へ進学したがっているのに、父親が反対しているんだから」

「あの子の父親って本当に暴君らしいわね。でも、誰かがじっくり言って聞かせたら、考えも変わるんじゃないかしら……」

エリザベスは何ごとか考える様子で続けた。

「あの子には何か逃げ道が必要よ。もし実家に戻ってうまくいかない場合のための行き場所がね」

「だけど、トミーと結婚はまずいぞ」

ジョンははっきり言った。

「少なくともまだダメだ。二人とも若すぎるし、あの子は大きな過ちを犯して傷ついているから、それを癒すための長い時間が必要だ。トミーがいくら望んでも、それを一人で背負い込んだら、いずれあいつがつぶれることになる」

「分かってます」

エリザベスもきっぱりした口調で言った。その件では彼女の方が先を読んでいた。だから、夫の説明はむしろまどろっこしかった。

二人ともトミーに結婚させるつもりはなかった。だが一方で、エリザベスは、これも何かの縁だと思えて、マリーベスを見捨てるほど非人情にはなれなかった。それに、教師である彼女は、マリーベスの優秀さに惹かれていた。だから、息子の結婚は許可できないまでも、自分の力の及ぶ限り、マリーベスには手を貸してやるつもりだった。

「きみはあの子のことについてこれ以上首を突っ込むべきではないと思うな。あの子は子供を産んだら家に戻るんだ。そっとしておいてやりなさい。もし家が耐えられないならいつでもこっちに電話できるんだし、トミーが連絡を絶やさないだろうから。あいつはあの子に夢中のようだしな。彼女が帰ったらすぐに忘れるっていうわけにもいかないだろう」

もっとも、物理的な距離が二人のロマンスの障害にはなるだろうが。

「わたしから話してみようかしら」

エリザベスが突然言いだした。

「あの子の両親によ」

ジョンは顔をしかめて首を横に振った。

「他人の家のことに首を突っ込まない方がいい」

「他人の家のことじゃなくて、あの子の将来のことについてよ。親の助けを必要としているあの子を突き放した人たちよ。十六歳の子供に責任を取らせて、義務を半ば放棄した人たちだわ。〝家〟のことなんて言い張る権利はないんじゃない」

「向こうはそういう考え方をしないだろうな」

ジョンはにっこりして言った。

愛すべき妻である。世話好きで、他人の不幸を放っておけない性質なのだ……時々やりすぎるので、彼がストップをかけなければならない時もあるが。しばらく死んだようだった妻がそういう自分を取り戻してくれて、ジョンは嬉しかった。

考えてみれば、妻に火をつけてくれたのはマリーベスである。いや、妻ばかりではない。マリーベスは家の中のいろんなところに火を灯してくれた。ジョン自身、いつの間にか彼女に対して父性愛を感じるようになっていた。

「でも、実行する時は一人でやらないでわたしにも相談しろよ」

ジョンは微笑みながらそう言うと、ナイトスタンドを消した。

「じゃあ、わたしがあの子の両親に会いに行くと言ったら、一緒に来てくれる？」

エリザベスは真面目だった。

「あの子が実家に帰る前に両親に会っておきたいの」

エリザベスも母性愛に火をつけられていた。実際マリーベスは、そのうちいつか義理の娘ということになるのかもしれない。まあそうであろうとなかろうと、まるで理解のない両親のもとに彼女を追いやるようなことはしたくなかった。

「いいよ。わたしもあの子の両親に会ってみたい」

夫は暗い中で妻に微笑みかけた。

「頭の古い人間をきみがどう洗脳するのか、じっくり拝見するとするか」

夫がそう言ってクスクス笑うと、妻も一緒に笑った。

「行くことになったら声をかけてくれ」

夫に言われて妻はこっくりうなずいた。

「さっそく明日電話してみるわ」

彼女は横向きになって夫に顔を向けた。

「ありがとう、ジョン」

夫婦のあいだの友情は完全に元に戻っていた。これまでのことを考えれば、それ自体が奇跡的なことだった。

第九章

感謝祭の週明けの月曜日、マリーベスは店に連絡して、二週間後に退職したい旨を申し出た。彼女としては、皆の好意を無にするようで、すまない気持ちでいっぱいだった。しかし、これはエリザベスとともに充分に相談したあとの結論だった。試験のための勉強の時間が必要だという点で、彼女はエリザベスの説得に同意せざるを得なかった。それに、クリスマスが終わるとすぐに予定日がやって来る。だから、十二月十五日に店を辞め、そのあと出産の日までホイットカー家に寝泊まりすることになった。何かあったときのために一人でいては絶対いけないというのが、エリザベスの主張だった。

「遠慮はいっさいいらないのよ。あなたがいてくれた方が家の中がにぎやかでいいわ」

エリザベスはそう言って、遠慮がちな彼女を勇気づけた。

マリーベスは夫妻の厚情に圧倒されて何も言えなくなっていた。それに、トミーの家に寝泊まりするのに決して嫌な気持ちはしなかった。

出産が近づくにつれ、神経が高ぶって学習に集中できなくなっていたから、エリザベスと寝起きを共にするのは勉強のためにもよさそうだった。先生に付きっきりで試験の準備をするのだから、これほど心強いことはない。もちろん、トミーの近くにいられることにもなる。だから、これはある意味で理想的なアレンジメントとも言えた。


「トミーのためでもあるのよ。わたしたちにしてあげられるのは、そこまででしょうから」

エリザベスはそう言って夫を説得した。

「そのあとでも、あの子には誰かがついていてあげなければ」

エリザベスは説明した。

「子供を人にあげてしまったあとは、きっと落ち込むでしょうから」

子供を亡くしたばかりのエリザベスには、マリーベスがこれから経験する痛みが、まるで自分のことのように分かった。その苦しみは、普通の人には想像もできまい。何がなんでもそばにいてやらなければ。エリザベスはそう思っていた。

そのことは別にしても、勉強を教え、相談を受けているうちに、エリザベスは彼女のことが本当に好きになっていた。マリーベスの方も同じだった。二人の結びつきは日増しに強くなっていた。マリーベスの頭脳は抜群だった。知識には貪欲で、大変な努力家でもあった。

マリーベスからすれば、勉強は喜びだった。机に向かうのも本を読むのもひとつも苦痛ではなかった。それが彼女の未来への唯一の希望だからだ。

マリーベスが辞めることを知って、店の人たちはみな残念がった。しかし、事情はよく分かってくれた。赤ちゃんを産むために実家に帰らなければならないのだと彼女は説明して、未婚であることや赤ちゃんを手放すつもりであることなどはいっさい明かさなかった。

店に出た最後の日、ジュリーの呼びかけで贈りもののシャワーが始まった。みんなが集まってきて、思い思いに用意してきた育児用品を彼女にプレゼントしてくれた。可愛らしいブーツもあったし、ウエイトレスの一人が自分で編んだ赤ちゃん用のセーターもあった。アヒルの模様が縫い込まれたピンクとブルーの毛布もあった。ぬいぐるみのクマに、おもちゃに、おむつ箱。店のオーナーのジミーは、食事のときに使う赤ちゃん用の椅子をプレゼントしてくれた。

マリーベスは贈りものに囲まれて、感きわまった。みんなの親切心を思っただけで、胸が張り裂けそうだった。しかしそのことよりも、このみんなからの贈りものを自分の赤ちゃんが使うのを見ることもないのだと思ったとき、子供を人にあげてしまうことの重大さが分かって、体が震えた。

まだ生まれていない赤ん坊の存在が急に現実のものになった。とにかく、衣服や、靴下や、帽子や、おむつや、ぬいぐるみのクマや、食事用の椅子まで揃ってしまったのだ。生まれてくる子供に欠けるのは母親と父親だけになった。

その日の午後、自分の部屋に戻ってから、マリーベスは産婦人科医のマクリーン医師に電話して、養子先探しがどの程度進展しているか尋ねた。

「候補は三組いたんだけど」

医師は気軽な口調で答えた。

「そのうちの最有力候補にもちょっと引っかかるところがあって、どうしようかと思っているんだ」

その父親がアル中であることを認めているため、マクリーンとしてはその夫婦に子供を託していいものかどうか決めかねていた。

「二組目の夫婦はちょうど妊娠したことが分かったところで、三組目は養子をもらうのにどちらかと言うと消極的なんだ。だから三組とも話は進めていないいんだけど、時間はまだあるからね」

「でも先生、あと二週間ですよ……二週間のうちに……」

生まれた赤ん坊を実家に連れ帰るわけにはいかない。いったん家に連れて行ってから里子に出す方法もあるが、彼女は、それだけはしたくなかった。情が移ってから手放すなんて、拷問である。かといって、ホイットカー家に連れて行くこともできない。それは厚かましすぎる。

「必ず見つけるから心配しないで、マリーベス。万一、出産前に決められなかったら、子供をしばらく病院に置いておけばいいさ。そのうちに最適な相手を見つけてやるから。あわてて変な人たちにあげたくないからね。そうだろ？」

マリーベスは電話口で相づちを打ったものの、すべてが急に心配になりだした。部屋のすみに置かれた食事用の子供椅子まで不吉に見えてきた。


子供が生まれたら、男の子か女の子かすぐ知らせるよう店のみんなに約束させられ、必ずそうすると答えてきた。でも、みんなをあざむかなければならないと知っていたから、〝さよなら〟の挨拶も何か芝居がかっていて自分が嫌だった。特にジュリーに別れの言葉を言うときがつらかった。悲しみは本心からなのに、自分の口から出る言葉が嘘臭く聞こえた。

「無理しないで、健康に気をつけるのよ。いい？」

そのとき、ジュリーは幼い子を諭すようにマリーベスに言って聞かせた。

「トミーと結婚しないの？　彼はいい子よ。トミーと結婚するのが一番いいとわたしは思うんだけど」

子供が生まれたあとでそのうちそうなるだろうと、マリーベスが立ち去ったあとで店のみんなはうわさし合った。

マクリーン医師も、電話を切ってから同じことを考えていた。彼女もトミーもいずれ後悔することになると分かっていたから、子供を人にあげる手配など実はしたくなかった。もし二人が本当に子供を手放すつもりなら、実行する前にエリザベスの考えを聞いておきたかったが、彼女に相談することを二人がどう思うか、そこがまだ不明だった。いずれにしても、彼の立場は微妙だった。だが、マリーベスがあせっているのを知った今、いよいよ腰を上げなければならないかと医師は自分に言い聞かせると同時に、里親探しにいっそう努力するとマリーベスに約束したのだった。

マリーベスが店を辞めた次の日、トミーは、彼女が部屋を引きあげ、アニーの部屋に越してくるのを手伝った。彼女は、みんなからもらった育児用品をダンボール箱に入れ、ガレージに運んだ。

「これはみんな病院へ持って行って、里親になってくれる人に使ってもらおうと思うの」

育児用品を見るたびにマリーベスは胸を詰まらせる。予定日は刻々と近づき、現実は待ったなしにやって来る。つらさはすでに身に沁み始めていた。

土曜日の朝、これからジョンの出張旅行に同行するとエリザベスが息子に説明した。

「お父さんが州境の市場調査をしたいんですって。一泊して、帰るのは明日の夕方になるわ」

若者二人を置いて行って大丈夫かしらとエリザベスは心配して事前に夫と相談したが、息子が信頼するに足ることを二人とも知っていた。

気の休まる二人だけの時間が持てて、トミーとマリーベスは嬉しかった。だが、親の信頼を裏切るようなことだけはすまい、と二人とも自分の胸に誓っていた。もっとも、臨月の彼女の状態では、たとえトミーにその気があっても深刻なことにはなり得なかった。

土曜日の午後、若い二人は、クリスマスプレゼント用の買い物に出かけた。マリーベスはトミーの母親のためにカメオのブローチを買った。高かったのだが、とても綺麗だったし、彼女に似合いそうだったのでそれに決めた。トミーの父親には、雨天用の特殊なパイプを買った。あちこちの店をのぞいているうちに、二人は育児用品の店にぶち当たった。彼女はいつもどおり目をそむけて、店を無視しようとした。

「きみからの贈りものとして何か買ってやったっていいんじゃないか？　ロケットなんかどう？」

子供にそのくらいはしてやっても悪くないのでは、そう思ってトミーは言ったのだが、首を振るマリーベスの目は涙でうるんでいた。彼女がしたくないのは、子供の思い出を自分の中に残すことだった。もしロケットなんか与えたら、これから他人の赤ん坊に出会うたびに、ロケットをしているかどうか探し求めることになるだろう。

「手放す以上、完全に他人にあげなければいけないの。わたしが何かしてはいけないんだわ」

マリーベスは泣き声をのどに詰まらせながら言った。

「そうだね。ごめん」

二人はそれ以上何も言わず、ただ見つめ合ってうなずき合った。もちろん、マリーベスはトミーとも離れたくなかったし、子供も手放したくなかった。でも、長い人生のあいだにはいろいろなことがあるのだ。なんの代償も慰めもなく、最愛の人と別れなければならないこともある。トミーは身をもってそのことを知っていた。彼の場合も否応なしだった。だからこそ、トミーは彼女をあきらめたくなかったし、赤ん坊を手放すことにも反対だった。

二人は贈りものの箱を腕いっぱいに抱えて家に戻って来た。夕食は、彼女が腕を振るって用意した。トミーの両親は次の日の夕方まで戻って来ない。二人だけになって、気分は新婚夫婦だった。彼女はトミーの世話を焼き、食後の皿を洗い、そのあと居間に座って一緒にテレビを見た。二人が選んだ番組は『ヒットパレード』と、それに続く『あなたのショー』だった。新婚夫婦のように仲良く二人並んで見ているうちに、マリーベスがクスクスと笑ってトミーをからかい始めた。彼はマリーベスを抱き上げ、自分のひざの上にのせてキスした。

「もう結婚したみたいな気分だ」

彼は嬉しくてそう言った。マリーベスの体に触れると、お腹の赤ちゃんが蹴るのが分かった。トミーは彼女のお腹をそっとさすった。肉体関係もない二人がこれほど親しげにできるのも不思議だった。というよりも、自分たちにまだ肉体関係がないのが二人とも不思議だった。彼のひざの上で、マリーベスはトミーが生き生きしてくるのが分かった。キスしたときは、彼の股間が硬くなるのを感じた。トミーは血気盛んな十六歳なのだ。彼女の仕草の一つ一つが彼の欲望に火をつけていた。

「四百ポンドの女の子相手なんだから、興奮しちゃダメ!」

彼女はふざけ半分にそう言うと、立ち上がって痛む背中をさすった。

その日、二人はずいぶんと歩き回った。彼女のお腹の出具合から、胎児がだいぶ下におりてきている様子がうかがえた。もうすぐ生まれそうなのは誰の目にも明らかだった。しかも、かなり大きな赤ちゃんらしかった。背の高い彼女だが、もともと腰回りは細いし、やせ形だった。だからマリーベスは、その時が来るのが怖くて仕方なかった。

その夜、マリーベスは出産が怖いとトミーにうち明けた。トミーとしては、無事に済むことを祈ることしかできることはなかった。

「何も感じないうちに、あっという間に終わるさ」

トミーはそう言いながら、アイスクリームの載った皿を彼女に渡した。二人はそれを一緒に食べた。

「そうだといいんだけど」

マリーベスは怖さを忘れようとしてそう言った。

「明日は何をするつもり？」

「クリスマス用のツリーを仕入れてきて飾らないか？　お父さんやお母さんが帰って来たらびっくりさせようよ」

マリーベスは大賛成だった。夫妻に何かしてやれるのも、家族の一員のように振る舞えるのも嬉しかった。

マリーベスがアニーの部屋のベッドに横になると、トミーはしばらく彼女のそばにいた。そのうちに、狭いベッドの上で彼女と一緒に横になった。

「お父さんのベッドへ行って寝ちゃおうか？　広いし、絶対バレないよ」

そうは言ってみたが、トミーにはそんなことまでするつもりはなかった。マリーベスも同意するはずがなかった。

「いいえ。そんなことしたら、すぐに分かっちゃうわ」

彼女はぜんぜん相手にしなかった。

「親の勘って鋭いのよ」

「それはお母さんの考えだ」

トミーはそう言ってにっこりした。

「でもやっぱり、広いベッドへ行こうか？　こんなチャンスはめったにないよ。お父さんとお母さんが一緒に出かけるなんて五年に一度しかないんだから」

「お母さんに叱られるわよ」

彼女は動こうともしなかった。

「分かった。じゃ、ぼくのベッドへ行こうよ。少なくともこのベッドよりは広いからさ」

そう言うと同時に、彼はベッドから転げ落ちた。マリーベスはおかしくて思わず大きな声を上げて笑った。そんな狭いベッドで二人一緒に寝る必要などぜんぜんないのに、二人の気持ちは一緒に寝ることにこだわっていた。

「分かったわ」

マリーベスは彼の部屋に行くことに同意した。

二人は少し広いトミーのベッドにもぐり込んだ。彼女はナイトガウンを身につけたまま、トミーはパジャマを着たまま、抱き合い、笑い合い、キスし合った。まるで子供みたいな二人だった。トミーが優しく深くキスすると、二人とも感じ始めた。しかし、出産二週間前の彼女が相手では、できることはあまりなかった。トミーが彼女の乳房にキスすると、マリーベスはうめいた。彼女もトミーのモノを優しくなでた。トミーの勃起は激しすぎて、つかまれたときは痛いくらいだった。マリーベスは、これはいけないことなのだと自分に言い聞かせながらもやめられなかった。しかし二人とも、本当にいけないことだとは思わなかった。異性が一緒にいて、お互いに求め合うのに悪いはずはなかった。むしろこうしているのが人間として自然なのだとすらマリーベスには思えた。

大きなお腹をはさんでトミーを抱きながら、マリーベスは、いつか本当にこの人と一緒になるのかしら、と初めて結婚を意識した。

「きみといつもこうしていたい」

マリーベスをしっかり抱きながらトミーは言った。そのうちに二人とも眠くなりだした。興奮するに任せてなで合っていた二人だが、いつしか手を止めて、おとなしく寝ようね、とお互いをいたわり合っていた。

「一生をきみのそばで過ごしたい」

トミーは眠そうな声で言った。

「お腹の赤ちゃんもぼくたちの子供にしようね、マリーベス……それがぼくの望みなんだ……」

「わたしもそうしたいわ」

彼女は本心からそう言った。だが、頭の中には別のことがあった。ちょうどトミーの母がトミーの父親を待たせて結婚したように、彼女にはやり遂げたいことがあった。

「ぼくは待ってるよ。ぼくのお父さんだって、お母さんが学校を終えるのを待っていたんだ。でも、そんなに長くじゃ嫌だよ」

トミーは、彼女になでられたときの心地よさを思いだしながら言った。

「一年か二年なら待てるよ」

そう言って彼はもう一度彼女にキスした。

「結婚して同じ学校に通学することだってできるじゃないか」

「でも、生活はどうするの？」

「ここに住むんだよ。この町の大学へ行って、両親と一緒に住むんだ」

その考えにマリーベスは賛成できなかった。たとえホイットカー夫妻のことを好きで、夫妻から好かれていたとしても、そんな図々しいことはできないと思った。

「結婚するなら」

彼女はあくびしながらもきっぱりした口調で言った。

「ちゃんと自分たちの生活や子供の面倒が見られる年齢になってからね。何歳になるか分からないけど、自活は絶対条件よ」

「じゃあ、六十歳まで待たなきゃダメかな」

彼もあくびしながらふざけ半分で言った。

「いつかぼくはきみと結婚する。そのことを忘れないで欲しい、マリーベス。ぼくが言いたいのはそれだけさ」

トミーに抱かれながら、マリーベスはただにっこりしただけだった。やがて彼女は眠りの世界に入っていった。アニーやトミーや、生まれてくる赤ちゃんのことを考えながら。

第十章

次の日、二人は早く起きてクリスマスツリーを買いに出かけた。トミーはついでにちっちゃなツリーを買い、それを大きなツリーと一緒にトラックの荷台に載せた。

家に戻ると二人は、装飾用の小物をあれこれ取り出してきて、その日の午後はツリーの飾りつけをして過ごした。トミーの涙を誘う装飾品がいくつもあった。どれも母親がアニーと一緒に作ったものだ。

「じゃあ、これは飾らない方がいいかしら？」

マリーベスは気をつかって言った。そのことで二人はちょっと言い合った。アニーと一緒に作った装飾品を見たら、母親はきっと悲しむだろう。しかし、アニーの思い出がないのもやはり悲しいだろう。いくら考えても、いい解決策はなかった。結局、二人は、アニーが作ったものも飾ることにした。それを除外したらアニーを否定することになるというのが、二人の一致した意見だった。家族の中心にいた妹なのだから、その思い出をみんなで大切にするのが正しいのではないか。悲しくても、忘れるふりをするよりはみんなでその悲しみを確認した方がいい。

飾りつけは三時頃に終わり、ツリーはとても綺麗にでき上がった。

マリーベスは、ランチにツナサンドイッチを作った。飾りつけの後片付けをし終えてから、トミーが小さな箱を取り出してきて、マリーベスの方を見た。なんとも説明のし難いそのときの彼の表情だった。

「どうかしたの？」

彼は首を横に振った。しかし、何か意味ありげなのはマリーベスにも分かった。

「なんでもないんだけど。ちょっと出かけたいんだ。一緒に来るかい？　それとも疲れているかな？」

「わたしは平気よ。どこへ行くの？」

「すぐ分かるさ」

そう言うと、トミーは二人のコートを取り出してきた。

外は雪になっていた。トミーは持ってきた小箱を、まだ荷台に載ったままの小さなツリーの横に置いた。初めマリーベスは、彼がいったい何をしようとしているのか見当もつかなかったが、目的地に近づいてすぐに分かった。

二人がやって来たところは墓地だった。トミーはアニーにもクリスマスを祝わせてやるつもりなのだ。

トミーが荷台からツリーを降ろし、マリーベスが小箱を運んだ。箱の中には、アニーが好きだった可愛らしい装飾品がいっぱい入っていた。どれもミニサイズのものばかりだった。ぬいぐるみのクマに、ラッパを吹くおもちゃの兵隊、小さな天使たち。ビーズの輪もあったし、銀の鎖もあった。トミーは神妙な顔でツリーを墓石の横に立てた。そのあと二人は代わりばんこに装飾品をツリーに吊るしていった。

飾りつけは数分で終わったが、胸の締めつけられる儀式だった。それが終わると、二人は並んで立ってツリーをながめた。トミーには、クリスマスが好きだった妹の表情のあれこれが生き生きと思いだされた。

妹のことをこれまでよくマリーベスに話していたトミーだが、今日の彼は無言だった。ただ黙ってそこに立ち、頬に流れる涙をぬぐおうともしなかった。妹をどんなに愛していたか、彼女の死で自分がどんなに傷ついたか、それは彼しか知らないことだった。

トミーはツリーをはさんでマリーベスを見つめた。突き出た大きなお腹をコートに包み、彼女の目はとても優しそうだった。頭に巻いたウールのスカーフからは、明るい赤毛が顔を出していた。トミーはこの瞬間ほど彼女を愛しいと思ったことはなかった。

「マリーベス」

彼は優しい声で呼びかけた。アニーもこのことに賛成してくれるだろう。それをするにはここが一番ふさわしい場所だ。アニーは家族の一員でいたいだろうし、彼の未来にも絡みたかろう。

「ぼくと結婚してくれ……お願いだ……愛している……」

「わたしも愛しているわ」

彼女はそう言うと、トミーの前に近づき、彼の手を取ってじっと目を見つめた。

「でも、それはできないの……今はダメ……お願い、そのことは言わないで……」

「きみを放したくない……」

トミーは、妹がその中に眠る墓石を見下ろした。その横には、二人で飾りつけしたばかりのクリスマスツリーが立っている。

「妹を亡くしたうえに……きみまで失いたくない……お願いだ、結婚してくれ……」

「まだダメなの」

マリーベスは、できるならすべてをトミーにあげたかった。だから、その気持ちを込めて優しく言った。ただ怖かったのは、その答え方でトミーを傷つけはしまいかということだった。彼女は、たとえ同じ年齢でもトミーよりは成熟していたし、ある意味でトミーよりも利口だった。トミーが言い直した。

「じゃ、いずれ結婚するって約束してくれるね？」

「わたしは今、ここで誓います、トーマス・ホイットカー。あなたを永遠に愛します」

彼女はひと言ひと言に心を込めて言った。その言葉に偽りのひとかけらもなかった。出会いの瞬間からトミーが自分に示してくれた優しさの記憶は、これからどんなに時間が経っても色あせることがないだろう。だからといって、二人の未来がこれからどうなるかは誰にも分からない。未来を保証できる人間なんていないのだ。トミーの人生とかかわって生きて行きたいと彼女がどんなに強く望んでも、未来のことはやはり誰にも分からないのだ。

「結婚してくれるね？」

「二人の気持ちが一致して、そうするのが一番いい時にね」

彼女は正直に答えた。

「ぼくはいつまでも待っているから」

彼の声には誠実さが滲んでいた。マリーベスは胸がジーンとなった。

「あなたのことは大好きよ。この気持ちをいつまでも大切にしていましょうね、トミー……愛しているわ」

もし運が向いたらいつかトミーと結婚しよう、と彼女は自分に向かって言った。彼女も心からそうしたかった。しかし、十六歳の今、そう約束したからといって、この先事情が変わらない保証はない。利口な彼女にはそれが読めた。もちろん、時が経つにつれ、二人の愛が強まることだってあり得る。逆に、人生という強風に吹かれて、二人の愛は木の葉のように地の果てに吹き飛ばされるかもしれない。そんなことにならないようにとマリーベスは祈るのみだった。

「きみがそのつもりになったとき、ぼくはいつでも結婚するからね」

彼女はトミーの胸の中に飛び込んで彼のキスを受け止めた。トミーはキスしながら、彼女の結婚の約束が欲しいと思ったが、今はキスし合っていることで充分に満足だった。

それから二人は黙って小さなクリスマスツリーを見つめ、亡きアニーに思いを馳せた。

「妹もきみのことが好きだと思うよ」

トミーは静かに言った。

「あいつがここにいてくれたらよかったのに」

そう言ってから、トミーは彼女の腕を優しく取り、トラックまで一緒に歩いて行った。外は来たときよりも一段と寒くなっていた。家に向かう車の中で、二人はほとんど無言だった。二人のあいだには、お互いに対する信頼から生まれる落ち着きがあった。強くて、汚れがなくて、偽りのない平和だった。いつか結婚するんだろうという共通の認識が、二人のあいだに温かい空気を作っていた。

しかし、本当に結ばれるかどうかは神のみぞ知るである。たとえ希望どおりにならなくても、二人はこれから生きている限りお互いを愛し続け、求め続けるだろう。十六歳の二人にとっては、それだけで精一杯である。そこには、普通の人の一生分もの愛がある。愛だけではなく、夢も希望も見込みもある。これからの人生の花を咲かせるには願っても得られない肥えた土壌だ。これは愛し合う二人が与え合った贈りものである。

家に帰ってから、二人は居間に腰をおろして、古いアルバムを開いた。トミーの赤ん坊の時の写真には思わず笑い声が上がった。

両親が帰って来る時間に合わせて、マリーベスが夕食の用意をした。

帰宅した両親は元気な二人を見て嬉しそうだった。それから、二人が思っていたとおり、飾りつけられたクリスマスツリーを見て喜んだ。エリザベスは立ち止まって、思い出の装飾品をじっと見つめていた。それから、トミーの方に顔を向けてにっこり笑った。

「飾ってくれてよかったわ。なかったら寂しい思いをするところだった。ありがとう、トミー」

思い出のものを出さないということは、アニーが存在しなかったと言っているようなものだ。エリザベスは誰にも増して娘のことを忘れたくなかった。

「よかった」

母親に喜んでもらって、トミーは胸をなで下ろした。それから四人は、キッチンに集まって夕食をとった。マリーベスが夫妻の旅行についてあれこれ質問した。エリザベスはとてもうまくいったと答えたが、決して目は輝かせていなかった。ジョンも同意してうなずいた。まあ、状況を考えれば、うまくいったと言っていいのかもしれなかった。それでも、二人は機嫌がよく、夕食のテーブルはお祭り気分に包まれた。

エリザベスは若い二人の様子が微妙に違うのに気づいていた。今まで以上に深く愛し合っているように見えたし、今まで以上に強い絆で結ばれている雰囲気も感じ取れた。

「あの二人、まさかわたしたちの留守中に何かあったわけじゃないわよね?」

寝室で二人きりになってから、エリザベスは夫に問いかけた。ジョンはいたずらっぽい目をして答えた。

「心配のしすぎというものだよ。いくら若いからといって、あの障害を乗り越えられるはずはないね」

「留守中に二人だけで結婚するはずもないわよね」

「それには親の承諾が必要さ。なぜそんなふうに思うんだい?」

「二人の様子が前とはちょっと違うように思えるの。何かもう夫婦になったみたいに落ち着いているわ、あの二人」

今回の旅行は夫妻にとっても有意義なものだった。ホテルの部屋で二人きりになって、夫妻のあいだにできていた溝も自然に埋まった。素敵なレストランで食事もした。おかげで、仲むつまじかった一年前の二人を完全に取り戻すことができた。

「あの子たちはただ愛し合っているだけさ。その事実は受け入れてやらなくてはな」

ジョンの口調は落ち着いていた。

「じゃあ、あの子たち、いずれは結婚するのかしら？」

「そうなったからって、どちらにとっても最悪ではないさ。事実上つき合ってきたわけだからね。結婚してから嫌になるかもしれないし、お互いに幸運をつかむかもしれない。やってみなければ分からないさ。とにかく二人ともいい子だから、長続きするんじゃないかな」

「でも、彼女の方はすぐには結婚したくないようよ」

その辺の事情をエリザベスはよく知っていた。ジョンはわざとらしい悲しそうな目をして、いたずらっぽく笑った。

「あの種の女のことはわたしが一番よく知っているからな」

〝あの種〟と言っても、それはいい種類である。妻の場合で証明されている。辛抱強く待たなければならないし、手間もかかるが、いい種類の女である。

「もしそういう宿命なら、あの子たちは自分たちの力で結ばれていくだろう。そしてもし、縁がなくても、普通の人では経験できないような愛の世界を持てたんだ。正直言って、わたしはあの子たちがうらやましい」

なんと言っても、若い二人には、これから人生をスタートさせるエネルギーがある。ジョンももう一度妻と愛の生活をやり直そうと思わないでもないが、二人とも歳が歳だ。

「これからマリーベスが耐えなければならない苦しみを思ったら、とてもうらやましいなんて思えないわ」

エリザベスは気の毒そうに言った。

「出産がかい？」

ジョンは意外そうな顔をした。妻が出産を苦痛視するのを聞いたことがなかったからだ。

「いいえ。そうじゃなくて、子供を手放すことよ。つらいでしょうね」

ジョンはうなずいた。マリーベスも気の毒だったが、その苦しみを分かち合わなければならない息子も可哀そうだった。しかし、その悲しみと苦しみのすべてを加え合わせても、未来に向かって進める若い二人がうらやましかった。手を携えて一緒に進むにしろ、別々の道を歩むにしろ、未来には希望がある。

その夜、眠りに落ちたエリザベスはいつもより夫に寄り添っていた。

マリーベスとトミーは居間に座って何時間も話し込んでいた。

母親の勘は当たっていた。二人の心は今まで以上に深く結ばれていた。お互いに対する信頼も今まで以上だった。マリーベスは生まれて初めて、自分には未来があると思い始めていた。

翌朝、目覚まし時計が鳴って、四人はいっせいに目を覚ました。マリーベスは急いでシャワーを浴び、朝食の用意を手伝うために着替えを済ませた。

今日は特別試験を受ける日だ。エリザベスが手配してくれたもので、これに合格すれば、三年生前期を修了したことになる。トミーの期末試験もやはり今日だ。

朝食のあいだ中、二人は試験のことを話題にしていた。学校は、彼女一人のテストのために事務局の特別室を使わせることにしていた。そこならほかの学生に見られまいとの配慮からだった。エリザベスはその部屋で彼女を待つことになっていた。エリザベスがいろいろやってくれたおかげもあるが、彼女に対する学校の扱いは前向きで、なおかつアカデミックだった。一人の学生を落ちこぼすまいとの意欲が感じられてとても信頼できた。

校舎の外で別れ別れになるとき、トミーは彼女に〝幸運を祈る〟と明るく呼びかけ、急ぎ足で自分の教室に向かって行った。

一週間があっという間に過ぎ、クリスマス前の最後の週末がやって来た。エリザベスはクリスマスの買い物を済ませ、家路についたが、ちょっと迷ってから車をUターンさせた。つらくてあれから一度も訪れていなかったのに、彼女は、なぜか今日に限って、行かなければ、という衝動に駆られた。

墓地の門を通り抜け、久しぶりの小道をゆっくりと進んだ。娘が眠る墓石が近づいて来たとき、それを目にしてエリザベスはハッと息をのんだ。墓石の横には、可愛らしいクリスマスツリーが立っていた。それは風を受けてわずかに傾き、装飾品をキラキラと輝かせていた。彼女は信じられない思いでツリーに近寄った。しばらくそれを見つめていたが、やがて装飾品の一つ一つをかけ直し始めた。見覚えのある品々だ。これをアニーと一緒に手にしたのはつい一年前のことだった。あのとき、アニーの可愛らしい手がこのラッパを吹く兵隊をツリーのこの辺にかけていた。そのときにアニーのしゃべった言葉のすべてが、エリザベスの脳裏に甦った。まるで彼女の声が今聞こえているようだった。同時に、一年間の苦しみが堰《せき》を切ったようにどっと胸にこみ上げてきた。エリザベスは感情の大波に巻き込まれた。だが、その大波は、今までのような突き刺すような痛みではなく、鈍く、ほろ苦い種類の痛みだった。エリザベスは長いあいだそこにたたずみ、末っ子の死を悼んで涙を流した。それから、クリスマスツリーをながめ、その枝先を、子供の頭をなでるようになでた。そして、娘の名をささやいた。

「愛していますよ、アニー。いつまでも、いつまでも愛しています……」

自分の口から出るアニーの名前が彼女の胸を揺さぶった。

墓地を立ち去るとき、エリザベスは〝グッバイ〟は言わなかった。一緒に家へ連れて帰るつもりだから言う必要はないと思った。家に着いたときの彼女はやはり寂しかったが、気持ちは不思議に安らかだった。

家には誰もいなかったのが、ほっとできてかえってよかった。エリザベスは居間に座り、長いあいだクリスマスツリーをながめた。ここでも、飾られている品々は思い出の深いものばかりだ。アニーのことを思いださずにはいられない、つらいクリスマスになるだろう。いや、クリスマスだけではない。今でも毎日毎日がつらい。朝食も昼食も夕食も、アニーがいなくてむなしい。湖に出かけても、アニーがいなければつまらない。毎朝目を覚まし、アニーがいないのだと気づくたびに、暗い気持ちにさせられる。それでも、人間は生きていかなければならない。あの子はほんの短いあいだ、わたしたちと一緒に暮らすために生まれてきたのだ。それが最初から分かっていれば、別の生き方もできたかもしれない。別の生き方ってどんな？　あの子をあれ以上愛せというのか？　もっと何かを与えればよかったのか？　もっと一緒に過ごせたらなおよかったたか？　いいや。家族はみんな、あれ以上はできないほど力の限りあの子を愛した。そう自分に言い聞かせながらも、エリザベスは娘の姿を目に浮かべながらなおも思った。もし、もう一度あの子を抱けるなら、もし、もう一度キスすることができるなら、自分の命を捧げてもいいと。

トミーたちが戻って来たとき、エリザベスはまだ居間の椅子に座ってアニーのことを考えていた。トミーもマリーベスも元気そうだった。顔を寒気で赤く染め、どこへ行って何をしてきたと楽しそうに話していた。エリザベスは二人に顔を向けてにっこりした。しかし、それを見たトミーには、母親は泣いていたな、とすぐ分かった。

「あなたたち二人にお礼を言いたかったの」

エリザベスは涙で言葉を詰まらせた。

「あの子のためにツリーを立ててくれて……ありがとうね……」

母親は消え入りそうな声でそう言うと、すぐ居間から出て行ってしまった。若い二人はあっけにとられて何も答えられなかった。

コートを脱いでハンガーに掛けるときのマリーベスも涙を浮かべていた。もっと気をつかってあげなければ、と彼女は思った。末娘を亡くした一家の悲しみはまだ薄れていないのだ。

しばらくして父親が帰宅した。彼は両腕いっぱいに買い物の箱を抱えていた。

キッチンで夕食の仕度をしていたエリザベスは、夫が入って来たのを見てにっこりした。最近の夫婦のあいだには温かい空気が流れている。以前のようにいがみ合わない両親を見て、トミーはほっと胸をなで下ろした。一家の心の傷は目に見えて癒えていた。もっとも、このクリスマスはつらい休日になるだろうが。

クリスマスイブに、四人は揃ってミサに出かけた。小さな教会の、香《こう》の立ちこめる人いきれの中で、ジョンは安らかな寝息を立てた。エリザベスは、アニーがよく夫婦のあいだでいびきをかいていたのを思いだした。特に、去年彼女がぐっすり眠って、それが病気のせいだと気づかなかった自分たちの無神経さが思いだされて悔やまれた。

家に戻ると、ジョンはそのまますぐ寝室へ向かった。エリザベスは贈りものの準備を済ませた。家族全員にとって、いつものクリスマスとはずいぶん違ったものになった。サンタクロースへの手紙もなければ、トナカイに食べさせるニンジンの用意も必要がなかった。何よりも欠けていたのは、クリスマスの朝の幼子の歓声だった。だが、四人にはそれぞれ愛する相手がいる。それがせめてもの慰めだった。

エリザベスが居間を出ようとしたとき、贈りものを手にいっぱい抱えたマリーベスが足を引きずるように廊下を歩いて来るのが見えた。エリザベスは急いで歩み寄り、彼女に手を貸してやった。マリーベスはつらそうで、足は本当に重たそうだった。ここ二、三日の彼女は気分も悪く、胎児はさらに下におりていた。試験が無事済んだのは幸いだった。出産はもう間もなくだとエリザベスは読んだ。

「さあ、わたしにつかまって」

エリザベスはそう言って、彼女が抱えている箱を下に降ろさせた。マリーベスはかがむのも大変そうだった。

「もう体がほとんど動かないんです」

そう訴えるマリーベスの声は明るかった。

「座るのも立ち上がるのもかがむのも不自由なんです。第一、自分の足が見えないんですから」

「すぐ終わりますよ」

エリザベスは笑顔で励ました。マリーベスは黙ってうなずいてから、エリザベスに目を向けた。彼女には、トミーやジョンがいないところでぜひエリザベスに聞いてもらいたいことがあった。

「ちょっとお話したいことがあるんですけど、いいですか?」

マリーベスはためらいがちに訊いた。

「今すぐなの?」

エリザベスはびっくりして訊き返した。

「もちろんいいわよ」

二人はリビングルームの椅子に腰をおろした。すぐ横には、アニーの思い出の品々を吊るしたクリスマスツリーが立っていた。エリザベスは、今はもう、そのクリスマスツリーを目にしても苦痛は感じなかった。むしろ、それを毎日ながめるのが楽しみになっていた。アニーが触ったものがすぐそこにあるのが嬉しかった。まるで、アニーの手でそこに置かれたような感じさえしていた。

「あれこれいろいろ考えたんですが……」

マリーベスは言いづらそうだった。

「でも、どう思われるか自信がなくて……わたし……赤ちゃんをお宅でもらっていただけないかと思って……」

そう言うと、彼女は息を止めて返事を待った。

「あなたが何ですって？」

エリザベスは話の意味がのみ込めなくて、マリーベスの顔をのぞき込んだ。彼女が口にした言葉の意味の大きさが、エリザベスの想像を拒んだ。

「それはどういうこと？」

彼女はマリーベスの顔を見続けた。いくら親しいあいだでも、赤ちゃんをあげたりもらったりするものではない。クリスマスの贈りものとは違うのだ。

「お宅の養子にして欲しいんです」

マリーベスははっきりと言い直した。

「それはまたどうして？」

エリザベスはびっくりして、話の筋がまだよくのみ込めなかった。彼女自身、養子をもらおうと思ったことは一度もなかった。もう一人産みたいと思ったことは確かにあったが、養子をもらうという考えは頭の隅にもかすめなかった。

いきなりそう言われても、ジョンの反応も想像できなかった。トミーが生まれる前に確か何度か養子の話をしたことはあるが、あの頃のジョンはまるでその気がなかった。

「わたし、お二人のことが好きです。それに、お二人とも申し分ないご両親なので、わたしの赤ちゃんをもらっていただけたらと思ったんです」

マリーベスは落ち着いて話せるようになっていた。

一人であれこれ思い悩んだ末にたどり着いた結論だった。この縁組は、生まれてくる赤ちゃんにとっては最良の選択であり、ホイットカー夫妻には究極の贈りものになると彼女には思えたのだった。

マリーベスは声こそ落ち着いていたが、事の重大さに体が震えていた。ただ、頭の中ははっきりしていた。

「わたしには赤ちゃんの面倒を見る能力がありません。子供を他人にあげてしまうなんておかしいと人は思うでしょうけど、赤ちゃんが必要とするものをわたしは持っていません。でも、お二人はお持ちです。アニーやトミーに注がれた愛の一部でもいいですから、この子に与えてあげてください。わたしだって、そのうちにできるようになるでしょうが、今は無理です。トミーは二人で育てようって言ってくれていますけど、それでは彼に対してあまりにもアンフェアです……お願いです、もらってやってください。あとになってから返してくれだなんて絶対に言いません。もしお望みなら、わたし自身はどこかに消えてもいいと思っています。顔を見せることもしません。お宅でなら、赤ちゃんは必ず幸せになれます。お二人がどんなにいい人たちか、わたしが一番よく知っています。赤ちゃんのためにもお願いします……」

マリーベスは泣いていた。腕を伸ばして彼女の手を取ったエリザベスもやはり泣いていた。

「おもちゃや品物じゃないんですから、そんなに簡単に人にあげられるものではありませんよ、マリーベス。人間の命なんですからね。分かるでしょ？」

エリザベスは彼女がしようとしていることの重大さを本人に認識させたかった。

「分かっています。すべて分かっているんです。この九か月間、考えに考え抜いてきたことですから、信じてください。自分のことは分かっているつもりです」

気持ちはふっ切れているといったマリーベスの口調だった。しかし、エリザベスはまだショックを受けていて、落ち着いて考えられなかった。

今はそんなことを言っていても、あとから気を変えられたら、どういうことになるのだろう？　それに、トミーはそのことをどう思うだろう？　マリーベスの赤ちゃんを養子に迎えたら、息子はそれをどう受け止めるだろう？　マリーベスの赤ちゃんに限らず、養子をもらうことを皆はどう思うだろう？　ジョンの反応は？　エリザベスの頭の中は急回転していた。

「それで、あなたとトミーはどうするつもり？　トミーのことを真剣に愛しているの？」

十六歳の女の子が答えるには酷な質問である。〝真剣に愛する〟などという言葉の意味もピンとこないのではないか。ましてや、結婚うんぬんを自分から口にするには、彼女はまだ若すぎる。

「ええ、わたしは真剣です。でも、こんなことをきっかけにして結婚したいとは思いません。この赤ちゃんができたのは、あくまでも過ちからです。自分の子供だとすんなり受け止めることができません。ただわたしは、赤ちゃんのために、親の義務としてここに来ているんです。赤ちゃんを育ててくれる最適な人たちを探すために。わたしには育てる能力がありません。いつかトミーと結婚して、別の子供たちを産むかもしれませんが、この子を育てるのはわたしじゃない方がいいはずです。それに、この子を連れたままトミーと結婚したら、何度も言いますが、トミーに対してフェアでなくなります」

エリザベスは同感だった。マリーベスの口から自分と同じ考えが聞けて嬉しかった。むしろ感激した。若い二人が新しい人生をスタートさせるなら、なんのしがらみもないところから始めるべきだというのが彼女の考えだった。たとえトミーにやっていける度量があったとしても、十六歳の少年が別の男の子供を背負い込んだら、容易なことでは済まないだろう。

「もし、わたしたちが結婚しても、子供を取り戻すつもりはありません。その子に実の母親はわたしだと教える必要もありません」

マリーベスは提案を受け入れてくれるよう懇願した。

生まれてくる赤ちゃんには、愛と、安定した生活を贈ってあげたい。彼女が欲するのはそれだけだった。ホイットカー夫妻には愛がふんだんにあり、一家の生活は安定している。

「わたしがご一家と知り合えたのも、何かの縁のような気がするんです……お邪魔してこういう気持ちになったのも……」

マリーベスは言葉を詰まらせた。彼女をじっと見つめるエリザベスの目は涙で光っていた。

「……さあ、なんて答えていいのか、わたしにも……」

エリザベスは正直に言った。涙が彼女の頬を伝わって流れていた。

「……それは確かに素敵な贈りものよ。こんな素晴らしい贈りものはないくらい……でも、そんなことをしていいのかどうか、わたしにはなんとも言えません。人の子をそんな簡単にもらっていいものか……」

「わたしが差し上げたいんですから、それでいいはずです。育ててもらうしかないんですから。わたしがこの子に与えられるのは、未来だけです。愛と生活を与えてくれるお宅を見つけてあげることだけです。ご夫妻がアニーを亡くされたのも不公平ですが、生まれてくる赤ちゃんに未来や希望や家がないのも、やはり不公平です。このわたしに、ほかに何が与えてあげられます？　赤ちゃんを家に連れ帰ることも両親は許してくれません。わたしには行き場がないんです。このままだと、できることはせいぜい、ジミーのレストランで働くことくらいです。それではベビーシッターに払えるだけのお金も稼げません。どう考えても、子供を育てるのはわたしには無理なんです」

そう言い終えると、マリーベスは涙で濡れる目でエリザベスの顔をまっすぐに見た。

「ずっとうちにいていいのよ」

エリザベスは優しく言った。

「行き場所がないなら、わたしたちと一緒にいなさい。赤ちゃんを手放す必要はないわ、マリーベス。わたしもあなたにそんなことをさせたくありません。子供に苦労させたくなくて子供を手放すなんて、ちょっとおかしな話ですよ。もしよかったら、ずっとうちにいなさい。あなたをうちの娘として扱います」

エリザベスとしては、彼女に子供を手放すことだけはさせたくなかった。どんなに経済的に苦しくても、親たるもの、子供を手放すべきではないというのが彼女の考えだった。そして、もし自分がマリーベスの子をもらうことがあったら、それは彼女に強く望まれたからであって、経済的な理由からではないと考えたかった。

「赤ちゃんをご夫妻に差し上げたいんです」

マリーベスははっきりした言葉で言い直した。

「ぜひ、もらってやってください。わたしには育てられないんです」

エリザベスに肩を抱かれながら、マリーベスはしくしく泣いた。

「わたしにはできないんです……子供を育てる力がないんです……どうしていいか分からなくて……この子の面倒は見られません……お願いです……お宅の子にしてやってください……わたしのこの気持ちはほかの人には分かってもらえないでしょう……無理を承知でお願いします……もうどうしようもないんです……どうか……」

マリーベスは必死の思いでエリザベスを見上げた。エリザベスも泣いていた。

「……もし……それでは、もしよ……もし、わたしたちがあなたの赤ちゃんをもらったとしても、あなたはいつでも戻って来ていいのよ。むしろ遠くに行ってもらいたくないわ。でも、赤ちゃんにはあなたがお母さんだと教えない方がいいでしょうね……わたしたちだけの秘密に……ああ、マリーベス、わたしはあなたのことが大好きよ。どこかに行ってしまおうなんて考えないで」

この話が、トミーにとってどれだけ重大な意味を持つか、エリザベスはよく分かっていた。子供が欲しいという自分の希望を満足させるために、今のこの大切な家庭を壊すわけにはいかない。一方、降って湧いたような話だが、考えてみれば願ってもない提案だ。まるで神さまからの贈りもののようにありがたい。だからこそエリザベスは、過ちがないようじっくりと考える時間が欲しかった。

「ジョンに相談してみるわ」

エリザベスは静かに言った。

「わたしがどんなにそう望んでいるか、ご主人にもよく伝えてください」

マリーベスはエリザベスの腕にしがみついて言った。

「お願いです……見知らぬ人にあげたくないんです……ご夫妻と一緒にいられたら、赤ちゃんもどんなに幸せか……お願い、リズ……」

「……分かったわ。とにかく話してみますね」

エリザベスは小さな声でそう言って、彼女をあやすように揺らした。マリーベスはあまり熱心に懇願し続けたため、かなりのぼせていた。

エリザベスは彼女に温かいミルクを作ってやった。そのあとで、二人は今の件をもう少し話し合った。

マリーベスをアニーのベッドに寝かしつけ、〝おやすみなさい〟を言ってからエリザベスは自分の寝室へ向かった。

寝室に戻ってから、エリザベスはベッドの横に立ったまま、しばらく夫を見つめていた。この件をジョンが聞いたらなんて言うだろう？　もし、一笑に付されたら？　それに、トミーのことも考えなければならない。もし彼に反対されたらどうする？　やはり簡単にはいかない。考えなければならないことが何百とある。しかし、提案されたことをあらためて考えてみると、不思議に希望が湧いてくる。この胸のときめきは何なのだろう……こんな贈りものはめったに授かるものではない……命の贈りものなんて……もう一人子供が授かるなんて……！

エリザベスがベッドに入ると、ジョンが寝返りを打った。彼女は夫が目を覚ましてくれたらと思った。そうしたら、すぐにでもうち明けて相談したかった。だが、夫は目を覚ます代わりに腕を伸ばして彼女を自分の方に抱き寄せた。それが、悲劇が起きる以前の、眠っているときの彼のマナーだった。エリザベスは、夫の腕の中で頭のなかを整理した。自分の感じていることと、自分の希望、そして、家族みんなにとってどちらがいいのかを。

マリーベスからあれほど熱心に懇願されたが、すんなり受け入れていいものかどうか、自分だけでは判断がつかなかった。いい話だと思えるのは自分がそう望んでいるからか？

夫が目を覚ましてくれることを願いながら、エリザベスはなかなか眠れずに悶々としていた。そのうちに、妻の願いを察したかのように、ジョンが目を開いた。とはいえ、彼はまだ半分以上眠りの中にいた。

「どうかしたのか？」

夫の眠たそうなささやき声が暗闇の中で聞こえた。

「わたしがもう一人子供を育てるって言ったら、あなたはどう思う？」

エリザベスは目をぱっちり開けて訊いた。夫にも完全に目を覚ましてもらいたかった。

「血迷ったと思うね……」

ジョンは口元をゆるめて目を閉じると、すぐにまた眠りの世界に戻って行ってしまった。彼女が聞きたかったのは、そんな答えではなかった。

眠れないまま彼女は考え続けた。心配や、疑問や、そら恐ろしさや期待で、眠ろうとしても目が冴えて眠れなかった。

明け方二、三十分うとうとしてから起き上がり、ナイトガウンを羽織ると、キッチンへ行ってコーヒーを作った。椅子に座ってから、カップに注いだコーヒーをしばらく見つめていたが、やがて少しずつすすり、八時になる前に、自分なりの考えをまとめた。

ずっと以前から潜在意識の中で考えていたことなのかもしれない。しかし、それを突き詰めて考える勇気がなかったのだろう。しかし、今はもう中途半端な態度は許されない。マリーベスのためでも、赤ちゃんのためでもない。これは自分のためなのだ。ジョンとトミーのためでもある。贈りものは差し出された。受け取るのか、断わるのか、道は二つに一つしかない。

〈でも、赤ちゃんを断わるなんて、そんな!〉

断わって今までどおり三人で静かに暮らすのと、新しい命を囲んでにぎやかにやるのとどちらが人間らしい?

エリザベスはコーヒーカップを手に持ち、寝室に戻って夫を起こした。ジョンは自分より先に起きている彼女を見てびっくりしていた。今年のクリスマスはそんなに早く起きる必要はないはずだ。リビングルームへ急いで、サンタがツリーの下に何を置いていったかあわてて調べる理由はないのだ。今日こそ寝坊していいはずなのに。トミーだってマリーベスだって、まだ起きていないじゃないか。

「ハーイ」

エリザベスは夫に微笑みかけた。ジョンが久しぶりに見る、恥じらいのある笑みだった。彼はそれを見て、自分たちの若い時代を思いだした。

「きみがそんな顔をすると、何かの使命を帯びた謎の女みたいだぞ」

ジョンもにっこりした。それからあお向けになり、手足を伸ばした。

「ええ、そのとおりよ。昨日の夜、マリーベスと長いこと話し合ったの。そして、使命を授かったの」

妻はそう言いながらベッドに近づくと、彼の横に腰をおろした。彼女としては、夫に駄目だと言われないことを祈るのみだった。この件だけは、話を作り直すことも、先延ばしにすることも、うやむやにすることもできない。夫に相談せずに進めるわけにもいかない。恐ろしくても、避けては通れない。自分としては赤ちゃんが欲しい。一家に赤ちゃんが加わったら、家の中の様子もずいぶん違ったものになるだろう。夫にも赤ちゃんを欲しがってもらいたい。でも、反対されたらどうしよう？

「わたしたちに赤ちゃんを育てて欲しいってマリーベスが言うの」

エリザベスがさらりと言った。

「わたしたちって？」

ジョンは驚いたような顔をした。

「トミーにもかい？　あの子は彼と結婚したいんじゃないのかい？」

ジョンはベッドに上半身を起こし、顔をしかめた。

「そんなことになるのではないかと、心配していたんだ」

「そうじゃないのよ。あの子はトミーと結婚するつもりはないの。少なくとも、今はね。わたしとあなたにあげたいんですって。赤ちゃんを養子にして欲しいと言うのよ」

「うちにかい？　どうして？」

ジョンはびっくりを通り越して、ショックで頭が回らない様子だった。

「わたしたちが模範的夫婦だと、あの子が思ったからよ」

「そんなことを言われたって……養子にしたあと、あの子が気を変えたらどうするんだい？　産んだ子供を他人に与えておきながらあとで返してくれって言いだす女はよくいるんだよ。それに、赤ん坊をもらって、これからわたしたちはどうすればいいんだい？」

うろたえる夫の姿に、エリザベスは思わず顔をほころばせた。話はどうやら、強烈な目覚まし薬になったらしかった。

「前の二人の時と同じことをすればいいのよ。最初の二年間はろくすっぽ眠れないでしょうね。いつかゆっくり眠れる日を夢見ながら、ミルクを与えて、おむつを替えてやって……成長を楽しみに生きるのよ」

アニーのことを思いだしながら言うエリザベスの声は悲しそうだった。

「でも、これは願ってもない贈りものよ、ジョン……一時の贈りものではなく、わたしたちが育てる限り続く贈りもの……わたしは断わりたくないの……夢が見られるチャンスを消したくないわ……もう一人子供が持てるなんて、思ってもみなかった。わたしに子供ができないってマクリーン先生に言われたのを知っているでしょ……？　そこにあの子が忽然と現われて、わたしたちに夢をくれると言うのよ。これは何かの縁だわ」

「でも、何年かしてあの子が返してくれって来たらどうするんだい？　誰かと結婚するか、トミーと結婚して気が変わるということもあるんじゃないか？」

「そのことは法律的にきちんとすればいいわ。それに、本人がそんなことはしないって言っているんですから。それは信じてもいいんじゃない？　彼女はわたしたちにあげるのが赤ちゃんのためだと信じ切っているのよ。自分では育てられないからもらってくれって、昨日は泣いて頼まれたの」

「少し、頭を冷やす時間をやったらいいよ」

ジョンは皮肉な口調で言った。

「九か月もお腹にいた子供を、そんな簡単に人にあげられる女なんていないさ」

「例外もあるわ」

エリザベスは当然のことのように言った。

「マリーベスの場合がそうよ。赤ちゃんのことを考えないからじゃなくて、将来を心配すればこその決断です。これは、赤ちゃんに対する愛から生まれた、あの子の勇気よ」

夫を見つめるエリザベスの目にみるみる涙が溢れ、それが頬を伝わって落ちた。

「ジョン、わたしは育てたい。何もいらないから、赤ちゃんが欲しいの……お願い、ダメだって言わないで……もらってあげましょうよ」

ジョンはじっと妻を見つめた。そのあいだエリザベスは、〝ノー〟と言われても夫を恨んではいけない、と自分に言い聞かせていた。夫はおそらく、彼女のこれまでの苦しみの深さを知らないのだ。今、赤ちゃんがどんなに必要かも理解できないだろう……もう戻って来ないアニーの代役ではなく、前へ進み、喜びと、笑いと、愛を取り戻すための赤ちゃんであることを……今の生活の中に赤ちゃんを受け入れたら、家の中がどんなに明るくなるか……！

〈赤ちゃんをもらえたら、それ以上は何もいらない〉

彼女のこの気持ちを夫が分かってくれる可能性はほとんどない。もし断わられたら死ぬしかないわ、とまでエリザベスは思い詰めていた。

「分かったよ、リズ」

ジョンは小さな声でそう言うと、彼女の手を取って握った。

「いいよ、そうしよう……分かった……」

ジョンが言い終わらないうちに、エリザベスは夫の腕にしがみついた。彼女の目からは涙が滝のように落ちていた。夫を分からず屋と断じていた彼女の方が浅はかだった。彼は分かっていたのだ。

〈この人はいつもと変わらない顔をして、その内側でいろいろ考えているんだわ〉

エリザベスはそんな夫を、今日ほど愛しいと思ったことはなかった。

一緒に苦しみもだえた末に、どうやら二人は手を携えて暗いトンネルを脱することができたようだ。

「マリーベスには、引き受けるからと返事したらいい。でも、その前にトミーにも話さないとな。まあ、彼が反対するはずはないけど」

エリザベスはその考えに賛成だった。だから、息子を早く起こしたくてうずうずし始めた。しかし、朝寝坊のトミーが起きたのは、それから二時間もあとだった。

トミーはそれでもマリーベスよりは先に起きてきた。母親から話を聞かされて、初めこそびっくりしていたが、それが最善の解決策だと彼はすぐに理解した。いつか彼もマリーベスとのあいだに子供を作るだろうが、この子に関する限り、それ以上の解決策は考えられなかった。それに、母親の目の表情から、これが彼女にとってどれほど大切なことかが察せられた。

その件を説明するときの両親は今まで以上に仲むつまじく見えた。母親の横に座り、彼女の手を取る父親は落ち着いていて、いつになく頼もしそうだった。家の中にはすでに興奮が満ちていた。みんなにとって新しい人生がスタートする。そんな雰囲気だった。

マリーベスが起きてくると、みんなが彼女を待っていた。一家の決定を伝えるためである。三人のあいだに反対や懸念の言葉はひと言もなかった。一も二もない無条件の賛成だった。笑顔の三人を見て、マリーベスは泣きだした。それから、一人一人を抱いて礼の言葉を言った。それが済むと、彼女はさらに激しく泣いた。ほかの三人も一緒に泣いた。こんな場面で泣かずにいられたら、人間ではないだろう。希望と愛と譲り合いのひと時だった。彼女からの贈りものを抱いて、ホイットカー一家が再出発する時だった。

「迷いはないんだね?」

その午後、一緒に散歩に出かけたときにトミーが訊いた。マリーベスはすっきりした表情でうなずいた。

贈りもののふたを開けて見たら、途方もないご馳走が出てきたようなものだった。今朝からトミーはマリーベスと二人だけになりたかったのだが、この散歩でようやくその機会がやって来た。

「これはわたしの希望なの」

マリーベスにためらいはなかった。口調もきっぱりしていた。事実、今までのもやもやが消え、今日の彼女はいつになくすっきりした気分だった。体には新しい力が湧いていた。だから二人は往復何キロもあるスケートリンクの池まで行って帰って来ることができた。彼女は最近で一番元気だと何度も口にした。今ならなんでもできそうだとまで言った。実際に、彼女は充実感に浸っていた。一人でここに来た目的を、理想の形で達成することができたのだ。あげたい人たちに、あげたい贈りものがあげられて、彼女は満足だった。

四人が分かち合うこの祝福は、一人一人の人生を豊かにしてくれるだろう。

二人が家に着いて、玄関の石段の上に立ち、トミーが彼女にキスしようとしたとき、マリーベスの体が緊張するのが分かった。彼女はトミーの腕にしがみつき、かがみ込んだ。トミーはあわてて彼女を支えた。

「どうしたんだい!?　どうしたの!?」

激痛がマリーベスを襲っていた。あまりの痛みに息も絶えだえの彼女は、お腹を抱えたましゃがみ込んだ。トミーは狼狽して、彼女を支えながら座らせた。それから、家に飛び込んで母親を呼んだ。

エリザベスがあわてて出て来ると、マリーベスはしゃがんだまま目を大きく見開き、おびえた様子で彼女を待っていた。

陣痛だった。予想以上に早く始まってしまった。

「大丈夫よ。大丈夫」

エリザベスは二人の気を静めるためにそう言った。それから、トミーに父親を呼ぶように言った。とりあえず、マリーベスを家の中に運んで医者を呼ばなければならなかった。

「あなたたち、いったいどこまで歩いてきたの？　まさかシカゴまで行ったわけじゃないんでしょうね」

「池に行って帰って来ただけです」

マリーベスがあえぎながら言った。陣痛の波が再び彼女を襲っていた。激しい痛みはなかなかおさまらなかった。しかし、彼女には出産についての知識はまるでなかった。

「どうしたんでしょう、わたし……？」

夫妻の手で家の中に運ばれるとき、マリーベスはおびえながら言った。トミーはそばに立って、その様子を不安そうに見ていた。

「今朝、腹痛がして、それはすぐ消えたんですけど」

それ以外に前ぶれはなかった。マリーベスはどうしてこういうことになるのか分からず、エリザベスの顔を仰いだ。

「お腹の痛みは何度もあったの？」

エリザベスは優しく訊いた。

「それと、背中の痛みはなかった？」

陣痛は、時々ほかの痛みと混同されて、見過ごされることがある。

「背中の痛みは昨日の晩ありました。今朝は腹痛と同時にお腹がとっても張ったんです。でもわたしは、単なる腹痛だと思っていました」

「きっと昨日の夜から陣痛が始まっていたのね」

ということは、のんびりしている場合ではない。すぐにでも病院に連れて行かなければならない。長い距離を歩いたのが、急激な陣痛につながったのだろう。予定日は明日だが、まあ、だいたいスケジュールどおりと言える。どうやら赤ちゃんは、時間を無駄にしたくないらしい。

ホイットカー家にもらわれることを知って、さっそく出てくる気になったのだろうか。陣痛が始まったら、すべては待ったなしである。

マリーベスを家の中に入れると、エリザベスはすぐに痛みの波の間隔を計り始めた。ジョンは医者に電話した。トミーは惨めなほど心配そうな顔でマリーベスの手を握り続けた。出産とはそんなに苦しいものなのだろうか。彼女は必死に痛みに耐えていた。トミーはその様子を見るのがつらかった。だが、両親がそれほど心配していなさそうなのが不思議だった。二人とも優しくて、マリーベスに同情していたし、エリザベスなどは片時もマリーベスの横から離れなかった。だが二人とも、うろたえたり不安そうな顔を見せることはまったくなかった。

痛みは激しくて長く続き、襲ってくる間隔は三分だということが分かった。

ジョンが戻って来て、マクリーン医師が受け入れの準備をして病院で待っていると伝えた。

「今すぐに行くんですか？」

そう不安げに尋ねるマリーベスは、いかにもまだ子供だった。彼女はエリザベスからトミーへ、トミーからジョンへと視線を移した。

「もう少しあとではいけないんですか？」

彼女は今にも泣きだしそうだった。エリザベスは、これだけは待ってくれないから今すぐに行かなければならないのだと優しく諭した。

トミーは彼女の日用品をあれこれかき集めてバッグに入れてやった。

五分後、四人は病院へ向かう車の中にいた。エリザベスとトミーはマリーベスを真ん中にはさんでうしろの席に座り、両側から彼女を支えた。ハンドルを握るジョンは、凍った道路の上をでき得る限り飛ばした。

病院に着くと、マクリーン医師と、看護婦が一人、玄関に出て一家の到着を待っていた。車椅子に乗せられ、病院内へ運ばれて行くとき、マリーベスはトミーの腕にしがみついた。

「お願い、一緒にいて！」

彼女はトミーの手を握り締め、泣き声で訴えた。その様子を見て、マクリーン医師はむしろにこにこしていた。

心配することなど何もないのだ。若くて健康な女性がこれから出産する。ただそれだけのことである。

「ちょっとのあいだ離れているだけだよ。すぐトミーにも会えるからね」

マクリーン医師が彼女をなだめた。

「そのときは赤ちゃんも一緒だよ」

その言葉を聞いて、マリーベスは泣きだした。トミーは彼女の頬に優しくキスした。

「ぼくは一緒に行けないんだよ、マリーベス。中に入れてもらえないんだから。勇気を出しな。

この次はきっと一緒にいてやれるだろうから」

トミーはそう言って、看護婦が車椅子を動かせるようマリーベスの手をそっと放した。すると、彼女は今度はその不安そうな目をエリザベスの方に向け、一緒に来てくれるよう訴えた。マクリーン医師はそれには同意した。

車椅子と一緒にエレベーターに乗り、分娩待機室に向かうあいだ、エリザベスはずっとドキドキしていた。

待機室でマリーベスは裸にされ、経過を診察された。そのあいだ、彼女は痛みを訴えて、ほとんどヒステリー状態だった。やむなく、看護婦が彼女に鎮静剤を注射した。注射の効果はすぐに出て、彼女はおとなしくなったが、痛みが消えたわけではなかった。医師は診察したあとで、もうすぐだと言った。子宮口はすでに全開状態で、いきみ始める直前だった。

マリーベスは、そのあとすぐ分娩室に移されて行った。エリザベスの腕にしがみつき、見上げるマリーベスの目はふっ切れたように澄んでいた。

「気を変えないって約束してくれますね……赤ちゃんをもらってくれますよね……いつまでも可愛がってください、わたしの赤ちゃんを……お願いします」

「ええ。約束しますよ」

エリザベスは、彼女の純粋さと勇気ある愛にジーンときていた。

「気など変えません。いつまでも可愛がります……大好きよ、マリーベス……ありがとう……」

またまた激痛の波が襲ってきた。

それからの数時間は、彼女にとっての正念場になった。

赤ん坊は産道に滞ったため、鉗子《かんし》で引き出されなければならなかった。マリーベスの顔にマスクがかぶせられ、そこから酸素が送られた。彼女は痛みと混乱でわけが分からなくなっていた。そのあいだエリザベスは、ずっと彼女の手を握り続けていた。

分娩室にようやく小さな産声が上がったのは、真夜中を過ぎてからだった。赤ちゃんは女の子だった。赤ちゃんを見られるようにと、看護婦が母親の顔から酸素マスクをはずした。マリーベスはまだ意識もうろうとしていたが、ピンク色の小さな顔を見ると、にっこり微笑み、そばにいたエリザベスを見上げた。その澄んだ目には安堵と喜びの表情があった。

「お宅の赤ちゃんは女の子ですね」

マリーベスはそう言った。半ばもうろうとしていても、赤ん坊が誰のものか、彼女はちゃんとわきまえていた。

「何を言ってるんだい？　これはきみの赤ちゃんだよ」

事情を知らない医師は、母親に微笑みながら、彼女の言葉を訂正した。それから、赤ん坊を抱き上げ、エリザベスの腕に抱かせた。母親はまだもうろうとしていたから、赤ちゃんを抱かせるには危険だった。エリザベスは腕の中の小さな顔を見下ろした。頭髪は赤みを帯びた金髪だった。目は無邪気そのもので、可愛らしいことこの上なかった。エリザベスは、体が震えてくるのをどうすることもできなかった。

「こんにちは」

エリザベスは、この瞬間から自分のうちの子になった赤ちゃんに向かってささやいた。腕に抱いた感触は、自分の子供たちを初めて抱いたときと同じだった。その感激も感動も、自分の子のときと変わりなかった。この瞬間は一生忘れられないだろう。ジョンもここにいて、喜びを分かち合えたらよかったのに、と彼女は思った。

エリザベスにとって、赤ん坊が誕生する瞬間を見た意味は大きかった。赤ん坊の産声を聞いた意味も同様に大きかった。まるで、赤ん坊が〝ヤッター〟と歓声を上げているようにも聞こえた。ある意味で、この赤ちゃんほどみんなの気を揉ませながら生まれてきた赤ちゃんも少ないだろう。

マリーベスは再び注射を打たれて、眠りに戻って行った。エリザベスはそのまま赤ん坊を抱いて、育児室へ連れて行った。赤ちゃんはそこで体重を量られ、体をきれいに拭かれた。エリザベスはそのあいだずっと目を離さず、赤ん坊のそばにいて、その小さな指を握り続けた。やがて、育児室の窓の向こうにジョンとトミーの顔が現われた。二人とも目を丸くして赤ちゃんを見つめていた。

看護婦がもう一度エリザベスに赤ちゃんを抱かせてくれた。彼女は窓辺に寄って、赤ちゃんをジョンとトミーの目の前に差し出した。自分たちの娘を見た瞬間にジョンは泣きだした。

「可愛らしいでしょ？」

エリザベスがガラス越しに口を動かして言った。するとジョンは、万感こみ上げてきて何も見えなくなってしまった。アニーが誕生したときのことを思いださないわけにはいかなかった。しかし、この赤ちゃんはアニーではない。顔かたちも違う。それでもやはりうちの子なのだ。

「愛してるよ」

ジョンは窓の向こう側から妻に向かって口を動かした。それに対して、エリザベスもうなずいて、同じ口の動きを返した。エリザベスは、この瞬間ほど、夫を愛していると実感したことはなかった。彼に対する感謝の気持ちはとても言葉では表わせそうになかった。しかし、どんなに愛し合っていても、かなわないものもある。それが今、マリーベスのおかげで突然かなったのだ。忘れかけていた愛が甦り、新たな命が授かった。

窓からのぞき込んでいたトミーも嬉しそうだった。

彼はあとで母親から直接マリーベスの様子が聞けて、ほっと胸をなで下ろしていた。

「あの子は大丈夫。とっても勇敢だったわ。今はスヤスヤと眠っていますよ」

「その時って相当苦しいの、お母さん？」

トミーは彼女の勇気に感激しながら、母親に訊いた。赤ちゃんの体重は四千十六グラムだった。これは、十六歳の女の子にとってと言うより、どんな成熟した女性にとっても大きな赤ちゃんだった。

その難産ぶりを目撃しているあいだ、エリザベスは何度も口の中で悲鳴を上げた。医者は躊躇せずに麻酔薬を投与し続けた。しかし、一度経験してしまえば、二度目からはもっと楽なはずである。そして、大きな赤ちゃんは母親の苦しみに対する褒美でもあるのだ。

「出産ってそれは大変なことなのよ」

母親は息子に言って聞かせた。その大変さをいま見てきたばかりだから、彼女の言葉には実感がこもっていた。しかもマリーベスの場合は、その苦痛を他人のためにしのぐのだから、〝勇敢〟と言うしか誉め言葉がなかった。

「マリーベスは大丈夫なんでしょ?」

出産に関する彼の知識は、小学生と大人の中間くらいだった。質問するトミーの目は、ほかに何百もの疑問を問いたげだった。母親は息子を安心させた。

「絶対大丈夫。わたしが保証します」


一時間後、マリーベスは個室に移された。まだ半分眠っていて、もうろうとしている状態だったが、トミーの姿を認めると、彼の腕にしがみついた。

「ああ、トミー……愛しているわ……とってもよ……」

彼女の声は眠たそうで、独り言のようだった。

「わたしの赤ちゃんを見た？　とっても可愛かったでしょ……？」

マリーベスが目をはっきり開けて三人を見比べたとき、エリザベスはハッとすると同時に足元をすくわれるような恐怖を覚えた。

〈どうしよう？　マリーベスが気を変えたら！　急にトミーと結婚する気になって、赤ちゃんを手放さないと言いだしたらどうしよう!?〉

「ねえ、ちゃんと見たでしょ？」

トミーに語りかけるマリーベスは興奮ぎみだった。エリザベスは不安げな顔をジョンに向けた。ジョンは妻の気持ちを読んだように、彼女の手を取って、〝大丈夫だよ〟と言わんばかりに強く握った。しかし彼自身、妻と同じ恐怖感にとらわれていた。

「すごく可愛らしかったよ」

トミーはそう言って彼女にキスしたが、マリーベスの顔色の悪いのが心配だった。麻酔薬のせいで、彼女の顔は緑色に近かった。

「きみにそっくりだね」

そう言いながら、彼は赤ん坊の髪の毛の色を思いだしていた。彼女のは炎のような赤毛だが、赤ん坊の毛は赤みを帯びたブロンドだった。

「あなたのお母さんにも似ていると思うんだけど」

マリーベスはそう言ってエリザベスに微笑みかけた。この人とわたしの結びつきはほかのどんな人間関係よりも固い、とそのときマリーベスは確信できた。赤ちゃんは、二人が力を合わせて産んだようなものだからだ。エリザベスがいなかったら、この難関は乗り切れなかったかもしれない。

「名前は何て付けるんですか？」

麻酔から少しずつ醒めていたマリーベスが訊いた。

この質問がエリザベスの疑念を吹き飛ばしてくれた。どうやら、彼女が気を変えることはなさそうだった。

〈生まれた子は本当にわたしたちの赤ちゃんになる！〉

今あらためて考えても、夢のようで、信じられないくらいだった。

「〝ケイト〟というのはどう？」

再び目を閉じたマリーベスに、エリザベスが問いかけた。

「ええ、いい名前ですね」

マリーベスはそうささやくと、うとうとしだした。彼女の手はトミーの手を握ったままだった。

「……あなたのことが大好きです、リズ……」

マリーベスが目を閉じたままつぶやいた。

「わたしもあなたのことが大好きよ、マリーベス」

エリザベスは彼女の頬にキスしてから、手まねでみんなに部屋から出て行くように合図した。昨夜からの苦しみに耐えてきたマリーベスにいま必要なのは、充分な睡眠だ。

時計の針は午前三時を指していた。

廊下を歩いて行く三人は、育児室の窓の所で足を止めた。

赤ちゃんはちゃんとそこにいた。赤ら顔をして、暖かそうな毛布にくるまれ、あどけない目で三人の方を見上げていた。まるで、このときを長いあいだ待っていたように、その視線はエリザベスに向いていた。もともと一家の子供になることが決まっていたような、きょとんとした表情だった。

ホイットカー家にはまるで無関係な少年と、一家の前に虹のように忽然と現われた少女からの贈りもの。三人は魅入られたように赤ちゃんを見続けた。トミーが横を向いて両親に微笑んだ。アニーもどこかから赤ちゃんを見ていて、きっと喜んでいることだろう。

第十一章

ホイットカー家のそれからの二日間はてんやわんやの大騒ぎだった。すべてがそっちのけで、全員が赤ん坊のことにかかりきりになった。トミーは父親と一緒に、アニーが使った古いゆりかごを引っ張りだしてきて、それを新しく塗り直した。エリザベスは、夜遅くまでかかって、ゆりかごをピンク色のサテンのリボンで飾った。こうして古い物を再生したり、新しい物を買い揃えたりで、全員が赤ちゃんの受け入れ準備に走り回った。

その合間に、トミーは時間を作ってアニーの墓地に足を運んだ。マリーベスと一緒に飾りつけしたクリスマスツリーの前に座り、彼は赤ん坊のことをアニーに報告した。

出産が済んだから、マリーベスは実家に帰ってしまう。トミーはそのことが残念でならなかった。ここにきてすべてが急展開で進んでいるのも、彼にとっては不安の種だった。マリーベスさえ帰らないでいてくれたら、あとのことはおおむね幸せなのに、と彼はそのことばかりが気がかりだった。

母親は一年前の明るさを取り戻して、とても幸せそうだった。マリーベスはというと、彼女は物思いに沈んでいて口数も少なかった。

出産後、彼女はホイットカー夫妻とあらためて話し合った。長い話し合いの中で、夫妻はマリーベスの真意をもう一度確認した。

「いいのよ、今からでも気を変えて。わたしたちはあくまでもあなたの考えを尊重します」

エリザベスに言われると、彼女は頑として首を横に振った。赤ちゃんを手放すのは彼女としても確かに悲しいことだったが、これは正しい選択なのだ、と彼女は今までにも増して確信していた。

次の日は、ジョンが弁護士を呼んで、あとでゴタゴタのないよう必要な書類を作らせた。

養子縁組の正式な書類ができ上がり、その意味するところを弁護士自身がみんなの前で懇切丁寧に説明した。

マリーベスが書類にサインしたのは、ケイトの誕生三日目だった。彼女は法律に定められている再考期間を放棄して書類にサインした。ペンを握る手は震えていたが、サインし終わると、腕を伸ばしてエリザベスに抱きついた。彼女の気持ちを察して、個室には赤ちゃんを連れて来ないよう、夫妻は看護婦に言い聞かせてあった。

その夜、トミーは彼女の横に座って時を過ごした。マリーベスは妙に落ち着いていたが、何ごとか考えているふうでもあった。事情が違っていれば、と思う気持ちは二人とも同じだった。しかし、もはやマリーベスには選択の余地も、再考のチャンスもなかった。だからと言って、彼女には後悔の念はまるでなかった。いくら考えても、赤ん坊のために正しいことをしたのだという思いに到達するだけだった。

「この次はぼくが守ってやる。必ずそうする」

トミーは優しい声でそう言って、彼女にキスした。

苦しみや悩みを分かち合ってきた二人だからこそ、その結びつきは固く、お互いへの想いはめったなことでは色あせないだろう。

今のマリーベスに必要なのは、息をつく時間だ。今こそ、通り過ぎてきた苦悩から解放され、傷ついた心を癒す時なのだ。

病院は彼女と子供を一月の一日に退院させることにした。

退院の日、トミーが両親と一緒に彼女を迎えに来た。エリザベスが赤ちゃんを抱いて車の横に立ち、その姿をジョンが写真に写した。

家に戻って来た四人は、はしゃいだりせず、落ち着いた午後を過ごした。

赤ん坊の泣き声を聞いてはエリザベスが駆けつける。マリーベスは聞こえないふりを通し、赤ん坊には近寄ろうともしない。

わたしは母親ではないのだと彼女は自分に言い聞かせて、揺れる気持ちを抑えた。実際、赤ん坊に近寄らないようにするのも、彼女にとっては大変な努力が必要だった。

しかし、思いどおりにならないのが心というものである。抑えても抑えても子供を想う気持ちは消えなかった。

そうであっても、気持ちがどんなにはやっても、夜中にそっと子供の顔をのぞきに行ったり、あやしたり、子守り歌を歌って聞かせたりしてはいけないのだ。許されることがあるとすれば、それは将来、運命が絡み合ったときにいい友達でいてやることぐらいだ。それ以上のことを望んではいけない。赤ちゃんの正式な母親はすでにエリザベスであり、自分ではないのだ。

夜遅く、スヤスヤ眠る赤ちゃんを抱いて寝ている妻を見て、ジョンが言った。

「可愛くてしょうがないようだな」

エリザベスは幸せそうにうなずいた。こうなることに同意してくれた夫の思いやりが、彼女は今さらのように嬉しかった。

「これから二年分寝とかないとな」

「よろしくね」

そう言ってにっこりする妻に、ジョンは優しくキスした。赤ん坊のおかげで夫婦の絆はさらに強まった。赤ん坊のおかげで夫婦は人生の喜びを思いだすことができた。新たな希望も生まれた。これからは、苦労を分け合って子供を育てることの意義を、あらためて確認することができる。

ケイトが家に連れて来られてから、トミーとマリーベスの心の結びつきは今までにも増して固くなっていた。彼女の方は、これまで以上にトミーなしではいられない様子だった。マリーベスはいずれトミーのもとを離れて行かなければならない。そのときのつらさを思わないわけにはいかないから、どうしてもふさぎ込んでしまう。

子供を産んで手放してから、マリーベスはなぜか自分が弱くなったような気がしてならなかった。トミーと一緒でなければ外にも出られないし、何もできないような気がしていた。トミーに付き添われず自分一人で家に帰るのかと思っただけで、彼女は恐ろしくなる。とりあえずは、出産を終えたことを家に知らせなければならない。そうしようと思って、今週の初めから何度も重い足を引きずって電話機の所まで行くのだが、ダイヤルを回す気にはどうしてもなれない。まだ駄目だ。これは、家に戻る心の準備ができていないということにほかならない。

「よかったらわたしが話してあげましょうか？」

退院してから二日後に、エリザベスが心配して訊いた。

「あなたを追いだすつもりはないのよ。でも、きっとあなたのお母さんが気を揉んでいらっしゃるんじゃないかと思って。元気だって知らせてあげなくてはね」

「さあ。そんな必要はあるんでしょうか？」

マリーベスは不満そうに言った。実は先週から彼女は、これからのことをずっと考えていた。両親と自分の関係についても突き詰めて考えてみた。

「わたしがどうしているかなんて、両親にはどうでもいいことなんです。お母さんだって、お父さんに命じられるまま、この一年間わたしと満足な話もしていないんですから。わたしがそばにいて欲しいときもいてくれませんでした。そばにいて助けてくれたのはあなたです、リズ」

マリーベスの口調は荒れていたが、言っていることは事実だった。彼女の両親に対する気持ちは、ほとんどあきらめに近かった。母親に対する感情もほぼ同じだった。ただ、妹のノエルを愛する気持ちだけは変わらなかった。

「でも、あなたのお母さんとしては、そうするしかなかったのよ」

エリザベスは赤ん坊をゆりかごにおろしながら、マリーベスの気持ちを察して言った。赤ちゃんにはちょうどミルクを飲ませてやったところだった。

「きっと弱い人なのね」

その形容でも足りないくらい、マリーベスの母親は弱い人間だった。むしろ、暴君に仕える給仕と呼ぶにふさわしかった。

「きっと、あなたを傷つけていることにも気づいていないんだわ、あの方」

エリザベスは気の毒そうに言った。

「うちの母に会ったんですか?」

マリーベスはエリザベスの話し方に引っかかった。母親のことをさも知っているような彼女の口ぶりだった。

エリザベスはいきなり訊かれて戸惑った。どう答えたらいいのか頭を急回転させて考えた結果、この件は隠し立てしない方がいい、と即断した。そして、正直に話し始めた。マリーベスはびっくりした顔でエリザベスの話に耳を傾けた。

「感謝祭の週末、ジョンとわたしで出かけたことがあったでしょ? 実はあのときは、あなたのご両親に会いに行ったのよ。そうすることがわたしたちの義務だと思ったから。あのときはまだあなたから赤ちゃんをもらうなんて思ってもいなかった頃で、わたしとしては、ただ、あなたの帰る家庭がどんなところか見ておきたかったの」

エリザベスの目がマリーベスの顔をのぞき込んだ。

「あなたさえよければ、ずっとここにいていいのよ。それだけは覚えておいてね」

エリザベスは話を続けた。

「あなたのご両親はあなたのことをちゃんと愛しているわよ、マリーベス。でも、お父さんはちょっと意固地な方ね。あなたが進学したがっていることをぜんぜん理解していないわ。わたしが彼と話したかったのはその件なの。あなたはあと数か月で卒業するし、大学へ申し込む締め切りも近づいているから心配だったの。あなたほどの頭脳があったら、絶対に進学すべきよ」

「それで、お父さんはなんて言っていました?」

四百キロもドライブしてわざわざ親に会いに行ったホイットカー夫妻の律儀さに、マリーベスは圧倒されていた。

「お父さんはやはり頭の古い方のようね。お母さんが家庭に入って子供の世話をして、それでみんな幸せなんだから、娘にもそうさせるんだって言っていたわ」

エリザベスは正直に言った。だが、そのときに父親が付け加えた言葉までは言えなかった。

彼は疑わしそうにこう言ったのだ。

〝ま、あの子が嫁に行ければの話だがね〟

「あの人は教育の大切さも、あなたがどんなに優秀かも分かっていないようよ」

エリザベスは愛情の溢れた笑みを少女に向けた。彼女としては、自分たちに得がたい贈りものを授けてくれたマリーベスに、できることはなんでもして報いてやりたかった。そのことでジョンとも話し合ったばかりだった。

「わたしたちがあなたに進学するようけしかけてるって、お父さんに責められました。まあ、それは事実ですけどね」

エリザベスはにっこりして、さらに言った。

「そうじゃなかったら、わたしは自分自身にがっかりするわ」

そのときジョンが部屋に入って来たので、いったん話を中断してからエリザベスは続けた。

「……話しておきたいことがあるの……実はアニーのために積み立てていた教育資金があるんだけど、それをケイトに使わせるにはまだ時間がありすぎるわ。だから、あなたの進学資金に使ってもらおうと思ってるの。分かるわね? 経済的な心配はいっさいいらないということ。あなたがそのつもりになったらいつでもここに戻って来てちょうだい。大学も好きなところを選んだらいいわ」

マリーベスは礼の言葉も言えないほど感激していた。ジョンが妻の話を継いだ。

「そのことできみのお父さんと話し合ったんだ。それでこういうことにしたんだけどね。つまり、きみはとりあえず家に戻って学業を続ける。卒業したら、きみはどこへ行ってもいいそうだ。だから、ここに戻って来て、わたしたちと一緒に暮らしてもいいんだよ」

そう言ってジョンが妻の方をちらりと見ると、エリザベスは大きくうなずいた。

ケイトには友達だと説明して、母親だとはうち明けないことで全員が同意していた。いつの日か、ケイトが大人になって、その必要があったときに真実を話してやればいい。だが、今やたらなことを言って、幼い心を傷つけたり、家庭内にごたごたの種を蒔く必要はないのだ。

「大学へはちゃんと行きなさいね、マリーベス。そのあとは何をしようとあなたの自由よ。あのお父さんと一緒に生活するのは大変でしょうけど、いろんなことが解決した今、お父さんの考え方も少しは変わるんじゃないかしら？　まあ、すべてを許す気持ちにはならないでしょうけど、娘に帰って来てもらったらやはり嬉しいものよ。進学が決まるまでは、あなたもがまんしなきゃね」

「ああ、帰りたくないわ」

マリーベスは気持ちを正直に言った。そのとき、トミーが部屋に入って来てマリーベスの横に座り、彼女の手を取った。トミーも彼女と離れたくなかった。だから、すでに、マリーベスには時間の許す限り何度でも訪問すると約束していた。しかし、四百キロの距離を往復するのはそう頻繁にできることではない。ただし、二人が待たなければならないのは六か月間だけだ。それが過ぎればすぐに再会できる。そうは分かっていても、十六歳の二人には六か月間は永遠ほどに長く思えた。

「あなたに帰れって無理強いしているわけではないのよ」

エリザベスはそこのところをはっきりさせておきたかった。

「でも、とりあえずは、いったん戻った方がいいとわたしは思うの。お母さんのためでもあるし、その方があなた自身も気持ちの整理がつくんじゃない？」

エリザベスはその先をどうしても言いたくなった。言わないとジョンに約束していたが、口が止まらなかった。

「でも、長居しない方がいいと思うわ。家にいたらあなたは生き埋めにされかねません」

マリーベスは、よくぞ言ってくれましたとばかりに顔をほころばせた。両親と一緒にいて、いつも溺れているような気分にさせられてきた彼女である。それ以上聞かなくても、エリザベスの言わんとしていることは推測できた。

「ええ、それは分かっています。でも、ご夫妻のおかげで、両親も、これから少しは手控えるでしょう」

マリーベスはそう言うと、エリザベスの肩に腕を回して彼女を抱き締めた。ここまで優しくしてくれるなんて。信じられないくらいの厚情だが、エリザベスの側から言わせれば、これでも彼女に対する礼は不充分だった。

二人の話で目を覚ましたのか、ケイトがもぞもぞと体を動かし、大きな声で泣き始めた。マリーベスが見守るなか、エリザベスが赤ん坊を抱き上げ、それをトミーに手渡した。

みんながこうしてよく赤ちゃんを回して可愛がる。赤ちゃんのためにマリーベスが願っていたとおりの、温かい家庭だ。ケイトはきっと素晴らしい人生を送れるだろう。一家の赤ちゃんに対する可愛がりようを見るたびに、マリーベスは明るい気持ちになる。赤ちゃんにこれ以上何があげられただろう？

トミーはしばらく赤ちゃんを抱いていたが、急に腕を伸ばして赤ちゃんをマリーベスの前に差し出した。マリーベスはしばらくもじもじしていたが、やがて覚悟を決めたように両腕を揃えて前に出した。赤ん坊は本能的に彼女にすり寄り、顔を動かして乳房を探し始めた。赤ん坊に乳を飲ませていないから、マリーベスの乳房はパンパンに張っていた。腕の中の赤ちゃんは、汗とシッカロールの匂いがした。マリーベスはこみ上げてくるものがこらえ切れなくなって、赤ちゃんをトミーの手に戻した。やはり、赤ちゃんをそばで見るのはつらかった。もっと自分の生活を取り戻してからなら、平静な気持ちで接することができるのかもしれない。でも、そうなったときは、ケイトの方が成長していて、彼女のことを見知らぬおばさんとして扱うのだろう。

「今夜、電話するつもりです」

もちろん、両親のところへ、という意味である。ここまで来たら、どんなに嫌でも実家には帰らなければならない。そのことを彼女は充分に承知していた。まず、両親との仲を修復するのが先決だ。それから自立して、自分の考える道を歩もう。

しかし、いざ電話してみると、何も変わっていないことが分かった。父親は相変わらず冷ただけでなく、威張りくさっていて、開口一番に嫌な言葉を吐いてマリーベスを暗い気持ちにさせた。

「……始末したんだな……？　予定どおりにいったんだろ？」

「ええ、産んだのよ、お父さん」

マリーベスはさりげなく言った。

「女の子よ」

「おれには興味がない。相手との話はうまくいったんだな？」

父親の口調は、これ以上はないと思えるほど冷たかった。マリーベスがわずかに抱いていた希望は、たちまち泡と消えた。

「わたしの友達のところへ養子にもらわれたの」

彼女は震える声で言った。トミーの手を握りながら話すその口調は、本人は気づいていないが、一年前よりはずっと大人びていた。彼女としてはトミーに隠すことは何もなかった。むしろ、事情をよく知ってもらって、今こそ彼に助けてもらいたかった。

「二、三日したら帰ろうと思うの」

そう言ったとき、彼女はトミーの指を握る手に我知らず力を込めていた。

ホイットカー家を出てみんなと別れなければならないなんて、考えただけでも胸が苦しくなる。電話をしながら、家に戻るのは間違いではないかとすら思った。とにかく長居はすまいと自分に言い聞かせることで心を静めた。だが、そのとき父親はこう言って、彼女を驚かせた。

「母さんと一緒にそっちに迎えに行くから」

ぶっきらぼうな父親の言葉に、マリーベスはポカンとなった。今さら両親がなぜそんなことをするのだろう。実は、それはホイットカー夫妻の説得によるものだった。赤ちゃんを人にあげたあとで、バスに乗って一人で帰ったらどんなに寂しかろうとの夫妻の思いやりからだった。それに、母親が初めて、父親に強硬な態度を見せて、迎えに行くよう主張したのだった。

「来週行くから、それでいいかな？」

「ノエルも来られるの？」

マリーベスは急に明るい口調になって言った。

「さあ、どうかな」

父親はどちらともつかない言い方をした。

「お母さんに替わってもらえる？」

父親は、それ以上は何も言わずに受話器を母親に渡した。母親は、娘の声を聞くや、ワッと泣きだした。マリーベスが元気かどうか、赤ちゃんは可愛らしかったか、彼女に似ていたかどうか、泣きながら矢継ぎ早に質問した。

「とっても可愛らしい子よ、お母さん」

マリーベスの頰に流れる涙をトミーが指で優しくぬぐってやった。

「本当に可愛らしいのよ」

母と娘は、電話の向こうとこちらで泣き合った。しばらくしてから、ノエルの声が受話器に響いてきた。

「お姉ちゃん！」

待ちに待った姉との会話の解禁に、ノエルの声は弾んでいた。雑多な情報を早口でまくし立てる彼女は、高校に入学したばかりで、姉の帰宅が待ち遠しくてしようがない様子だった。姉が最上級生に進級できることを知って、自分のことのように喜んでいた。

「ちゃんとおとなしくしてなさいよ。わたしが見張っているからね」

ノエルは涙を流しながら、嬉しそうに言った。久しぶりに妹の明るい声を聞いて、マリーベスは思った。

〈エリザベスの言うとおりかもしれない。どんなに嫌でも、やはり家には帰った方がよさそうだわ〉

不祥事の傷を背負って両親と一緒に住むのは肩身が狭いだろうが、家族の絆はそう簡単に断ち切れるものではない。

長話のあと、マリーベスは受話器を置いた。そして、来週末に両親が迎えに来ることをトミーに教えた。

あっという間に三日が過ぎた。マリーベスはちゃんと歩けるようになり、いつでも帰れる用意ができていた。

エリザベスは長期休暇を取り、しばらく育児に専念することにしていた。赤ちゃんの面倒を見るのは容易なことではなかった。細かい用事が次から次へと生まれた。ミルクは昼夜を問わず一日中与え続けなければならず、洗濯物は毎日山のように出た。その様子を見て、マリーベスはため息をついた。もし、これを全部自分一人でやらなければならないとしたら、果たして体がもつだろうか。

「わたしじゃできないわ、リズ」

マリーベスは正直に言った。実際、育児の大変さを知って、すっかり自信を失くしていた。

「いざとなれば、できるわよ」

エリザベスは先輩らしい口調で言った。

「あなたにだって、ちゃんとできる日が来るわ」

優しく諭すような言い方だった。

「あなたももう少し大人になって、赤ちゃんのパパに助けてもらったら、育児も楽にできるようになるわよ。その時期が来るまで待ちなさい」

「ええ、そうするつもりです」

マリーベスは心からそう思った。確かに、子供がもしトミーの赤ちゃんだったら、事情は違っていただろう。父親のいない子を一人で育てるなど、十六歳の少女にできることではないのだ。だが、マリーベスには、もうその心配の必要はなくなった。あとは世話になった家を出て、帰ればいいだけだ。

しかし、そこが一番つらいところだった。

トミーとの別れは考えただけでも胸が締めつけられる。ジョンとエリザベスに〝さよなら〟を言うのは拷問に等しい。もちろん、赤ちゃんを置いて行くのは身を裂かれる思いだ。

マリーベスは極端に涙もろくなっていた。ちょっとしたことにすぐ泣いた。トミーは学校から戻って来ると、そんな彼女を毎日どこかに連れて行った。遠くまで散歩することもあったし、湖までドライブすることもあった。湖岸で二人は、トミーが彼女の大きなお腹を見つけたときのことを思いだして笑った。二人は墓地を訪れて、アニーのクリスマスツリーの後片付けもした。

思い出を刻もうとしているかのように、二人は毎日思いつくままにいろいろな場所へ行き、思いつく限りのことをして楽しんでいた。

「わたしは必ず戻って来るわ」

そう約束するマリーベスの顔を見つめながら、トミーは思った。時計の針を自分で回せたらいいのにと。時間を退行させるにしろ、先に進めるにしろ、今のこの苦しみからとにかく逃れたかった。

「もし戻って来なかったら、ぼくの方が追いかけて行くぞ。ぼくたちはこれで終わるわけじゃないからね、マリーベス。ぼくは永遠に愛し続ける」

二人はその言葉を魂で信じた。未来と過去に橋を架けたような二人の愛だった。今の二人に必要なのは、大人になるまでの時間である。

「離れたくない」

トミーはそう言って彼女の目をのぞいた。

「わたしだって離れたくないわ」

彼女はささやいた。

「ここの大学に申し込もうと思うの」

しかし同時に、ほかの大学にも申し込まなければならないだろう。自分の産んだ子供の近くにいるのはどんなものか、彼女にはまだ、その辺の確信が持てなかった。もちろん、トミーと離れたくないのは本音だった。だが、将来のことは分からないというのも常識として正しかった。今の二人に確信できることは、すでにあったいろいろな事実と、その中で自分たちが尊い経験をしたということだけだった。

「ぼくの方から訪ねて行くからね」

トミーは誓った。

「わたしもそうするわ」

マリーベスは涙をこらえながら言った。泣きそうになるのは、これで何千回目だろう。


無情の日がついにやって来た。両親は父の修理工場で預かっている新車を運転してやって来た。ノエルも一緒だった。十四歳の彼女は、キャーキャーとはしゃいで姉にしがみついてきた。マリーベスは涙を流しながら妹を抱き締めた。姉妹は抱き合ったまま、しばらく動かなかった。いろいろあったあとだが、二人の仲は前のままだった。

ホイットカー夫妻はマリーベスの両親に昼食を一緒にしていかないかと誘ったが、二人は、すぐに戻らなければならないからと言って招待を断わった。

マリーベスの母親は涙を流しながら娘を見つめた。母親の目にあるのは、娘に何もしてやれなかった自分の意気地なさに対する後悔の表情だった。彼女は、自分が怠った分を赤の他人がしてくれたことに恥じ入ると同時に、勇気がなかった自分を責めていた。

「あなたは元気なのね？」

母親は娘に触れるのを怖がるかのようにビクビクした様子で言った。

「ええ、わたしは元気よ、お母さん」

にこやかに笑うマリーベスはとても美しかった。一年前よりもずいぶん大人になっていた。十六歳というより、見たところ十八か、それ以上に見えた。それもそうである。彼女はもはや少女ではなく、母親なのだ。

「お母さんは元気なのね?」

娘に訊かれて、母親は人目もはばからずに泣き始めた。このときはさすがに、みんながシュンとなった。

落ち着いてから母親は、赤ちゃんを見たいと言いだした。そして、エリザベスの腕に抱かれた赤ちゃんを見せられて、再び泣き始めた。赤ちゃんは、マリーベスが生まれたばかりのときにそっくりだった。


みんなが手伝って、マリーベスの私物を車の中に運んだ。マリーベスはお腹がキリキリと痛むのを感じながら、その場に立ち尽くした。それから、衝動に駆られたようにエリザベスの部屋へ行き、赤ちゃんを抱き上げて頬ずりした。赤ん坊は何が起きているかも、いま大切な人が自分の人生から消えようとしていることも知らずに、スヤスヤと眠っていた。たとえ彼女がこの家に帰って来たとしても、赤ちゃんとの関係はもう元には戻らないのだ。約束や、愛の誓いはたくさん聞かされたが、未来に保証がないことをマリーベスはよく知っていた。

「お別れよ」

マリーベスは眠る天使の顔にささやいた。

「わたしがどんなに愛しているか、それだけは忘れないでね」

彼女がそう言うと、赤ん坊は突然目を開け、言われたことをのみ込もうとしているかのようにマリーベスの顔を見上げた。

「わたしがここに戻って来ても、もうあなたのマミーじゃないのよ……今でもマミーじゃないけどね……いい子になりなさいね……わたしの代わりにトミーをよろしく」

マリーベスは赤ん坊にキスすると、自分の目を固く閉じた。

経済的に子供を養えないとか、自分に力がないとか、子供を手放さなければならない理由をいろいろ並べ立ててきた。しかし、それはそれ。今の彼女は、自分の言ったことなどにまるで囚われていなかった。彼女の胸の奥底で、魂の中で、ケイトは永遠に彼女の赤ちゃんなのだ。自分の子供に対するマリーベスの愛は永遠に消えないだろう。彼女はそのことを心で分かっていた。

「いつまでも、いつまでも愛しているわ」

マリーベスがささやくと、彼女の息で赤ちゃんの柔らかい髪が揺れた。彼女はそれから、赤ちゃんをベッドに戻し、これが最後のつもりで、まじまじと見つめた。この表情、この可愛らしさはもう二度と見られないのだ。こんなに近寄れるのもこれが最後だろう。親子の最後の別れだった。

「愛しているわ」

そう言って向きを変えたとき、マリーベスはトミーの顔とぶつかった。彼はすぐうしろにいて、泣きながら一部始終を見ていたのだ。

「赤ちゃんを手放さなくたっていいのに」

トミーは涙をポロポロこぼしながら言った。

「結婚しようよ。ぼくは今でもそのつもりだから」

「わたしだって同じ気持ちよ。あなたのことを愛しているわ。でも、この方がいいの。分かるでしょ？　ご両親にとっても、赤ちゃんにとっても……わたしたちにはこれからがあるんですから」

マリーベスは彼にしがみつき、彼の腕の中でガタガタと震えながら言った。

「ああ、愛しているわ、トミー。でも、これでみんなが幸せになれるのよ」

「きみは素晴らしい人だ」

トミーは力を込めてマリーベスを抱き締めた。降りかかった災難から彼女を一生懸命守ろうとするような彼の仕草だった。

「あなたこそ素晴らしい人よ」
二人は手を取り合ったまま、泣きながらゆっくりした足取りでエリザベスの部屋から出て行った……目を覚ました赤ちゃんを背後に置いて。

ホイットカー家を離れるのは、赤ちゃんと別れるときと同じくらいにつらかった。エリザベスもジョンも泣いていた。キスし合い、〝さよなら〟を言い合いながら、四人は電話をかけることと、できるだけ頻繁に訪問することを約束し合った。

マリーベスは、心からそうしたかった。だが、あまり来すぎてはケイトの人生の邪魔になるのではと、そのことが心配だった。一方、ホイットカー夫妻とトミーに会いたい彼女の気持ちは、ホイットカー家の人たちが思っている以上に強かった。それに、トミーとは、いずれは結婚することになるだろう。

「愛している」
トミーは神に誓うような口調できっぱりと言った。彼は、マリーベスがためらう理由も、ホイットカー家に迷惑をかけまいとしていることも、よく知っていた。だからといって、彼女と別れていいつもりはまるでなかった。

トミーの変わらぬ落ち着きと理解はマリーベスの心の拠りどころだった。もし、自分がその気になったとき、トミーがいつでもそこにいてくれるという安心感に浸っていられる。本心では今でも結婚したいと思っているが、この気持ちがいつまでも変わらないことを彼女は願った。

しかし、全員が身をもって知ったことが一つある。将来のことは誰にも分からないということだ。今までがまさにそうだった。計画したとおりになど行ったためしがなかった。アニーがあんなに早く逝ってしまうなんて、誰が予測し得たろう。ケイトが突然家族の一員になったのも、マリーベスが天使の訪問のようにホイットカー家の生活に入ってきたのも、すべてが予告なしに起きたことだった。未来予測はあまり当たらないもの——それだけは確かだった。

「皆さんのことをとても愛しています」

マリーベスはなかなか立ち去れなかった。もう一度、一人一人と抱き合った。そのとき、彼女の肩を優しく叩く手があった。振り向いてみると、手の主は父親だった。

「さあ、マリーベス。帰ろう」

そう言う父親の目も涙で濡れていた。

「おまえがいなくて寂しかったぞ」

父親は、彼女が車に乗るのに手を貸してくれた。

父親は、マリーベスが思っていたような鬼ではなかったのかもしれない。ただ、欠点を持った視野の狭い普通の男なのだ。今回の災難を通じて、全員が人間として成長したのかもしれない。それとも、成長しなければならない時だったのか。

トミーは両親と並んでそこに立ち、彼女を乗せた車が立ち去って行くのを見送った。よほど厳しい目にでも遭わなければ、彼女は約束したとおり戻って来てくれるだろう。一生自分のそばにいてくれるかもしれない。彼女と知り合えたことを、ホイットカー家の全員がそれぞれの思いで感謝していた。お互いに、愛と、命と、教訓という贈りものを与え合った。一家の幸せはマリーベスによって甦り、お返しとして一家は彼女に未来を与えることができた。

「愛しているわ」

父親の車のうしろの窓から手を振りながら、マリーベスはささやいた。並んで立つ一家の姿がどんどん小さくなっていく。

エリザベスもジョンもトミーも、マリーベスの車が見えなくなるまでずっとそこに立って、手を振り続けた。それから、思いだしたようにあわてて家の中に入り、マリーベスが残していった贈りもののところに戻った。

〔了〕

『超訳』は、自然な日本語を目指して進める新しい考えの翻訳で、アカデミー出版の登録商標です。

ベストセラーの頂点を走り
つづける米国一の人気作家

ジョン・グリシャム

氏の次回作がアカデミー出版から天馬龍行氏の
超訳で刊行されます。２０００年のXデー！
胸をわくわくさせてご期待ください。

John Grisham

シドニィ・シェルダンの中編シリーズがいよいよスタートします。

すべての作品は、80年代末から90年代前半の、氏の絶頂期に書かれたものばかりです。邦題は仮題とします。

Ghost Story（幽霊物語）

Strangler（首しめ魔）

The Money Tree（金のなる木）

The Dictator（独裁者）

The Twelve Commandment（十二戒）

The Revenge（復讐）

The Man on The Run（逃げる男）

We are not Married（結婚不成立）

「ゲームの達人」上下計670万部を始め、発行部数の日本記録を更新し続けるアカデミー出版の超訳シリーズ！

ダニエル・スティール作

五日間のパリ
無言の名誉
敵意
二つの約束

天使の自立
私は別人
明け方の夢
血族

幸せの記憶
アクシデント
シドニィ・シェルダン作
顔
女医
陰謀の日
神の吹かす風
星の輝き

真夜中は別の顔
時間の砂
明日があるなら
ゲームの達人

ディーン・クーンツ作
何ものも恐れるな
生存者
インテンシティ

新書判
贈りもの

二〇〇〇年二月一日　第一刷発行

著者　ダニエル・スティール
訳者　天馬龍行

発行者　益子邦夫
発行所　㈱アカデミー出版
東京都渋谷区鉢山町15—5
郵便番号　一五〇—〇〇三五
電話　〇三(三四六四)一〇一〇
FAX　〇三(三四七六)一〇四四
〇三(三七八〇)六三八五

印刷所　大日本印刷株式会社

ISBN4-900430-80-3